재능의
불시착

박소연 소설집

재능의
불시착

RHK
알에이치코리아

Be Kind,
for everyone you meet is
fighting a hard battle.

타인에게 친절하라.
당신이 만나는 사람들은 모두
힘든 싸움을 하는 중이니까.*

* 철학자 플라톤의 말로 널리 알려져 있으나
19세기 작가 이안 맥라렌의 문구라는 의견도 있다.

차례

막내가
사라졌다

회사 다닐 때나 상사고 선배지,

그만두면 아무 관계도 아닐 사람들끼리

진즉 기본 매너는 지키고 살면 좀 좋아요?

막내가 사라졌다.

유난히 평범한 날이었다. 기묘하거나 놀라운 일이 일어날 전조 증상 따위는 조금도 없었다. 날씨는 5월 늦봄에 맞게 적당히 화창했고 미세먼지 역시 무난했다. 여느 때처럼 나는 '이놈의 회사, 코인만 대박 나면 당장 때려치운다.'를 열네 번째 생각했을 무렵 여의도 환승센터역에서 내렸다. 여의도에는 나와 표정이 판박이인 직장인들이 줄을 지어 자기네 건물을 찾아 들어가고 있었다.

지루한 표정으로 지켜보는 안내 직원 앞에서 나는 평소처럼 열 체크를 한 후 엘리베이터 버튼을 눌렀다. 23층에 도착해서 사무실에 들어서니 벌써 8시 55분이었다. 후, 깊게 한숨을 쉰 후 회사 비품실에서 커피를 한 잔 뽑아 자리에 앉았다. 그러고는 책상 위 철 지난 가습기의 얼룩을 멍하니 쳐다보며 닦을까 말까를 잠시 고민하고 있을 때였다. 팀장이 갑자기 말을 걸어왔다.

"시준 씨는 아직 출근 전인가?"

힐긋 옆자리를 보니 막내 직원인 시준의 자리는 컴퓨터 모니터도 켜져 있지 않은 상태였다. 나는 코 끝을 문지르며 심드렁하게 대답했다.

"아직인가 보네요. 오늘 차가 엄청나게 막히더라고요."

그런데 시준의 책상에서 묘한 이질감이 느껴졌다. 눈에 띄는 이상한 구석이라곤 조금도 없는데 말이다. 나는 미간을 찌푸리며 그게 무엇일까 잠시 생각하다가 금세 흥미를 잃었다. 가습기의 더러운 물이나 버려야겠어, 나는 끙 하는 신음 소리와 함께 일어섰다. 겨울 내내 쓰다가 방치한 가습기에는 녹갈색 액체가 달라붙어 있은지 오래였다.

그때였다. 휴대전화 메시지 알림이 뜬 것은. 모르는 번호로 메시지가 하나 와 있었다.

'저는 오늘부로 퇴사합니다. 필요한 서류는 대리인이 참석해서 처리할 예정입니다. -강시준 드림-'

이게 무슨 소리지? 시준 씨가 퇴사해? 주변을 둘러보니 팀장도 방금 똑같은 문자를 받았는지 황당한 표정을 짓고 있다가 나와 눈이 마주쳤다.

"최 과장도 받았어?"

"시준 씨 문자요? 네."

그 말이 끝나자마자 다른 팀원들이 어? 하는 소리가 연이어 들렸다. 다들 똑같은 문자를 받은 모양이다.

"이게 갑자기 무슨 소리야? 시준 씨가 퇴사하기로 한 거 나만 모르고 있었어?"

팀장의 다그침에 우리는 서로를 쳐다보며 '아니요, 전혀 몰랐어요.'라고 고개를 저었다. 팀장은 문자가 온 번호로 전화해보더니 연결이 안 되는 번호라며 신경질적으로 전화를 끊었다. 그 사이 시준과 나름대로 친분이 있던 민 대리가 휴대전화 번호로 전화를 걸었다. 민 대리는 몇 번이고 시도해보더니 고개를 저었다.

"없는 번호래요. 휴대전화 번호도 바꿨나봐요."

나는 부서 단톡방을 확인해보았다. 이미 시준은 나간 상태였다. 오늘 새벽 5시에. 그리고 시준의 카톡 아이디는 '알 수 없음'이 되어 있었다. 계정을 아예 탈퇴했다는 의미였다. 그때쯤이 되자 나는 아까 시준의 책상에서 느꼈던 묘한 이질감이 무엇인지 깨달았다. 책상 위가 완벽히 깨끗했다. 컴퓨터 모니터와 전화기, 카카오 라이언 캐릭터가 그려진 각 티슈 외에는 아무것도 없었다. 민 대리는 시준의 책상 서랍을 열더니 '어머!'라는 외마디 소리만 외친 후 입을 막고 말을 잇지 못했다. 팀장을 비롯한 부서원들이 모두 우르르 시준의 책상으로 모여 민 대리가 손가락을 가리키는 방향을 봤다. 책상 서랍은 먼지 한 톨 없이 깨끗했다. 그리고 인수인계 내용이 정리된 문서, 아마도 업무 파일이 담겼을 USB 한 개만이 투명 파일 안에 깔끔하게 담겨 있었다.

"혹시 무슨 안 좋은 일이 생긴 건 아니겠죠? 요즘 코로나 블루로 우울증이 온 사람들도 많다던데……."

다들 무거운 침묵 속에 서랍을 내려다보고 있는데, 갑자기 민 대리가 떨리는 목소리로 말했다. 팀장은 그게 무슨 말이냐며 짜증스레 타박했지만 마침 다들 비슷한 생각을 하는 중이었다. 최근 매스컴에는 극단적 선택을 한 사람들의 뉴스가 연이어 나오던 참이었으니까. 팀장은 초조한 듯 한숨을 쉬며 고민하는 듯하더니 나에게 말했다.

"최 과장, 시준 씨와 같은 동네 산다고 했지?"

"근처긴 하죠. 버스 두세 정거장 거리니까요."

"저번에 시준 씨 술 취해서 데려다준 적도 있었잖아. 민 대리랑 같이 한번 집에 가봐. 나는 오전에 본부장님 회의가 있어서 못 움직이니까."

"집에요? 집까지 가는 건 좀 그렇지 않나요?"

"퇴사할 때 퇴사하더라도 왜 그러는지는 알아야 할 거 아냐. 그리고 혹시라도 안 좋은 생각하고 있는 거면 어떻게 해? 부모님도 외국에 계시다고 했잖아."

그건 그렇지. 나는 알겠다고 했다. 그리고 겁을 잔뜩 먹은 채 '혹시 무서운 광경 보게 되는 건 아니겠죠.'라고 중얼거리는 민 대리와 함께 가방을 챙겨서 회사를 나섰다.

"최 과장님은 시준 씨한테 무슨 이상한 점 느끼셨어요?"

"글쎄? 워낙 차분한 친구라서 별다른 건 못 느꼈는데요."

민 대리는 잠시 입을 달싹이며 망설이는 듯했다. 그러다 사실 자기는 마음에 좀 걸리는 일이 하나 있다며 조심스럽게 말을 이었다. 얼마 전에 시준이 자신의 지인 얘기라며 들려준 얘기가 있다고 했다.

"대학 동기 얘기라고 했어요. 그 친구가 얼마 전 회사 생활이 도저히 안 맞아서 사직서를 냈대요. 그랬더니 팀장이 화내면서 사직서를 찢어버렸다고 하더라고요."

"그 팀장이 드라마를 너무 많이 본 거 아닌가? 자기가 뭐라고 사직서를 찢어요."

"그러게 말이에요. 그런데 거기 업계가 빤해서 이직해도 소문이 금방 퍼지는 곳이래요. 그래서 상사가 더 기세등등했나봐요. 결국, 상사에게 한 번 반항하고 개긴 해프닝 정도로 끝나버렸대요. 시준 씨가 이런 경우에는 어떻게 하면 좋겠냐고 물어보더라고요."

"그래서 민 대리는 뭐라고 했어요?"

내 질문에 민 대리는 특유의 익살스러운 표정을 지었다.

"다음번에는 사직서를 코팅해서 내라고 했어요!"

나는 그 순간 서슬이 퍼런 상사가 직원 앞에서 사직서를 찢으려다가 코팅 때문에 당황하는 모습을 떠올렸다. 그리고 민 대리와 눈이 마주치자 누기 먼저랄 새 없이 웃음이 터졌다. 민 대리의 농담 덕분에 인사팀이 알려준 주소지에 도착했을 무렵에는 마음이 조금 가벼워져 있었다. 별일 아닐 거야. 우리는 서로를 안심시켰다. 집 주소는 인사팀에게 받았는데 처음에는 개인정보라며 알려주길 꺼려하다가, 우리가 혹시라도 극단적인 일이라도 있으면 어쩌냐는 말을 꺼내자마자 흠칫 놀라며 알려주었다. 그러고는 혹시라도 무슨 일이 생기면 우리가 해결하려고 하지 말고 꼭 경찰에 연락하라고 신신당부했다.

딩동. 딩동.

몇 번이고 초인종을 눌렀으나 돌아오는 건 불길한 침묵뿐이었다. 민 대리는 불안한 표정으로 '시준 씨!'라고 갈라진 목소리로 불렀다. 나는 문을 다소 거칠게 두드리기 시작했다. 잠시 후 안에서 부스럭거리는 소리가 들리더니 문이 벌컥 열렸다. 아, 집에 무사하게 있구나. 다행이다. 안도하는 마음도 잠시, 남자는 처음 보는 사람이었다. 그는 나와 민 대리를 위아래로 미심쩍게 훑어보더니 짜증스럽게 물었다.

"무슨 일이시죠? 아침부터."

"아, 여기 사는 시준 씨를 만나러 왔습니다. 직장 동료인데 출근을 안 해서요. 혹시 안에 있습니까?"

"시준 씨요? 그런 사람은 없어요. 잘못 찾아오셨네요. 여기는 저 혼자 사는 곳이에요."

나와 민 대리는 당황해서 인사팀의 문자와 현관문의 호수를 몇 번이고 비교해보았다. 우리의 혼란스러운 표정을 보자 남자는 부스스한 머리를 손으로 쓱쓱, 빗으며 말했다.

"혹시 예전에 사셨던 분일지도 모르겠네요. 제가 이사 온 게 이 주쯤 됐습니다."

"혹시 어디로 간다는 말은 없었나요?"

"글쎄요. 저는 집주인하고만 얘기했으니 모르죠. 예전 세입자는 본 적도 없는걸요."

초췌한 몰골의 남자는 느릿하게 하품하며 문을 닫았다. 닫힌 문 앞에서 나와 민 대리는 얼굴을 마주 봤다. 허탈감에 어이없는 실소가 나올 지경이었다.

"최 과장님, 이제 어떻게 해요?"

"뭘 어쩌겠어요. 이제 우리가 할 수 있는 건 더 없잖아요."

"시준 씨는 말도 없이 어디로 간 걸까요?"

"……."

막내가 완벽하게 사라졌다.

우리 쪽에서 연결할 수 있는 수단은 모두 끊어졌다. 가장 연결하기 편하고 만만했던 막내가 일 년에 한 번 들르는 본사 회장님보다도 만날 방도가 없어지다니 이상한 일이었다. 이제 우리에게 남은 건 막내가 말한 대리인을 얌전히 기다리는 것뿐이었다.

회사에 복귀해서 상황을 설명하니 팀장은 황당한 표정을 지었다. 그러고는 어딘지 모르게 불안하고 초조한 기색으로 입술을 잘근잘근 물었다. 그때였다. 갑자기 팀장의 책상에 놓인 전화기가 신경질적인 톤으로 날카롭게 울렸다. 팀장은 전화기를 들더니 '아, 네네. 맞습니다. 제가 강시준 사원의 팀장입니다.'라고 대답했다. 우리는 시준의 이름을 듣자마자 눈이 휘둥그레져서 일제히 팀장의 입을 쳐다봤다.

"네네. 그렇습니다. 저를요? 아, 내일이요? 네네. 3시, 3시 좋습니다. 인사팀이요? 아, 그건 제가 물어봐야 하는데. 아, 이미 약속을 잡으셨다고요? 네네. 알겠습니다."

팀장은 전화를 끊더니 지친 기색으로 의자에 털썩 몸을 기댔다. '무슨 일이래요?' 우리는 우르르 달려가 물었다. 팀장은 그 사이 삼 년쯤 늙은 표정으로 '시준 씨 대리인이 내일 찾아온대.'라고 힘없이 대답했다.

"시준 씨는요?"

"안 오나봐. 대리인인 자기한테 전달하면 된대. 내일 인사팀까지 함께 미팅하자는데 도대체 무슨 일인지 모르겠다. 요즘 애들은 퇴사를 이렇게 하나? 그동안 회사에서 일하면서 진짜 별일을 다 겪어봤다고 생각했는데."

신세 한탄을 시작한 팀장을 뒤로하고 우리는 수군거리며

자리로 돌아갔다. 자리에 앉아도 일이 도무지 손에 잡히지 않았다. 시준의 소문은 순식간에 회사에 퍼져나갔다. 처음 겪어보는 경우이다 보니 다들 호기심으로 술렁거렸다. 우리 부서원들은 모두 폭주하는 메신저에 대답하거나, 다른 부서 동료의 손에 끌려 비품실이나 회의실 한구석으로 끌려갔다.

나의 경우는 후자였다. 동기인 물류시스템팀 박 과장은 비품실 구석에서 내게 커피를 권하며 목소리를 낮춰서 은근하게 물었다.

"내일 대리인이 회사에 방문한다며?"

"그렇대. 요즘은 퇴사 대행 서비스 있다던데, 그런 건가?"

"내 생각에는 내일 대형 폭탄이 터질 것 같아."

"그게 무슨 소리야?"

"대리인이 회사에서 담판을 지을 내용이 뭐겠어? 이제 퇴사할 거니까 법적으로 따지겠다는 거잖아."

"법적으로 따질 게 뭐가 있어. 그냥 막내 사원이었는데. 남자 직원이라 성희롱 같은 문제도 아니고."

"요새 성희롱에 남자 여자가 어디 있어?"

박 과장은 주위를 살피며 혹시 누가 듣는지 확인했다, 그리고 목소리를 더 낮춰서 속삭이듯 말을 이었다

"우리 회사가 리버스 멘토링(reverse mentoring, 역멘토링) 하는 거 알지? 주니어 직원이 임원의 멘토가 되어서 가르

쳐주는 거. 거기 막내가 우리 본부장님 멘토였잖아. 그런데 두 달 전에 '리버스 멘토링의 밤'에서 시준 씨한테 좀 안 좋은 일이 있었나 봐."

"무슨 일? 그런 얘기 못 들었는데."

"인사팀에서 쉬쉬해서 덮은 거지. 최 과장도 알다시피 우리 본부장이 여성 최초 임원답게 완전 대장부 스타일이잖아. 그날 술에 잔뜩 취해서는 시준 씨를 옆에 끼고 어깨동무하고, 귀엽다며 볼을 꼬집고 난리가 났대. 나중에는 만취해서 볼에 뽀뽀도 했다는 거야. 심지어는 시준 씨 허벅지를 칭찬하면서 점점 안쪽으로 손이 들어가려는 걸 주위에서 간신히 말려서 떼 놨다더라. 그런데 그 일 직후에 시준 씨가 화장실에 간다고 나가더니 그대로 사라졌다는 거야. 전화해도 안 받고."

"요즘 같은 세상에 무슨 배짱이야? 너희 본부장은."

"몰라, 난들 알아? 어쨌든 인사팀은 시준 씨가 술을 많이 마시다 보니 필름이 끊겨서 집에 간 것 같다고 설명하고, 다음 날 시준 씨 불러서 다독였다고 하더라고. 최 과장은 진짜 몰랐어? 처음 듣는 얘기야?"

전혀 몰랐다. 시준은 원래부터 이것저것 시시콜콜하게 말하는 성격이 아니기도 했다. 190센티미터에 가까운 키에 뼈대가 크고 체격이 좋아 격투기를 취미로 해도 어울릴 외양이지만 성격은 꽤 차분한 편이었다. 책상에 타공 보드를 설치해서 여행지에서 찍은 폴라로이드 사진과 나사(NASA)에서 찍은 우주 사진들을 붙여놓는 아기자기한 취미도 있었다. 업무 지시 때문에 시준의 자리로 갈 때면, 나는 가끔 타공판의 사진에 관해 물어보곤 했다. 그럴 때면 시준이 상기된 얼굴로 '아, 그건 있잖아요.'라며 조곤조곤 설명해주던 기억이 난다.

그러고 보니 입사 초반에는 이것저것 물어보며 일에 의욕을 보이던 시준이 어느 순간부터 조용해졌다고 느끼긴 했었다. 하지만 밀려드는 일에 지쳤나 보다며 대수롭지 않게 넘겼었다. 다들 비슷한 과정을 거치는 법이니까. 그런데 그런 일이 있었다고? 나는 뒤늦게 미안한 마음이 들었다. 시준 씨가 올해 몇 살이더라? 스물일곱? 여덟?

"아까 인사팀이 우리 본부장 방에 들어가더라고. 뭔가 들은 게 있으니 그런 게 아닐까? 우리 본부장과 그때 쉬쉬하며 사건을 덮은 인사 담당자는 지금 벌벌 떨고 있을걸. 대리인이 내일 3시에 온다고 했지?"

나는 고개를 무겁게 끄덕였다. 단순한 무단 퇴사라고 생각했던 일이 점점 커지고 있었다.

———✐

자리로 돌아오니 팀장 역시 여기저기 불려 다니고 있는

지 자리에 없었다. 아까 들은 내용 때문에 심란한 마음으로 모니터 화면을 건성으로 훑어보고 있는데, 민 대리가 금방이라도 울 것 같은 표정으로 말을 걸어왔다.

"최 과장님, 업무 지적은 '직장 내 괴롭힘 금지법'에 해당하는 거 아니죠?"

"민 대리까지 왜 그래요. 걱정하지 말아요. 민 대리 같은 순둥이가 무슨 괴롭힘이에요. 업무상 싫은 소리 몇 번 한 걸 가지고 걱정할 필요 없어요."

"그런데 저번에 제가 너무 화가 나서 한 번……."

민 대리는 조심스럽게 주위를 살펴보더니 나에게 휴대전화를 내밀었다. 어차피 우리 부서에는 팀장을 비롯해 아무도 자리에 없었다. 아까 나처럼 다들 어딘가에 불려 가 있는 모양이었다. 민 대리가 보여준 문자는 이랬다.

'시준 씨, 어떻게 제가 몇 번이나 말한 부분을 안 챙겨놓을 수가 있어요. 제가 본부장님께 얼마나 혼났는지 몰라요. 그것도 클라이언트가 보는 앞에서요. 시준 씨가 지방대 출신이고 스펙도 뛰어나지 않지만 일은 야무지게 잘할 거라고 생각했는데 이런 식이면 곤란해요. 시준 씨는 남들보다 조건이 떨어지니 더 노력해야 하는 것 아닌가요? 적어도 민폐 끼치는 일은 없었으면 합니다.'

민 대리가 울먹이며 말했다. 체크리스트 적어주고, 메일로도 알려줬는데 빼먹어서 너무너무 화가 났었다고. 클라이언트 앞에서 망신을 당하고 나니 어떻게든 따끔하게 한마디 해야겠다는 생각밖에 없었다고 말이다. 나는 차마 그 앞에서 그렇다고 인신공격을 따끔하게 하면 어떻게 해요, 라는 말을 할 수는 없었다.

"혹시 이걸로 소송을 걸면 어떻게 해요?"

"민 대리가 그동안 잘해준 것도 있잖아요. 아닐 거예요."

민 대리는 여전히 불안한 표정이었다. 그러고는 사실 이거 말고도 몇 개 더 있기는 해요, 라면서 기어들어가는 소리로 고백했다. 의외였다. 민 대리는 청소하는 여사님에게도 늘 깍듯이 인사하고 명절 선물도 가끔 챙겨드리는 예의 바른 사람인데. 민 대리는 '혹시라도 소송을 당하면 최 과장님은 제 편을 들어주셔야 해요.'라고 다짐을 받았다. 나는 그러겠노라고 선선히 약속했다. 민 대리는 약간 안심이 된 표정으로 자기 모니터 앞으로 돌아가더니 번쩍이는 메신저 대화창들을 향해 빠르게 대답하기 시작했다.

'그러고 보니 나는 시준 씨한테 실수한 거 없나?'

덩달아 불안해진 나는 그동안의 행동과 말을 천천히 복기해보았다. 별것 없었던 것 같기도, 있었던 것 같기도 해서 마음이 어지러웠다. 혹시 하는 마음에 시준과 주고받은 메일을 뒤져보기 시작했다. 그때, 낯빛이 거뭇해진 팀장이 내 자리로 오더니 조용히 속삭였다.

"최 과장. 잠깐 나 좀 봐."

우리는 빈 회의실을 찾아 문을 굳게 닫고 자리에 앉았다. 팀장은 입을 달싹거리면서 한참 고민하더니 간신히 입을 뗐다.

"내일 대리인이 내 얘기도 하겠지?"

"소속 부서장이니까 이런저런 얘기할 수는 있겠지만 걱정하지 마세요. 팀장님이 시준 씨에게 잘 대해준 거 저희가 다 아는데요, 뭐. 이것저것 잘 챙겨주셨잖아요. 야근도 웬만하면 못 하게 하고."

"……."

"혹시 소송이라도 걸면 제가 증인이 되어드릴게요."

나는 심각한 표정의 팀장을 보며 일부러 농담했다. 팀장은 내 말을 듣고는 힘없이 웃더니 다시 침통해졌다.

"다른 건 걱정이 안 되는데, 시준 씨한테 개인적인 업무를 좀 시킨 게 마음이 걸리네."

"개인적인 업무요?"

"왜, 최 과장도 알잖아. 나 요즘 대학원 다니는 거."

아, 그거요. 나는 고개를 끄덕였다. 우리 회사는 팀장급 이상에게는 석사 이상을 권하는 분위기였기 때문에 팀장은 작년부터 서강대 경제대학원 야간 과정을 듣고 있었다.

"시준 씨가 그쪽 전공해서 잘 알잖아. 그래서 잘 이해가 안 되는 과제가 생기면 좀 도움을 요청했지. 최 과장도 알다시피 내가 요즘 얼마나 바빴어?"

"네. 신규 프로젝트 때문에 정신없이 바쁘시긴 했죠."

"그런데 시준 씨가 시킬 때부터 싫은 기색으로 미적거리더니 가져온 결과물들이 너무 성의가 없는 거야. 솔직히 화가 나더라고. 나는 시준 씨가 업무가 미숙해서 제대로 못할 때도 아무 소리 안 하고 대신 처리해준 적이 많은데 말이야. 배은망덕도 유분수지. 그러다가 결정적으로 안 좋은 일이 생기기는 했는데……."

"뭔데요?"

"아휴, 별것도 아니야. 내 지도교수가 동료들이랑 5박 6일로 베트남 골프 여행을 계획하고 있더라고. 그런데 우리가 마침 베트남에 현지 법인이 있잖아. 그래서 내가 챙겨드리겠다고 교수에게 큰소리쳤지. 사실 별거 없었어. 숙박이랑 차량 예약하고, 현지 가이드와 골프장, 관광 일정 짜고, 뭐 그런 거지."

"그걸 시준 씨한테 시키신 거예요?"

"최 과장. 맹세코 시준 씨가 할 일은 진짜 별로 없었어. 대부분은 현지에 파견 나가 있는 학교 후배 민 과장이 해주기로 했다고. 그러니까 교수들과 커뮤니케이션만 하면 되는 거였는데, 며칠 후에 와서 못 하겠다고 하는 거야. 화가 나잖아. 내가 이 일 때문에 따로 야근하라고 했어? 아니잖아. 업무 주는 대신 그거 하라고 한 거 아니야. 그래서 좀 큰소리를 냈더니 다음 날 사직서를 가져왔더라고."

"……사직서요? 그럼 이번이 처음이 아니었네요. 그래서 팀장님은 뭐라고 하셨는데요?"

"대놓고 반항하는 것 같아서 화가 나더라고. 뭐, 그래도 어쩌겠어. 치사하고 더러워서 다시는 그런 일 안 시킬 테니 없었던 일로 하자고 했지."

팀장은 복잡한 표정이었다. 내가 법대를 나왔으니 좀 알지 않느냐는 기대 섞인 말에 대학 내내 취업 준비만 해서 모른다고 대답했다. 혹시 모르니 내일 대리인이 비슷한 얘기를 꺼내면 인정하는 말은 하지 말고 나중에 회사 법무팀과 상의하라고 조언하자 팀장은 무겁게 고개를 주억거렸다.

팀장은 나와 함께 자리에 돌아오자마자 어딘가의 전화를 받더니 한층 어두운 표정이 되어 밖으로 나갔다. 부서원들은 여전히 자리에 없었고, 인사팀은 복도를 부지런하게 오가고 있었다. 평소 시니컬하고 직설적인 성격의 옆 부서 강과장은 그 모습을 보며 한마디 툭 던졌다.

"내일까지 두려움에 떨 사람들이 많아 보이네요. 그러게 회사 다닐 때나 상사고 선배지, 그만두면 아무 관계도 아닐 사람들끼리 진즉 기본 매너는 지키고 살면 좀 좋아요? 지금 여기에 다니고 있으니까 껌뻑 죽는 척 해주는 거지, 나가면 알게 뭐예요? 말도 제대로 안 섞어줄 동네 아저씨고 모르는 아줌마지."

그날 밤 나는 늦게서야 불을 끄고 침대에 누웠지만 정신이 말똥말똥해져 도무지 잠이 오지 않았다. 설마 내 얘기가 나오지는 않겠지? 나는 누운 채로 일 년 동안 시준과의 일들을 천천히 복기했다. 오갔던 문자와 메일도 확인했다. 어제까지의 나는 누가 물어보면 하늘에 맹세코 시준에게 갑질이나 괴롭힘을 행한 적이 없다고 자신 있게 말할 수 있었다. 나는 막내라고 당연히 심부름을 시키는 그런 부류의 사람이 결코 아니었다.

하지만 회사 막내가 아니라 그냥 담백한 타인이라고 생각하자 '괜찮게 대했다'라는 기준이 흔들렸다. 혹시라도 신입 환영 회식 때 토하면서 힘들어 하는데도 집에 못 가게 붙잡은 게 잘못이었을까? 내일 결근하는 한이 있더라도 일단 끝까지 자리를 지키는 게 예의라고 조언했지. 주말에 여자친구와 어디 갔는지 이것저것 물어본 건 괜찮을까. 데드라인보다 보고서를 반나절 늦게 제출한 시준에게 짜증이 나서 다들 듣는 팀 회의에서 '시준 씨 때문에 야근했잖아. 앞으로 조심합시다.'라고 한마디 쏘아붙인 걸 기억하고 있을까.

복잡한 마음으로 한참을 뒤척이던 나는 새벽 2시가 넘어서야 간신히 잠이 들었다. 꿈속에서 온갖 사건이 일어났던 것 같은데 눈을 뜨니 흐릿한 잔상만 남아 있을 뿐 기억나는 게 없었다. 나는 피곤한 몸을 간신히 일으켜 출근 준비를 한 후 평소보다 빠른 8시쯤 회사에 도착했다. 사무실에 들어가자 팀장을 비롯한 우리 부서 사람들이 이미 자리에 앉아 있는 걸 보고 눈이 휘둥그레졌다가 이내 납득했다. 다들 비슷한 마음인 게지. 옆자리 민 대리와 눈인사를 하고 자리에 앉자 눈가가 퀭해진 팀장이 다가왔다.

"이따 3시에 그쪽에서 올 때 최 과장도 같이 들어가자."

"제가요? 왜요?"

"최 과장이 그래도 법대 나왔잖아. 로스쿨도 준비했었다며. 혹시라도 내가 말실수하거나 불리한 얘기를 하려고 하면 막아줘. 저쪽에서 막무가내로 나오면 좀 도와주고."

"법무팀은요?"

"안 그래도 부탁해봤는데, 시준 씨가 소송하겠다는 것도 아니고 퇴사를 진행하는 것뿐이라면 굳이 자기들이 왜 필요하냐는 거야. 일단 들어보고 법적인 문제가 생길 것 같으면 말해달래."

"혹시 대학원 건은 얘기해보셨어요?"

"그걸 어떻게 얘기해. 말하는 순간 한 소리 들을 텐데. 어휴, 별 이상한 직원 만나서 내가 지금 이게 무슨 일인지 모르겠다. 내가 횡령을 하기를 했어, 성추행을 했어."

팀장은 3시가 다가올수록 눈에 띄게 수척해졌다. 덩달아 얼굴이 퀭해지던 민 대리는 몸이 너무 안 좋아서 링거라도 맞고 오겠다며 나갔다. 마침내 2시 50분이 되자 로비 안내 데스크에서 방문객이 도착했다는 전화가 걸려 왔다. 팀장은 침을 꿀꺽 삼키더니 나보고 내려가 보라고 손을 내저었다. 그날따라 엘리베이터가 왜 이렇게 층층마다 서는지 속이 탈 지경이었다. 1층에 도착해서 서둘러 로비로 나가자 안내 데스크 앞에 키가 큰 남자가 서 있는 모습이 보였다. 나는 큼, 하고 기합성 기침을 한 후 남자에게 조심스럽게 다가가 말을 걸었다.

"저, 혹시 강시준 씨의……."

"네, 맞습니다."

남자는 가볍게 모자를 들어 올리며 인사했다. 삼십 대 후반쯤 되었을까? 눈썹이 진하고 턱이 각진 얼굴이었다. 마스크를 써도 얼굴 윤곽이 뚜렷하게 보일 정도였다. 상의는 베이지 트렌치코트를 입고 있었는데 단추는 모조리 채우고 목 옷깃은 빳빳하게 세운 상태였다. 하의는 짙은 색 청바지에 징이 박힌 부츠를 신고 있었다. 덥지도 않나? 나는 땀 한 방울 없이 뽀송뽀송한 그의 이마를 의아하게 쳐다봤다. 5월 말인 지금 바깥 날씨는 이상기온으로 이미 32도에 육박하고 있었는데 말이다. 남자는 나의 시선은 아랑곳하지 않고 오른손에 들린 두터운 투미 슈트케이스를 왼손으로 옮겨 쥐었다. 브라운 가죽에 튼튼한 느낌이 드는 가방 손잡이에는 앙증맞은 삼색 고양이 장식의 키링 두 개가 달려 있었다.

묘한 느낌의 남자는 엘리베이터를 기다리는 동안 한마디도 하지 않았다. 침묵이 어색한 건 나뿐인 듯했다. 궁금증으로 숨이 막힐 지경이던 나는 그의 옆모습을 보며 조심스럽게 말을 걸었다.

"시준 씨는 괜찮은 거죠?"

"괜찮다라……. 구체적으로 어떤 의미이신지?"

"뭐, 두루두루 말이에요. 갑자기 퇴사 얘기를 들어서 놀랐거든요. 그러니까 몸은……. 괜찮은가요? 뭐, 혹시라도."

"아, 그런 의미라면. 네, 시준 님은 괜찮습니다. 지금 여행 중이시거든요."

동굴 같은 중저음의 목소리를 지닌 남자는 '아, 물론 비유적인 의미가 아니라 진짜 두 발로 하는 여행입니다.'라고 덧붙였다. 농담으로 한 말인가? 내가 남자의 말에 웃어야 하나 혼란스러워하고 있는 와중에 엘리베이터는 경쾌한 알림 소리를 내며 23층에 도착했다. 회의실로 남자를 안내한 후 문을 열자, 앉아 있던 팀장과 인사팀 송 과장이 우리를 보며 어색하게 엉거주춤 일어났다.

"안녕하십니까. 제가 전화 통화한 석 팀장입니다."

"시간 내주셔서 감사합니다."

남자는 담백하게 인사를 한 후 자리에 앉았다. 모자와

트렌치코트는 여전히 벗지 않은 채였다. 두툼한 투미 가방을 테이블 위에 올려놓자 모두의 눈길이 일제히 집중되었다. 팀장이 마른 침을 꿀꺽 삼키는 소리가 들렸다. 남자는 가방 안에서 폴더 하나를 꺼냈다.

"저는 강시준 님의 대리인으로서 퇴사 절차를 진행하는 최진욱 이사입니다. 이 서류는 그걸 증명하는 위임서입니다. 먼저 살펴보시죠."

우리는 그 서류를 건성으로 훑어보며 다음에 나올 말을 초조하게 기다렸다. 남자는 코트 안쪽에서 녹음기와 펜, 수첩을 꺼냈다. 검정색 녹음기와 낡은 가죽 수첩은 평범해 보였지만, 녹색 펜에는 하얀 고양이 발자국이 여러 군데 앙증맞게 프린팅돼 있었다. 남자는 책상 가운데에 녹음기를 놓고 버튼을 누르더니 침착하게 다시 말을 이었다.

"원래 퇴사는 삼십 일 전에 통보하고, 인수인계를 진행하는 게 원칙입니다만 강시준 님은 안타깝게도 그 과정이 원활하게 되지 않았습니다. 석 팀장님께 약 오십 일 전, 즉 4월 2일에 사직서를 제출했는데 수락하지 않으셨다고 들었습니다. 석 팀장님, 사직서를 받으셨던 것 기억하시죠?"

"네, 뭐, 기억납니다. 그런데 진지한 건 아니었습니다."

"글쎄요. 주관적인 판단이겠죠. 어쨌든 강시준 님은 퇴사 의사를 오십 일 전에 공식적으로 고지하셨다는 점을 말씀드립니다. 강시준 님이 사직서 내용을 전달해주셨습니다.

원본은 사라졌다고 하셨지만."

"……."

"강시준 님은 사직 의사 자체가 거절되자 정상적인 인수인계 과정을 할 수가 없었습니다. 그래서 USB에 내용을 넣어서 책상에 두었습니다만, 혹시 못 보셨을까봐 제가 가져왔습니다. 이건 인수인계 내용 요약, USB 복사본입니다."

남자가 말할 때마다 폴더 안에서는 착착, 서류가 하나씩 나왔다. 팀장과 인사팀 과장은 얼떨떨한 표정으로 인수인계서와 USB를 하나씩 받았다. 일순 회의실에는 묵직한 침묵이 내려앉았다. 윙윙, 에어컨 돌아가는 소리만이 유일한 소음이었다. 숨 막힐 듯한 분위기가 이어지자 그나마 우리 중에서 가장 먼저 정신을 차린 인사팀 송 과장이 말했다.

"강시준 씨가 그러면 회사 자료를 가지고 간 건가요?"

"강시준 님은 갖고 있지 않습니다. 제가 지금 두 분이 갖고 계신 USB를 복사해서 하나 갖고 있을 뿐이죠. 내용 확인해주신 후 문제없음을 인정해주시면 모든 자료는 즉시 삭제하겠습니다. 이건 회사의 자료를 개인적으로 보관하지 않을 것이고, 중요한 기밀을 제삼자에게 알리지도 않겠다는 확약서입니다."

남자는 무심한 태도로 우리의 반응을 기다렸다. 침묵이 길어지자 남자는 고양이 발자국이 그려진 펜 뚜껑을 열더니 메모할 준비를 했다.

"강시준 님의 전달사항은 여기까지입니다. 혹시 궁금하신 점이 있으시면 지금 말씀하시죠."

"저……"

팀장은 물을 한 모금 마신 후 조심스럽게 입을 열었다.

"시준 씨가 다른 얘기를 하진 않았나요?"

"다른 얘기요? 어떤 걸 말씀하시는 거죠?"

"아니, 뭐, 왜 퇴사한다든지……"

아, 그 얘기요. 남자는 고개를 끄덕였다.

"물론 저에게 많은 얘기를 하셨지만, 강시준 님은 회사 측에서 모든 것을 원만하게 진행하신다면 특별히 공론화하고 싶지는 않다고 하셨습니다."

남자는 여기까지 말을 한 후 차를 한 모금 마셨다. 아까 내가 종이컵에 우려준 티백 둥글레차였다. 차를 마시는 동작은 뭐랄까, 이 자리와 어울리지 않게 굉장히 우아했다. 조금의 호록거리는 소리도 용납하지 않을 움직임이었다. 우아한 턱의 각도와 종이컵에 달랑거리고 있는 동서식품 둥글레차 마크가 왠지 이질적이었다. 그의 턱을 바라보며 송 과장이 강경한 어조로 힘주어 말했다.

"저희로서는 이런 퇴사 과정이 굉장히 당황스럽습니다. 처음 겪는 일이기도 하고요. 강시준 씨가 원만하게 일이 진행되기를 바란다고 하니 저희도 가능한 한 그렇게 하고 싶습니다. 그러면 강시준 씨가 앞으로 회사 일에 관해서 어떠한 문제도 제기하지 않는다는 것을 저희가 약속받을 수 있겠습니까?"

남자는 차를 두 모금째 마시다가 멈칫했다. 그러고는 긴 손가락으로 종이컵을 소리 없이 내려놓은 후 송 과장을 말끄러미 바라보았다.

"아까 회사 자료는 모두 삭제할 예정이고, 제삼자에게 전달하지도 않겠다는 확약서를 드렸는데요."

"아니 그것뿐이 아니라."

"회사에서 알게 된 기밀이나 민감한 정보는 당연히 말하지 않을 겁니다. 만약 그렇다면 법적인 책임을 지게 되겠지요. 하지만 회사에서 겪었던 어떠한 일도 말하지 않거나 문제 삼지 않겠다는 약속은 드릴 수가 없겠습니다."

송 과장이 항의하려고 하자 남자는 손을 들어 잠깐만요, 라며 말을 막았다.

"강시준 님은 원만하게 일 처리가 되기를 바라고 계십니다. 그리고 퇴사에 필요한 절차를 규정에 맞게 진행하려 노력했으나 담당 부서장의 거절로 불가피하게 이런 방식을 취하게 된 상황입니다. 이해 부탁드립니다."

"아니, 저희도 원만하게 처리하려면 문제 요소에 관해 미리 정리해야 하지 않겠습니까. 얘기할 건 얘기하고요."

참다 못한 팀장이 답답한 듯이 항의했다. 남자는 별 해괴한 말을 들었다는 표정으로 '미리 정리?'라고 팀장의 말을 나직이 따라 했다. 그리고 처음으로 옅게 미소를 지었다.

"뭔가 다들 오해하시는 것 같은데 퇴사는 대단한 각서를 쓰고 허락을 받아야 나갈 수 있는 게 아니라 적법한 시간과 절차에 맞춰 의사를 표현하면 성립되는 겁니다. 지금 회사에 피치 못할 손해를 끼치는 상황도 아니니까요. 아주 심플한 경우죠."

남자는 가방에서 하나의 서류 폴더를 더 꺼냈다. 여섯 개의 눈동자가 일제히 서류 폴더를 따라갔다. 남자는 폴더를 열어 안의 내용을 슬쩍 들어서 본 후 다시 덮었다. 입꼬리가 슬쩍 휘어지는 것 같았다.

"강시준 님은 원만히 진행된다면 번거로운 소모전을 하고 싶지 않다고 하셨습니다. 지금 제가 이 말을 세 번째 말씀드리는군요. 사실 이걸 가장 원하는 건 그쪽이실 텐데 말이죠. 그렇지 않습니까?"

회의실은 또다시 고요해졌다. 팀장의 표정은 얼어붙었고, 송 과장은 입을 꽉 다문 채 대리인을 노려봤다. 그 와중에 나는 눈치도 없이 목이 간질간질해져서 죽을 지경이었다. 내 자리에는 물도 없는데! 침을 삼키며 필사적으로 참았다가 결국 발작적으로 기침을 콜록콜록 내뱉고 말았다. 그 소리에 팀장은 겨우 정신이 들은 듯했다.

"……좋습니다. 강시준 씨가 이렇게 퇴사를 진행하기로 한 건 여러 이유가 있겠지요. 제가 책임지고 원만하게 잘 진행될 수 있도록 하겠습니다."

남자는 고개를 끄덕였다.

"감사합니다. 강시준 님께서도 팀장님은 합리적인 분이니 잘 처리해주실 거라고 하더군요."

이후 과정은 일사천리로 진행되었다. 마지막에 모두를 얼어붙게 만든 해프닝은 있었지만 말이다. 남자는 필요한 서류나 확인사항이 있으면 명함에 적힌 연락처로 알려 달라는 말을 남기고 일어섰다. 나는 넋 나간 듯한 팀장을 대신해서 남자를 밖으로 배웅했다. 남자와 다시 엘리베이터를 타고 내려가는 동안 아까부터 궁금했던 걸 물었다.

"이런 서비스를 이용하는 사람이 또 있나요?"

"네. 많습니다. 덕분에 우리 회사가 바빠졌지요."

로비에 도착한 후 출입증과 신분증을 교환한 남자는 빙글, 돌아섰다. 펄럭이는 트렌치코트 아래로 징 박힌 부츠가 성큼성큼 앞을 향해 걸어가고 있었다. 걸음에 맞춰 고양이 키링들이 찰랑, 하면서 맑은 소리를 냈다. 그 모습을 멍하니 지켜보고 있자니 문자 알림 소리가 들렸다. 민 대리였다.

'과장님, 저 너무 불안해서 죽을 것 같아요. 혹시 대리인이 뭐라고 하던가요?'

달달 떠는 모습이 전화기 너머까지 전해졌다. 나는 문자로 설명할까 하다가 초조해할 민 대리를 생각해서 전화를 걸기로 했다. 신호음을 기다리며 문 쪽으로 시선을 다시 돌렸더니 남자는 어느샌가 사라지고 없었다.

"별말 없었어. 퇴사 절차를 위해서 왔다고 하더라고. 민 대리가 걱정한 일은 없었어. 시준 씨가 분란 없이 그냥 조용히 퇴사하고 싶다고 했대."

"정말요? 너무 너무 다행이다. 저 아까 점심 먹은 것도 토했거든요. 지금 링거가 절반쯤 들어갔는데, 20분 정도면 끝날 것 같아요. 곧 들어갈게요."

민 대리는 반색했다. 나는 하나 더 얘기해줄까 생각하다가 마음을 바꿔서 이따 사무실에 돌아오면 말해주기로 했다. 방금 전 팀장을 얼어붙게 만든 해프닝 말이다.

남자는 퇴사 절차가 원만하게 마무리되고 나자 마지막에 '아, 잠깐만요.' 하면서 서류를 하나 내밀었다.

"말씀드린 사직서입니다. 강시준 님은 꼭 이렇게 전달해 달라고 요청하셨습니다."

코팅된 사직서였다.

가슴 뛰는 일을
찾습니다

나는 아주 일부분을 좋아하는 것뿐이면서

안 맞는 일로 가득 찬 일을 직업으로 골랐다.

지하철에서 파는 델리만쥬 같았던 거다.

냄새를 맡으면 참을 수 없이 끌리지만

실제로 먹게 되면 예상과 다른.

가슴 뛰는 일을 하세요.

인생은 한 번뿐이니까요.

놀고 있네.

나는 SNS에 올라온 문구를 보자마자 바로 얼굴을 찌푸렸다. 저 글을 쓴 사람은 지금 어떻게 살고 있을까. 여전히 그렇게 가슴이 뛰고 심장이 두근거리고 있을까. 글쎄, 그렇다면 심혈관 질환으로 진작 세상을 떠났거나 골골한 모습으로 살고 있지 않을까. 저런 말에 세상 누구보다 유난이던 나는 최근 가슴이 두근거리는 증상 때문에 병원 진료를 받았다. 의사는 스트레스성이라고 했다. 오랜 친구인 세연은 의사의 진단을 전해 듣자마자 코웃음을 치며 말했다.

"그게 무슨 의미인지 알아?"

"무슨 의미인데?"

"너는 영원히 나을 수 없다는 거야."

그 말을 듣자마자 나는 웃음을 터트렸다. 세연의 말은
맞았다. 심장이 두근거리는 이 증상은 아마도 지금의 직장
을 다니는 한 벗어날 수 없으리라.

"자, 점검 회의합시다."

나는 민 리더의 목소리를 듣는 순간 심장이 빠르게 뛰는
걸 느끼며 한숨을 내쉬었다. 일주일 중 제일 싫어하는 시간
이었다. 태블릿과 펜을 최대한 느릿느릿하게 챙긴 후 회의
실에 앉았다. 민 리더는 못마땅한 표정으로 자기 앞에 놓인
문서를 바라보고 있다가 팀원들이 전부 자리에 앉기도 전
에 목소리를 높였다.

"이번 1/4분기 후원 실적이 너무 저조하네요. 지금 다들
너무 안이하게 생각하는 것 아닌가요?"

"……."

"이사장님이 오늘 아침에 정말 화를 내셨어요. 이 상태라
면 우리가 계획했던 사업을 절반도 진행하지 못한다고요.
각자 지난 분기에 어떤 노력과 성과를 했는지, 앞으로 계획
은 무엇인지 말해봅시다. 자, 강찬 씨부터 말해보세요."

강찬은 화들짝 놀라며 허둥댔다. 쯧쯧, 민 리더가 항상
자기 오른쪽부터 시킨다는 걸 알았어야지. 강찬은 수첩을
뒤적이며 더듬더듬 발표하기 시작했고, 설명이 이어질수록
민 리더의 표정은 나빠졌다. 민 리더는 강찬의 말이 끝날

때마다 아니, 그렇게 순진하게 생각하시면 이렇게 합니까, 좀 더 적극적으로 하셨어야죠, 같은 류의 질타를 연이어 쏟아냈다. 아무래도 오늘 민 리더는 작정한 것 같았다.

다음다음은 내 차례겠구나. 나는 보이지 않게 한숨을 쉬었다. 다행히 나는 몇 년 전에 국제봉사단에서 만난 P그룹 대표를 통해 넉넉한 후원금을 유치했기 때문에 사정이 나은 편이었다. 게다가 P그룹 대표는 우리 재단에 매년 1억 원씩 십 년 동안 후원하기로 약속까지 한 터였다. 이 성과를 짐짓 자랑스럽게 보고했지만, 민 리더는 구겨진 미간을 도무지 펼 생각을 하지 않았다.

"혜진 씨. 지금 재단 상황이 안 좋다고 했잖아요. P그룹 대표님과 잘 안다고 했죠? 오늘 연락드려서 후원금을 십 년 동안 나누지 않고 올해 한꺼번에 후원해줄 수 있을지 설득해봐요."

민 리더는 언제나 내 생각 이상이다. 나는 속으로 '그게 되겠니? 그러다 십 년 약속마저 취소당하지.'라고 생각했지만 현명하게 입을 다무는 걸 선택했다. 고개를 신중하게 끄덕이며 태블릿에 민 리더의 지시를 꾹꾹 눌러쓴 후 'I.D'라는 표시를 해두었다. 예전에 누가 무슨 표시냐고 묻길래 'Important Direction(중요 지시)'이라고 대답했지만, 사실은 간헐적 또라이 'Intermittent Ddoray'의 약자였다. 민 리더는 가타부타 말이 없는 내 반응이 못마땅했는지 기어이 한마디를 보탰다.

"그리고 전부터 말하려고 했는데, 그렇게 비싸 보이는 태블릿을 꼭 써야 해요? 후원자들이 뭐라고 생각하겠어요?"

"……저는 이게 편해서요."

"혜진 씨 집안 좋은 건 아는데, 후원자들이 오해할 수 있다고요. 쓰고 싶은 돈 아껴서 열심히 후원했더니 직원들이 호의호식한다고 생각할 거 아녜요."

요즘은 초등학생도 인터넷 강의 때문에 사는 태블릿이 부의 상징이었다니. 나는 부의 신개념에 잠시 정신이 아찔해질 지경이었다. 다행히 다음 팀원이 발표를 시작하면서 민 리더의 공격 타깃은 금세 넘어갔다. 그 팀원은 지인과 가족들에게 사정사정해서 달성한 스무 건의 1만 원 후원 약정이 전부였기 때문에 민 리더의 말이 끝날 무렵 발개진 눈시울로 코를 들이마셨다.

후원금 실적 점검 다음의 안건은 굿즈 기획 및 판매였다. 최근 NGO 기관이 우후죽순처럼 생겨나면서 기관을 홍보하고 부족한 후원금을 모으기 위한 다양한 시도들이 늘어나는 추세였다. 그중 인기 있는 것은 단연 굿즈 판매였다.

'학대받는 여성들을 구해주세요. 팔찌를 드립니다.'

'환경을 지켜주세요. 북극곰 머그잔을 드립니다.'

사람들은 정기 후원보다는 프로젝트 후원을 원했다. 1만 원을 후원하기보다는 1만 원짜리 머그잔을 2만 원에 사서 SNS에 올리려는 사람이 많아졌기 때문이다.

#어쩐지마음이움직여서 #후원머그잔 #북극곰아_미안해 #다같이사는세상 #선한영향력 #후원동참 #Kpop #요즘피곤해서_얼굴이엉망

이런 상황이다 보니 우리 재단의 홍보는 두 가지 방향으로 나뉘었다. 첫 번째 그룹은 가능한 한 쓸쓸하고 안타까운 사진을 찍고, 담담한 듯하지만 슬픔이 차오르도록 후원 글을 썼다. 검색 포털 등에서 상위권에 올라가면 담당자는 칭찬을 받았다. 두 번째 그룹은 굿즈를 만들었다. 굿즈의 중요한 점은 후원자들이 불쾌감을 느끼면 안 된다는 것이었다. 죽어가는 북극곰도 머그잔과 배지에는 사랑스럽게 보여야 했다. 이러다 보니 같은 사연을 실제보다 더 슬프게 보이려는 쪽과 후원자의 일상을 방해하지 않도록 덜 슬프게 보이려는 쪽의 노력이 묘하게 공존하고 있었다.

최근 민 리더는 굿즈에 꽂힌 쪽이었다.

"그래서 말인데, 우리 기관에서 도와주는 대상자의 사연을 선정해서 시리즈 굿즈를 만들면 어떨까요? 프로젝트 제목은 뭐랄까, '연결의 힘', '응원의 힘', 이렇게 해서."

민 리더의 제안에 성폭행 피해 여성을 담당하는 최 매니

저가 손을 들더니 의문을 제기했다.

"저희가 주로 돕는 대상이 폭력에서 벗어난 여성이라든가, 학대에서 구조된 아동이라든가, 불행한 환경 때문에 생겨난 소년범들인데 어떻게 굿즈를 만드신다는 거죠?"

"저번에 오랫동안 남편에게 가스라이팅으로 고통받다가 탈출한 성미 씨 사연의 반응이 뜨거웠잖아요. 그리고 아동학대를 당하다가 어머니를 우발적으로 폭행한 가영이 사연도 있고. 이걸 시리즈별로 오픈하고 사람들에게 굿즈 아이디어를 받는 거죠. 그래서 가장 우수한 아이디어나 디자인을 선정한 후 크라우딩 펀딩으로 제작해서 나눠주면 어떨까요?"

"그 사람들이 사연 공개를 원치 않으면 어떻게 하죠?"

다른 팀원이 말하자 민 리더가 얼굴을 찌푸렸다.

"그러니까 잘 설득해야죠. 그러면 뭐 더 좋은 아이디어라도 있어요? 굿즈 수익의 절반을 대상자에게 주는 방식으로 하면 되잖아요! 수익 자체보다는 이 프로젝트가 입소문이 나서 우리 기관이 잘 홍보되는 걸 목표로 합시다."

나는 잠시 상상해보았다. 남편에게 오랫동안 학대받다가 간신히 탈출했는데 내 사연을 담은 굿즈가 머그잔과 에코백으로 돌아다니는 모습을 보면 어떤 기분이 들까?

#혜진님_미안해요 #혜진아응원해 #혜진과_함께할게

어느 날 문득 거래처에 미팅하러 갔는데 상대편이 나의

캐리커처와 응원 메시지가 그려진 폰 케이스를 쓰고 있는 상상을 하자 정신이 아득해졌다.

민 리더는 각자 좋은 아이디어를 고민한 후 수요일에 다시 회의하자면서 노트를 덮었다. 우리는 모두 보이지 않게 깊은 한숨을 쉰 후 가능한 한 빠르게 일어나 회의실을 나갔다. 나가는 길에 보이는 회의실 벽에는 커다란 문구가 색이 바랜 채로 붙어 있었다.

'한 사람을 구하는 것은 세상을 구하는 것이다.'

가슴이 뛰었다.

처음 봤을 때와는 다른 의미로.

나의 어린 시절은 꼬맹이 때부터 엄마 아빠를 따라 해외 봉사를 하러 간 기억으로 가득하다. 소아청소년과 아빠, 치과 의사인 엄마는 '국경 없는 의사회' 봉사 현장에서 만나 사랑에 빠졌고, 결혼 후에도 이 활동을 계속하기로 약속했다고 한다. 내가 말을 할 수 있고, 스스로 밥을 먹을 수 있는 다섯 살이 되자마자 부모님은 일 년에 한 번씩 전 세계를 돌아다니면서 의료 봉사를 했다.

봉사 현장에서 나처럼 어린아이는 관심과 애정의 대상이 되기 마련이다. 부모님의 동료인 어른들은 하나같이 나를 예뻐했고, 불평하지 않고 잘 지내는 것만으로도 기특해서 어쩔 줄 모르며 칭찬을 했다. 어쩌면 저렇게 의젓하냐, 어쩌면 저렇게 가리지 않고 잘 먹냐, 어쩌면 저렇게 잘 자냐, 어쩌면 저렇게 현지 사람들과 잘 어울리냐. 나중에는 코만 잘 풀어도 칭찬을 했다.

'덕분에 나는 모르는 사람에게도 잘 인사하고, 주는 대로 잘 먹고, 아무 데서나 잘 자는 능력을 얻었지.'

초등학생이 된 후부터는 사람들에게 대기 번호표를 나눠 주고, 치료를 용감하게 마친 아이들에게 사탕을 하나씩 건네는 역할을 맡았다. 한번은 주사를 맞고 눈물범벅인 아이에게 사탕을 주자 아이 엄마가 유쾌하게 웃으며 고맙다고 했다. 그리고 나의 머리를 쓰다듬으며 'You are really a good girl.(정말 착한 아이구나)'이라고 악센트 강한 영어로 다정하게 속삭였다.

평온하게 이어지던 일상은 내가 고등학교 2학년이 되던 해, 날카로운 전화벨 소리와 함께 깨지고 말았다. 그때 엄마는 국경 없는 의사회의 남미 봉사팀에 합류한 지 일주일째였는데, 나는 빡빡한 학원 일정 때문에 따라가지 않았다. 미성년자는 집에 혼자 두지 않는다는 우리 집 철칙에 따라 아빠도 집에 남았다.

"혜진이니? 아빠가 전화를 안 받으시는데 어디 계시니?"

"아빠요? 지금 씻고 계세요."

"아빠가 나오시면 진수 아저씨한테 바로 전화해 달라고 할래? 급한 일이야."

나는 아빠가 욕실에서 머리를 털며 나오는 걸 보자마자 아저씨의 메시지를 전했다. 의아한 표정으로 아빠는 전화를 걸었다.

"나야. 무슨 급한 일 있어? 혜진 엄미? 혜진 엄마는 이번 남미팀 일정 때문에 나가 있지. 그게 무슨 소리야? 뉴스?"

아빠는 허둥지둥 리모컨을 찾아 두리번거렸다. 내가 찾아서 건네주자 몇 번 헛손질을 하다가 간신히 텔레비전을 켰다. 뉴스에는 앵커가 대규모 지진으로 인한 아비규환의 현장을 속보로 전하고 있었다.

"아빠. 저기 엄마가 간 지역 아니야?"

아빠는 아무 말 없이 얼어붙은 표정으로 화면을 지켜보고 있다가 내가 울먹이면서 아빠, 라고 부르자 가까스로 정신을 차렸다. 별일 아닐 거야, 혜진아. 아빠는 나를 달랬다. 엄마는 괜찮을 거라고. 지금 통신 문제 때문에 연락이 끊겨서 다들 걱정하는 것뿐이라고. 그러고는 좀 알아보고 와야겠다며 서둘러 나갔다.

그 후 일주일 동안 절망이 희망으로 바뀌고, 희망이 다시 절망으로 바뀌었다. 결국, 엄마는 임시 병원으로 쓰던 학교 강당의 폐허 속에서 발견되었다. 치료하던 아이들과 한 덩어리가 되어 웅크린 채로. 열흘 후 수척해진 아빠는 엄마의 새하얀 유골함을 들고 인천공항에 도착했다.

소식을 듣자마자 할머니는 어수 생활을 정리하고 서울로 올라왔다. 할머니는 아무 말도 하지 않았다. 나를 아프도록 껴안았을 뿐이다. 그러고는 하루에 세 번씩 내 방에 정갈하게 차린 식사를 들여놓았다. 내가 한동안 학교도 가지 않고 방 안에서 울기만 할 때도 방문 앞에서 조용히 기다릴 뿐이었다. 아빠는 장례식 이후에 한 번도 울지 않았다. 새벽에 불 꺼진 거실 소파에 앉아 엄마 사진을 물끄러미 들여다보고 있는 모습만 가끔 보일 뿐이었다. 우리 둘은 매월 첫째 주가 되면 엄마가 수목장으로 묻힌 추모 공원에 가서 그동안 있었던 일을 모조리 말해주었다. 일종의 우리만의 의식이었다.

나는 언제나 엄마처럼 살고 싶었다. 그래서 대학교 4학년이 되자 원래 목표했던 로스쿨 대신 사회재단인 NGO에 가겠다고 결심했다. 아빠와 할머니는 처음에 놀란 기색이었지만, 내가 원하는 일이면 해보라고 격려했다. 나는 미얀마에 국제 봉사단 자격으로 파견되어 아이들에게 일 년 동안 과학과 수학을 가르쳤다. 활동 기간이 끝나자 귀국해서 지금 직장에 입사했다. 이 조직은 직원이 서른 명 정도 되는 NGO였는데, 주로 약자인 아이와 여성을 대변하는 역할을 했다. 미얀마에서 일하면서 힘든 상황이 되면 가장 먼저 바닥으로 고꾸라지는 존재가 아동과 힘없는 여성임을 아프도록 목격했기 때문에 이 직장에 마음이 갔다. 그때 내 나이가 스물여섯이었다.

입사 첫해에는 남편의 폭력 때문에 신발도 신지 못한 채 8개월 아기와 도망 나온 스물두 살 선아를 만났다. 화분에 맞아 왼쪽 광대가 함몰된 선아는 첫날에 눈도 마주치지 못한 채 벌벌 떨었지만, 시설에서 보호를 받으며 지내는 몇 주 동안 점차 생기가 돌았다. 나중에는 용기를 온통 끌어내어 경찰 앞에서 피해 사실을 더듬더듬하게나마 말할 수 있게 되었다. 결국, 그 인간말종 같은 남편은 입건되었고, 이혼 소송도 무사히 마무리할 수 있었다.

우리는 선아에게 어린 아들을 데리고 살 수 있는 8평짜리 깨끗한 원룸을 마련해줬는데, 그녀는 햇빛이 들어오는 창문과 곰팡이 없는 공간을 보자마자 울음을 터트렸다. 그러고는 나를 아프도록 꽉 껴안고 어깨에 얼굴을 비볐다. 불과 스물두 살인 선아에게서 매캐한 나프탈렌과 달달한 갓난아기 냄새가 동시에 났다. 그때 나는 아기처럼 내 옷을 꼭 쥐고 매달린 선아의 등을 가만히 쓸면서 생각했다. 나는 평생 이렇게 살아야 하는구나. 이게 내 운명이구나.

하지만 이상과 현실은 다르다는 걸 깨닫는 데는 그리 오래 걸리지 않았다. 가장 적응하기 어려웠던 건 돈 문제였다. 돈, 돈, 돈. 이곳은 어떤 측면에서는 돈을 버는 기업보다도 훨씬 돈에 민감한 곳이었다. 조직의 존폐가 후원금에 따라 정해지기 때문이었다. 그러다 보니 소위 '후원금을 땡겨 오는' 사업을 기획하는 사람이 인정받았다. 이윤보다는 선한 가치를 창출하는 일을 하려고 이곳에 왔는데, 회사에 다니는 친구들보다 훨씬 더 돈 문제를 고민하고 있는 모순에 나는 가끔 혼란스러운 마음이 들곤 했다.

열악한 업무 환경도 문제였다. 업무 강도가 높은 건 예상했지만 그 이유가 내 생각과는 많이 달랐다. 세상을 구할 일이 많아서가 아니라 돈이 없어서 빡빡했다. 구매 비용 1만 원을 아끼려고 지하철을 타고 왕복 세 시간을 쓰는 일은 다반사였다. 포장 비용을 아끼려고 직원들이 새벽 2시까지 택배 작업을 했다. 주말이나 야근 수당은 당연히 없었다. 대가 없는 노동으로 비용을 절감하는 구조였기 때문이다.

그럼에도 불구하고 우리는 밝게 웃어야 했다. 세상을 더 나은 곳으로 변화시키기 위해 뜨겁게 사는 사람들이니까. 우리는 빛나는 청춘이니까.

그렇게 삼 년이 지났다. 그리고 절친인 세연은 '그놈의 가슴 뛰는 삶' 병 때문에 내가 언젠가 과로사로 죽을 거라고 악담 같은 예언을 했다.

오늘 저녁은 강남의 고급 한정식집인 필경재에서 'VIP

후원자의 밤' 행사가 있는 날이다. 밤이 깊어지자 한옥 고택의 정원에 조명과 그림자가 은은하게 내려앉았다. 나는 머리 통증을 가라앉히려 관자놀이를 지그시 눌렀다. 아까부터 시달린 민 리더의 노이로제 섞인 잔소리 때문에 머리가 울릴 지경이었기 때문이다.

민 리더는 몇 주 전부터 이 행사를 '한 치의 소홀함 없이' 진행해야 한다면서 난리였다. 참석자들 비서진에게 연락해서 선호하는 음식, 술, 알레르기를 파악하는 정도는 빙산의 일각이었다. 민 리더는 이사장에게 보고드릴 수 있도록 후원자들의 취미와 관심사를 세세히 정리하도록 했다. 오늘 민 리더는 흐트러짐 없는 올림머리를 하고 남색 투피스를 입고 있었는데, 오랜만에 한 화장이라서 그런지 얼굴은 너무 하얗고 입술은 너무 빨갰다. 초조한 기색으로 중요한 날에만 끼는 귀걸이를 연신 만지작거리면서 시간을 점검했다. 그러고는 미간을 찌푸린 채로 나에게 물었다.

"혜진 씨, 선물은 잘 챙겼겠죠?"

"네. 병풍 뒤쪽에 놨어요. 성함도 같이 적어서."

"알겠어요. 제가 드릴 테니까 이제부턴 손대지 말아요."

나는 고개를 끄덕였다. 병풍 뒤에는 쇼핑백이 나란히 줄지어 있었다. 후원자용 선물은 2돈짜리 순금 감사 카드와 2010년산 니콜라스 자파타 말벡 레드 와인이었는데 둘이 합쳐 100만 원 상당이었다. 민 리더는 초조하게 손을 만지작거리다가 밖에서 기척이 나자 누구보다 빠르게 달려 나가 허리를 깊이 숙였다. 초대받은 열 명의 후원자들이 하나둘 도착하고 있었다.

"김 회장님, 이번 후원 감사드립니다."

이사장은 옆에 앉은 김 회장의 한쪽 팔을 두드리며 고마움을 표했다.

"별말씀을요. 이사장님께서 이렇게 좋은 사업을 하시는데 적극적으로 힘을 보태야지요."

"김 회장님이 후원하신 금액으로 이번에 에티오피아 빈민촌에 학교와 병원 세운 것 들으셨지요?"

"부끄럽습니다. 그만 말씀하세요. 그런데 학교와 병원 이름이 뭐라고 하셨더라? 재단 이름인가요?"

"무슨! 그럴리가요. J.C Kim 병원입니다. 당연히 김종철 회장님 이름으로 지었지요. 학교는 지역 이름을 따라야 해서 대신 회장님의 기념상을 놓을 계획입니다."

"맞아요. 그렇다고 하셨죠? 요새 깜빡깜빡합니다. 그동안 제가 지은 게 꽤 될 텐데, 이번이 몇 번째라고 하셨더라?"

"어디 보자, 정확한 건 우리 직원이 알 겁니다. 민 리더. 우리 김종철 회장님이 지으신 병원과 학교가 몇 개지?"

이사장의 호출이 있자마자 테이블 끝쪽에 있던 민 리더는 서류를 들고 빠르게 다가가 한껏 상냥한 어조로 말했다.

"병원이 일곱 곳, 학교가 스물한 곳입니다."

"허허, 벌써 그렇게 됐나요?"

김 회장은 너털웃음을 터트리고는 언젠가 손주들을 데리고 세계 곳곳에 있는 후원 병원과 학교를 찾아가야겠다고 했다. 그러자 옆자리에 앉은 최 대표가 자식들에게 노블리스 오블리제의 모범을 보여줄 좋은 계획이라며 과장되게 맞장구쳤다. 최 대표는 김 회장이 하는 건설 사업에 자재를 납품하고 있었는데, 오늘처럼 김 회장이 오는 날이면 절대 빠지지 않았다.

기분 좋은 웃음소리와 함께 술자리는 점점 무르익었다. 나와 민 리더는 각각 양쪽 끝 테이블에 앉아 후원자들이 손을 들면 종업원보다 먼저 다가가 대응했다. 7 대 3 황금 비율에 맞춰 폭탄주를 제조하는 일도 내 몫이었다. 이사장은 후원자 한 명씩 건배사를 하도록 권유했는데, 그러다보니 벌써 여덟 번째 폭탄주가 돌았다. 말하기 좋아하는 사람들이라 한번 일어나면 끝도 없이 이야기가 이어졌다.

강남에서 성형외과를 하는 송 원장 차례가 되었을 때 그는 벌게진 얼굴로 호기롭게 일어났다. 자기가 이번에 골프장 코스가 끝내주는 나라에 별장을 하나 장만했다고 자랑하더니, 여기에 있는 분들을 한번 모시겠다고 거들먹거렸다. 사람들은 환호했다. 시끌벅적한 소리가 잠잠해지자 유명 로펌의 변호사인 유 고문이 물었다.

"송 원장, 거, 별장 지었다는 나라가 어딘데?"

"아, 제가 말씀 안 드렸나? 거기가 어디냐면 말이죠. 그냥 하면 심심하니 퀴즈로 말씀드려야겠네. 맞추시는 분께는 특별히 저희 병원에서 개발한 앰플 세트를 드리겠습니다!"

"차라리 술을 사세요! 남자들이 앰플을 누가 쓴다고."

S학교 원로인 박 교수가 이죽거렸다.

"거진 100만 원짜리인데 사모님 갖다 드리세요. 연구하느라 맨날 늦게 들어가시는데 이번 기회에 점수도 따고 얼마나 좋습니까. 자, 자, 문제 나갑니다. 우리 모임에 딱 맞는 질문이죠. 자, 세상에서 배고픈 사람이 가장 많은 나라는?"

"정답! 헝가리!"

말이 끝나자마자 이사장이 손을 들어 외쳤다.

"맞습니다, 이사장님. 역시 제일 먼저 맞추시는군요. 자, 방금은 연습 문제였고요, 이제 진짜 문제 나갑니다. 처녀 아시죠? 버진(virgin). 세상에서 처녀가 가장 많은 나라는?"

설마, 제발. 나는 순간 귀를 의심했다. 다들 웅성웅성하면서도 정답을 못 맞히자 송 원장은 더욱 신이 났다.

"모르세요? 5, 4, 3, 2, 1, 땡! 참나, 뉴질랜드 아닙니까, 뉴질랜드. 처녀는 질이 새 거잖아요."

와하하하, 좌중에 웃음이 터졌다. 송 원장은 자신이 띄운 분위기가 마음에 드는지 '그럼 오늘의 이 구성원 그대로 뉴질랜드에 초대하겠습니다. 자, 건배!'라고 외치며 앉았다.

쿵쿵, 쿵쿵.

관자놀이께에 맥박이 무겁게 뛰었다. 나는 천천히 눈을 돌려 민 리더 쪽을 바라보았다. 민 리더는 후원자들이 건넨 술을 몇 잔 마신 탓인지 이미 얼굴이 발개져 있었다. 그러고는 송 원장의 농담에 누구보다 크게 웃고 있었다. 민 리더는 나와 눈이 마주치자 얼른 잔을 돌리라는 듯 테이블의 빈 잔들을 가리키며 눈을 부라렸다.

아홉 번째 폭탄주를 제조할 시간이었다. 다음번 건배사 차례인 박 교수가 비틀비틀 일어나고 있었다.

———/

"어디야? 도착했어?"

전화기 너머로 성빈의 들뜬 목소리가 들렸다.

"응. 지하 주차장으로 내려와."

오늘은 이 년 동안 사귄 남자친구의 부모님을 만나는 날이다. 성빈의 부모님은 예전부터 나를 보고 싶어 했다. 편하게 밥이나 먹자며 몇 번이고 권했다고 들었다. 성빈의 말로는 생전 결혼이라곤 안 할 것 같던 아들이 진지하게 사귀는 여자가 생겼다는 사실에 무척 기뻐하고 계신다고 했다.

"아직 결혼 계획도 없는데, 좀 그렇지 않나?"

"상견례도 아니고 그냥 밥만 먹는 건데 뭐. 아들 여자친구라고 하니까 맛있는 거 먹이고 싶은 거지."

그런가. 나는 심드렁하게 레모네이드를 마시다가 성빈의 말대로 '그냥 밥 먹는 건데, 뭐.'라고 가볍게 생각하기로 했다. 당장은 누구와도 결혼할 생각이 없었지만, 성빈을 보면서 '만약 결혼하게 된다면 이 사람과 해도 괜찮지 않을까?'라고 두어 번 생각했던 점도 이유가 되었다. 동갑인 성빈은 경영학과를 나온 후 서울의 중견급 회사에 입사해 재무팀에서 일하고 있었는데, 살인적인 업무 스케줄에도 변함없이 나에게 다정했다. 매일같이 연락하고 주말에는 가능한 한 나와 시간을 보내려 애썼다. 데이트 중에 급한 호출을 받아 회사로 불려가는 일이 있더라도 말이다. 그럴 때마다 성빈은 언젠가 세무사 자격증을 따서 자신의 사무소를 차리겠다고 다짐하곤 했다.

　약속한 주말이 되자 나는 백화점 식품관에서 산 과일바구니를 들고 적당히 단정해 보이는 옷을 입었다. 주차한 뒤 일 분 정도 기다리고 있자니 성빈이 싱글벙글 웃으며 다가왔다. 자기가 데리러 간다고 했는데 힘들게 차를 가지고 왔냐면서 내 손의 과일바구니를 얼른 들어주었다. 잠시 후 엘리베이터를 타고 성빈의 집 앞에 서자 나도 모르게 심호흡을 크게 하고 있었다.

　"어머, 어서 와. 성빈이한테 얘기 많이 들었어요. 정말 듣던 대로 너무 예쁜 아가씨네."

　현관문을 열자마자 성빈의 어머니가 활짝 웃으며 반겼

다. 얼굴을 보자마자 성빈은 엄마를 닮았구나, 라고 생각했다. 부드러운 인상과 서글서글한 눈매가 똑같았다. 아버지는 좀 더 선이 굵고 과묵한 인상이었다. 집 안은 군더더기 없이 깔끔했고, 벽에는 가족들의 사진이 빈틈없이 걸려 있었다. 성빈 어머니는 내가 소파에 앉는 걸 보자 바로 주방으로 들어가서 식사를 준비하기 시작했다. 성빈은 내가 벽에 걸린 사진들에 관심을 보이자 하나씩 설명을 해주었다. 잠시 후, 성빈 어머니가 명랑한 목소리로 우리를 불렀다.

"식사 준비 다 됐어요! 다들 얼른 앉으세요."

테이블 위는 갈비찜, 잡채, 탕평채를 비롯하여 각종 생선구이, 굴전 등으로 가득했다. 성빈 어머니는 반찬들을 내 앞으로 조금씩 밀면서 맛있게 먹으라고 했다. 정성껏 차린 음식들을 보자 긴장하던 마음이 어느덧 사르르 풀리는 게 느껴졌다. 이렇게 맛있는 걸 주다니 좋은 사람들이었어. '진짜 맛있어요.'를 연발하며 잘 먹는 나를 성빈의 부모님이 흐뭇하게 보고 있었다. 그 모습을 본 성빈은 커다랗게 미소를 지었다.

"어머니, 혜진이 먹는 게 그렇게 보기 좋으세요?"

"그럼, 잘 먹으니까 얼마나 좋니. 그동안 제대로 된 밥도 못 먹었을 텐데 많이 먹어."

요즘 다이어트 중인 걸 들으셨나? 나는 성빈이 부모님께 별 얘기를 다 했구나 싶어서 살짝 눈을 흘겼다. 그러자 성빈 어머니가 갑자기 눈물을 글썽이며 말했다.

"엄마 없이 자라느라고 얼마나 힘들었을까? 그래도 이렇게 반듯하게 커서 얼마나 다행인지. 정상 가정에서도 쉽지 않은 일인데. 분명 하늘에서 엄마도 기특해하실 거야."

나는 숟가락질을 순간 멈칫했다. 방금 귀로 들은 내용이 글자로 변환되더니 뇌의 어딘가에 덜컥, 걸렸다. 성빈 아버지는 밥 먹는 자리에서 갑자기 왜 그런 얘기를 하냐며 면박을 주었고, 성빈 어머니는 기특해서 그러죠, 라고 샐쭉하게 대답했다. 그러고는 음식을 내 쪽으로 더 밀어줬다. 신기하게도 나는 아까의 식욕이 말끔하게 사라진 뒤였다. 배가 더부룩하게 부른 느낌에 수저를 내려놓았다. 그러고는 진짜 맛있었는데 요즘 다이어트 중이어서 양을 줄였더니 배가 금방 차는 것 같다고 말하자 성빈 어머니는 아쉬워했다.

잠시 후 성빈은 냉장고에 미리 준비해둔 과일과 디저트를 꺼내왔다. 성빈의 부모님은 나에 관해 이것저것 물어보며 궁금해했다. 아버지 병원은 본인 소유인지, 건강은 어떠신지, 지금 다니는 직장은 언제까지 다닐 건지 등등. 당장은 결혼 계획이 없다는 얘기에는 살짝 실망했지만, 앞으로도 오래오래 봤으면 좋겠다는 말로 기대를 내비쳤다.

두 시간쯤 지나서 슬슬 대화 소재가 고갈되는 게 보이자 나는 그만 가보겠다고 일어섰다. 성빈 어머니는 잠깐만, 이라면서 주방에서 무엇인가를 분주하게 준비하더니 쇼핑백을 내밀었다.

"아까 잘 먹던 장조림이랑 김치, 밑반찬 몇 개 넣었어. 아
유, 집에 가면 제대로 된 반찬도 없을 거 아니야. 쯧쯧, 사
람이 집밥다운 집밥을 먹어야지. 부담 갖지 말고 가져가서
아버지와 같이 먹어요."

성빈이 벌써 며느리 챙기기 시작하는 거냐고 농담하자
어머니는 예쁜 딸이 생긴 것 같아서 좋다면서 웃었다. 성빈
어머니는 내 손을 꼭 모아 쥐며 다정하게 말했다.

"사실 내가 처녀 적부터 고아들을 후원해왔었거든. 입양
도 꼭 하고 싶었는데 성빈 아빠가 반대해서 못 했지 뭐야.
혜진이라고 불러도 되지? 혜진이와 만난 건 아무래도 운명
인 것 같아. 마음이 너무 설렌다. 우리 잘 지내보자."

성빈 어머니는 가슴에 손을 대고 정말 설레는 표정을 지
었다. 그러면서 다음에 만나면 그냥 엄마라고 부르라고 했
다. 자기는 그게 편하고 오히려 좋다면서.

왜 그랬을까. 그 맑갛고 무해한 얼굴을 쳐다보고 있노라
니, 얼마 전 아동보호의 날 행사에서 만난 청년과의 대화가
불현듯 머릿속에 스쳐 갔다.

'저는 시설에서 자랐는데 이 말을 하면 사람들이 놀라요.
밝아서 그렇게 안 보인다고 하죠. 그리고 어른들은 기특해
하세요. 나쁜 길로 안 가고 이렇게 번듯하게 자라줘서 고맙
다고요.'

그리고 남자는 씁쓸한 표정으로 덧붙였었지.

'저는 그 말들을 무척 싫어합니다. 시설에서는 낭연히 제대로 못 자랄 거라는 편견을 보여주는 거니까요. 그리고.'

남자는 불편한 덩어리를 넘기는 표정을 지었었다.

'제가 카이스트 나와서 연구원으로 일한다는 얘기를 하면 순간 공기가 이상해집니다. 아까까지 따뜻하게 웃으며 저를 격려하던 사람들이 당황하거든요. 자기들이나 자기들 자식보다 제가 더 잘되었다는 사실이 불합리한 일인 것처럼 혼란스러운 표정을 짓습니다. 어떨 때는 화를 내는 것 같기도 해요.'

나는 그때 그에게 어떤 표정을 지었었더라.

———/

첫 만남 이후로 성빈 어머니는 자꾸만 나와의 자리를 만들고 싶어 했다. 같이 백화점 쇼핑도 하고, 맛난 것도 먹이고 싶다고 했다. 바쁘다고 계속 거절했더니 밑반찬이라도 보내겠다고 성화였다. 몇 번이고 강권하는 걸 계속 거절했더니 성빈이 화를 냈다. 엄마처럼 좋은 마음으로 보내시는 건데 왜 그러냐고, 안 먹더라도 받는 게 뭐가 어렵냐면서 답답해했다.

"안 먹을 건데 아깝게 왜 받아?"

"우리 어머니가 요리를 좋아하셔서 이것저것 챙겨주고 싶으시다잖아. 기분 좋게 받는 게 뭐가 나빠? 돈을 달라고 한 것도 아닌데."

"그런 좋은 마음이시라면 우리가 후원하는 시설의 주소를 알려줄 테니까 거기로 보내시는 건 어때?"

"……뭐?"

"우리 할머니가 삼십 년 동안 여수에서 유명한 한정식 식당 하셨다고 말했잖아. 우리 집은 냉장고 세 대에 식자재랑 음식이 가득한 집이라고. 진짜 필요한 곳에 주라는 게 왜?"

성빈은 도무지 말이 통하지 않는다며 전화를 끊었다. 그러고는 며칠 동안 연락이 없었다. 오기가 들어 나도 연락하지 않았다. 하지만 시간이 지날수록 내가 별것 아닌 일에 예민하게 굴었나, 후회가 들었다. 엄밀히 말하면 성빈 어머니는 나에게 잘해주려고 한 것뿐인데. 주말에는 내가 먼저 연락해서 풀어줘야겠다고 생각하던 중에, 카톡 메시지가 왔다. 성빈이었다.

'뭐해?'

'퇴근해서 그냥 있지 뭐. 너는?'

'나는 아직 회사야. 한 시간쯤 있다가 갈려고.'

'금요일까지 야근이라니 너무 피곤하겠네.'

성빈은 울고 있는 이모티콘을 보냈다. 그러고는 물었다.

'내일 나랑 만날 수 있어?'

'나야 주말에 별 약속 없지. 언제 볼까?'

'너희 집 근처에 우리가 자주 가던 성수동 브런치 가게 있잖아. 거기서 11시에 볼까?'

'그래, 좋아.'

나는 한결 가벼워진 마음으로 대답했다. 그리고 이번에도 성빈이 먼저 화해의 손길을 내민 걸 보면서 스스로의 옹졸함에 민망해졌다. 왜 그렇게 뾰족하게 굴었을까? 어른들이 말을 좀 생각없이 할 수도 있지. 다음 날 나는 성빈이 선물해준 밝은 보라색 원피스를 꺼내 입고 들뜬 마음으로 약속 장소에 들어섰다.

그때였다.

"어머, 혜진아."

성빈 어머니가 문을 들어서는 나를 보더니 반갑게 외치며 손을 흔들었다. 나도 엉겁결에 인사했다. 지금 이게 무슨 상황인지 몰라 당황스레 성빈을 쳐다봤지만, 그는 어깨를 으쓱하며 고개를 절레절레 저을 뿐이었다.

"오늘 너랑 만난다고 하니까 어머니가 꼭 같이 보고 싶다고 하셔서 어쩔 수 없었어. 미리 말 못 해서 미안해."

"아유, 엄마가 혜진이를 너무 보고 싶은 마음에 주책 부렸어. 밥만 먹고 얼른 갈 테니까 끝나고 둘이서 데이트해."

성빈 어머니는 말간 얼굴로 웃었다. 나는 나중에 성빈을 가만두지 않겠다고 생각했지만, 일단은 굳은 얼굴을 억지로 펴서 미소를 지었다. 내가 에그 베네딕트 세트를 시키자, 성빈은 어머니 것도 같은 메뉴를 주문했다. 그리고 자기를 위해서는 수제버거 세트를 시켰다. 잠시 후 음식이 나오자 성빈 어머니는 노랑, 초록, 갈색, 빨강이 어우러진 브런치 세트를 보며 감탄했다. 그러고는 너희 덕분에 젊은 사람들이 오는 곳도 와본다며 좋아했다. 나는 적당히 호응하면서 음식을 우걱우걱 먹고 있는데, 성빈 어머니는 잘라놓은 방울토마토를 입에 넣더니 생각난 듯이 말했다.

"참, 혜진아. 너희 아버지 병원이 이 근처 아니니?"

"네, 맞아요. 어떻게 아셨어요?"

"성빈이가 아까 차로 지나면서 말해주더라고. 건물이 참 좋고 깔끔하더라. 나중에 성빈이가 거기에 세무사 사무실 차려도 딱 맞겠더라고. 성빈이가 복도 많지. 엄마가 성빈이에게 혜진이 너한테 잘하라고 아주 따끔하게 말했어."

아, 네. 그러셨군요. 나는 애매한 표정으로 대답했다. 문장 하나하나는 멀쩡한데 합쳐지면 묘하게 배알이 꼬일 수 있다니, 신기할 노릇이었다. 게다가 아빠는 몇 년 후 그 건물을 팔아서, 고향인 여수에서 무료 치료소를 운영하는 자금으로 쓸 계획이었다. 내 몫은 없었다. 성빈의 몫은 더더욱. 성빈 어머니는 떨떠름한 내 반응은 아랑곳하지 않고 들뜬 표정을 지으며 말했다.

"결혼하게 되면 신혼집은 이 근처로 한다고 했지? 아파트 이름이 뭐라고 했더라. 요즘은 아파트 이름이 죄다 영어라서 기억할 수가 있어야지."

"성수롯데캐슬파크 라고 했잖아요, 어머니."

태연하게 이어지는 성빈의 대답에 나는 눈을 동그랗게 떴다. 그 집은 엄마의 사망 보험금과 외할머니 유산을 보태서 오래전에 아빠가 내 명의로 산 집이었다. 예전에 지나가듯이 한 말을 성빈이 용케 기억하는 게 놀라웠다. 나조차도 세입자와 전세 계약을 연장할 때 외에는 그 집이 있다는 사실마저 잊고 사는데.

내 명의로 되어 있는 집이 맞긴 하지만, 그게 우리 신혼집인지는 방금 알았다. 아니, 그보다 근본적인 문제가 있었다. 내가 결혼하기로 했던가? 나도 모르는 사이에? 누구와? 너와? 내 혼란스러운 머릿속과 상관없이 성빈 어머니는 '호호, 맞아, 그랬지.'라며 웃었다. 아까부터 이 자리에서 웃는 건 성빈 어머니뿐이었다.

"여기 신혼집이 있는 것도 좋겠지만 우린 옛날부터 분당에 살았잖아. 거기가 살기 참 좋은 동네거든, 아이들 키우기도 좋고. 여기 아파트를 팔고 분당으로 이사 오는 것도 한번 생각해봐. 우리 집 비용과 합치면 마당 있는 타운 하우스 2층짜리 집도 마련할 수 있을 거야."

"……네?"

"애, 생각해봐. 나중에 애 낳으면 누가 도와주겠니? 친정 아버지한테 부탁할 수는 없는 일이잖니. 애 키울 때 도와주는 사람이 있냐 없냐는 정말 하늘과 땅 차이야. 혜진아, 걱정하지 마. 이 엄마는 몸 좀 힘들다고 손주들 안 봐준다는 그런 사람 아니야."

성빈 어머니는 나를 향해 자애로운 미소를 지었다. 나는 고정된 채 얼어붙은 것 같은 목을 끼기, 부자연스럽게 돌려서 성빈을 쳐다보았다. 놀랍게도 그는 이 얘기를 들으면서 태연하게 햄버거의 마지막 남은 조각을 크게 입을 벌려 와앙, 먹고 있었다. 나와 눈이 마주치자 그는 왜? 라는 의아한 눈짓을 하며 입가에 묻은 패티 육즙을 닦았다. 나는 그 입가를 바라보며 결심했다.

정확히 3분 후, 나는 현기증이 나고 몸이 아파왔다. 고등학교 때 조퇴를 위해 구사하던 연기력은 스물아홉에도 여전히 건재했다.

두근. 두근. 두근.

부정맥 증상이 심해지고 있었다. 약이라도 처방받아야겠어, 나는 우울한 마음으로 주말 진료를 예약했다. 일도 사랑도 묘하게 어긋나고 있다는 자각에 제대로 잠을 이룰 수가 없었다. 아침에 일어나는 사소한 일조차 버거워졌다.

가까스로 출근해서 책상에 앉아 피곤한 눈가를 꾹꾹 누르고 있는데 책상 위 전화기가 따르릉 울렸다.

"네. 아동후원팀 강혜진입니다."

"여보세요! 나는 거기 오랫동안 후원한 사람이오!"

화가 난 듯한 남자의 목소리가 쩌렁, 울렸다. 나는 잠시 수화기를 귀에서 뗐다가 다시 상냥하게 말했다.

"네, 후원자님이시군요. 무슨 일이신가요?"

"참나. 도대체 후원금을 가지고 어떻게 쓰는 거요?"

"……?"

"이것 봐요. 나는 형편이 좋을 때도 있고 어려울 때도 있었지만 여기 후원만큼은 빼먹은 적이 없는 사람이야! 왜냐면! 가난하고 어려운 아이들 돕는다는 당신들 말을 철석같이 믿었거든."

"네. 그게 저희가 하는 일입니다만……."

"그러니까 나는 어려운 아이들을 위해서 기부한 거지 남의 돈으로 호의호식하는 데 보태려고 한 게 아니라고!"

"무슨 말씀인지 모르겠네요. 호의호식이라뇨?"

"내 눈으로 똑똑히 봤는데 발뺌할 거야? 오늘 모임을 갔는데 옆 테이블에서 남자애 두 명이 밥을 먹고 있더라고. 어린 애들끼리만 온 게 이상해서 지켜보고 있었지. 나중에 다 먹고 계산하겠다며 카드를 내미는데 여기 기관 마크가 떡하니 있더라고. 그래서 그게 뭐냐고 물어봤더니 여기서 준 카드라고 하잖아!"

"그게 왜요?"

나는 진심으로 의아했다. 우리 기관은 후원 아동에게 매월 10만 원씩 충전되는 식사 카드를 지급한다. 게임 같은 데 사용하는 일을 막기 위해 식당, 편의점으로 등록된 곳에서만 결제할 수 있게 했다. 밥 먹는 카드로 밥을 먹었다는데 도대체 뭐가 문제지?

"결제한 금액이 얼마인지 알아? 자그마치 만 팔천 원이야, 만 팔천 원. 애새끼들이 구천 원짜리 세트를 사 먹은 거지. 그게 말이나 되는 일이야? 우리 집 애들은 돈 아끼려고 마트의 냉동 돈가스 튀겨주는데 그 애들은 고급 돈가스를 먹고 있다는 게!"

"……돈가스를 먹었다고요?"

"내 눈으로 똑똑히 본 거니 딴소리하면 가만 안 돼."

"……지금 애들이 돈가스를 먹었다고 전화한 거라고요?"

"뭐? 무슨 말을 그딴 식으로 해? 사람 이상해지게. 돈가스 전문집에서 구천 원짜리 비싼 세트를 시켰다니까! 우리 애들도 어쩌다 한번 먹을까 말까 한 걸 말이야, 개새끼들이."

뭐래, 이 새끼가. 남자의 말이 입력되는 데는 잠시의 시간이 걸렸지만, 내 귀에 들린 소리가 진짜라는 걸 확인하자 이성 어딘가가 툭, 끊어졌다. 귀에서 삐, 이명이 울렸다. 사람이 참을 수 있는 개소리도 한도가 있는 법이다. 그리고 나는 이미 최근 몇 달 동안의 일로 한도치가 간당간당한 상태였다. 찰랑, 눈금을 넘어 물이 넘쳤다.

"왜요. 후원받는 애들은 구질구질하게 맨날 고추장에 밥 비벼 먹어야 하는데 감히 돈가스를, 그것도 세트로 먹으니까 화가 나셨나요?"

"뭐야?"

"이것 보세요. 어려운 형편의 아이들도 맛있는 음식 먹고 싶은 건 똑같아요. 한 달 동안 참았다가 먹으러 갔을 수도 있죠. 내가 후원한 금액으로 먹었으면 뿌듯한 마음이 드는 게 정상 아니에요? 무슨 거지 같은 맘보예요?"

"뭐야? 감히 나한테 그딴 식으로 말해? 야! 너 내가 몇 년째 후원한 줄 알아?"

"그럼 앞으로는 하지 마! 하지 말라고! 아이들 입에 들어가는 돈가스도 아까운 사람이라면 우리도 필요 없으니까!"

나의 고함에 민 리더가 달려왔다. '무슨 일이야, 혜진 씨, 왜 이래?'라며 말렸다. 나는 쌍욕을 내지르는 상대방의 목소리를 무시하고 전화를 끊어버렸다. 벨이 다시 울리길래 코드를 뽑아버렸다. 동료들의 눈이 휘둥그레졌다. 나는 '우리가 후원하는 아동이 감히 구천 원짜리 돈가스 세트 먹는 걸 보고 열 받아서 전화했대요.'라고 쏘아붙이고는 사무실을 나갔다.

회사 앞 공원에 앉아서 오랫동안 얼굴을 감싸쥐고 있었

다. 가슴이 불규칙적으로 뛰어서 얼마 전 의사가 가르쳐준 방식으로 호흡을 가다듬었다. 이상했다. 성공 대신에 가슴 뛰는 업무를 하고 싶어서 시작한 일이잖아. 그렇다면 내가 반짝반짝 빛나는 게 정상이잖아. 아침에 일하러 나오는 게 설레야 맞는 거 아니야?

하지만 아침마다 세면대 거울에 비친 내 얼굴은 우중충 했고 출근길은 버거웠다. 공원에 삼삼오오 모여앉은 커다 란 빌딩 속의 직장인이 훨씬 생기 있어 보이는 게 억울해 서 나는 눈을 질끔 감았다. 이게 뭐람.

나는 심호흡을 여러 번 한 후 사무실로 향했다. 엘리베 이터도 없는 낡은 건물 3층을 올라가는 동안 '네가 그 일을 진짜 좋아하는 건 맞긴 해?'라고 묻던 세연의 말이 스쳐 지 나갔다. 나도 모르겠어, 이젠 모르겠다고. 혼란스러운 마음 으로 사무실에 들어가자 민 리더가 다가왔다.

"후원자님께서 무척이나 화가 나서서 전화가 왔어요. 일 단 제가 사과드렸지만, 혜진 씨도 마음이 가라앉으면 전화 해서 정중하게 사과드리는 게 좋겠어요."

"……왜요?"

"후원자님께 무례하게 대답한 건 사실이잖아요."

나는 피곤한 듯 이마를 문지르는 민 리더를 빤히 쳐다봤 다. 그녀의 얼굴을 이렇게 찬찬이 바라본 건 처음이었다. 이제 막 마흔이 된 민 리더는 박봉과 높은 노동 강도 때문

에 나이보다 훨씬 늙어 보였다. 뭐라고 했더라. 원래 간호
사였는데 응급실에 실려 오는 학대 아동들을 보면서 이 길
을 결심했다고 했었지. 부모에게 맞아 두개골이 흐물흐물
부서진 조그만 아기를 조심스레 병상에 눕히며 맹세했다고
했지. 인생을 바치겠노라고. 그런데 이게 뭐야. 이 재단에서
십오 년째 일하고 있는 그녀는 하루 중 대부분을 후원금을
늘리기 위해 쓰고 있었다. 후원 대상자를 만나러 현장에 갈
시간도, 함께 웃을 일도 없었다.

　나는 민 리더의 눈을 보며 천천히 입을 열었다.

　저는 여기와 안 맞는 것 같아요. 그만둘게요.

　퇴사는 빠르게 진행되었다. 이사장은 눈에 띄게 아쉬워
했지만, 내가 로스쿨을 가겠다는 이유를 대자 더는 말리지
않았다. 마지막 근무를 마치자마자 세연의 집으로 갔다. 그
녀는 이미 허니콤보 치킨과 테라 맥주를 세팅해놓은 상태
였다. 치익, 세연은 맥주를 따서 나에게 건네며 물었다.

　"그래서 앞으로 뭐 한다고?"

　"모르겠어. 선배가 하는 소셜 벤처에 들어갈 수도 있고,
일반 기업에 지원할 수도 있고. 뭐, 아직 생각 중이야."

　세연은 심드렁하고 우울한 나를 보며 피식 웃었다.

"그나저나 너는 애초에 거기를 왜 들어간 거야?"

"그러게 말이다. 뭔가 소명 같았거든, 예전에 부모님이랑 봉사 현장에 나갈 때 기억이 너무 좋았어. 그때 사람들이 행복하게 웃는 모습을 보면 뿌듯했지. 소중한 사람이 된 느낌이랄까."

"그래서 그걸 직업으로 삼고 싶었다?"

"응. 그렇게 살면 행복할 것 같았지, 뭐. 그리고 왠지 돌아가신 엄마가 나를 꽤 자랑스러워할 것 같았고. 아무래도 철이 너무 없었나봐."

"철없이 사는 거 자체가 잘못은 아니지."

세연은 무언가를 곰곰이 생각하더니 조심스레 물었다.

"그래서 그걸 '일'로 하니까 어땠어?"

"와, 시발. 진짜 우울하더라."

세연은 내 말에 입안의 맥주를 뿜은 후 캑캑, 기침하면서 웃었다. 진짜 엉망이었지. 나도 키득키득 따라 웃었다.

"알고 보니 나는 사람들에게 후원을 부탁하는 것도, 굿즈를 만들어 파는 것도, 후원자들을 관리하는 것도, 빠듯한 예산으로 동동거리는 것도 다 안 맞는 사람이었어. 오히려 질색인 사람이지. 내가 좋아한 건 누군가를 도와주는 존재가 된다는 사실과 그걸 고마워하는 사람들의 시선을 받을 때 느끼는 알량한 뿌듯함 정도였던 거야."

나는 아주 일부분을 좋아하는 것뿐이면서 안 맞는 일로

가득 찬 일을 직업으로 골랐다. 그게 가장 큰 실수였다. 나에게 이 직업은 지하철에서 파는 델리만쥬 같았던 거다. 냄새를 맡으면 참을 수 없이 끌리지만 실제로 먹게 되면 예상과 다른. 간식일 때 만족스러운 음식을 삼시 세 끼 먹게 되자 삶이 엉망이 되었다. 세연은 손에 든 치킨을 핫소스에 듬뿍 찍으면서 대꾸했다.

"그러니까 그놈의 가슴 뛰는 삶 타령 그만하라고. 너의 시간과 재능, 그리고 인내를 들이붓는 중요한 문제를 고작 심혈관 반응에 맡기면 되겠니? 그리고 직장에다가 끊임없이 가슴 뛰는 자극과 설렘을 내놓으라고 요구하는 것도 좀 웃기지 않아? 혼자 기대하고, 혼자 실망하고. 그거 되게 질척대는 거다, 너."

나는 볼에 바람을 넣은 후 이쪽저쪽 돌리면서 세연의 말을 되새겨보다가 그러게, 하며 어깨를 으쓱했다. 그녀의 말이 맞았다. 뛰는 가슴, 보람, 감동, 우월감을 상대방에게 강요하는 관계는 어떤 식으로든 구질구질한 법이다. 그게 일이든 사랑이든 가족이든.

나는 성빈과의 마지막 통화를 떠올렸다. 성수동의 만남 이후로 성빈 어머니는 매일같이 메시지를 보내왔었다. 주로 좋은 글귀나 음악 링크, 건강 정보, 보이스피싱 경고 문구 같은 거였다. 분당 타운 하우스의 매물 사진도 종종 보냈다. 나는 처음에는 단답형으로라도 대답했지만, 나중에는 지치고 말았다.

참는 데도 한계가 있는 법이다. 결국 나는 '결혼한 것도 아닌데 이렇게 연락하시니 좀 불편하다.'라는 문자를 성빈 어머니에게 보냈다. 정확히 5분 후 성빈에게서 전화가 왔다. 화난 목소리였다. 그냥 잘 읽었다, 한마디면 되는데 뭐가 그렇게 어렵고 힘드냐면서 언성을 높였다. 성빈에게 '만약 회사 상사에게 매일 좋은 글귀를 받는다고 생각해봐라.'고 하니까 상사와 가족이 같냐면서 기막혀 하더니 전화를 끊었다. 그리고 한참 뒤에 문자가 왔다.

'어머니가 너무 서운해하신다. 엄마 같은 마음으로 챙기려고 한 건데 네 반응이 냉정해서 놀라신 것 같아. 눈물까지 글썽거리는데 좀 속상하다. 네가 오랫동안 엄마 없이 살아서 그런 건가? 빈자리를 대신 채워주려는 분에게 너무 예민하게 마음을 닫고 있는 건 아닌지 생각해봤으면 좋겠다. 그것도 일종의 결핍이야.'

그게 마지막 연락이었다. 내가 좋아하는 퍽퍽한 닭가슴살을 잘게 가르며 세연에게 이 얘기를 전하자 그녀는 특유의 냉소적인 말투로 물었다.

"다른 엄마 필요하니?"

"아니."

"잘 생각해봐. 네가 구인란에 '엄마 구합니다'라고 올리지도 않았는데 이렇게 적극적으로 구직 지원서를 들이밀리가 없잖아."

나는 눈동자를 굴리며 잠시 생각하는 척하다가 맥주를 입에 가져가며 대답했다.

"없는데."

"그럼 해당하는 직무에는 공석이 없어서 귀하의 제안을 안타깝지만 거절한다고 대답해줘."

풋, 나는 마시던 맥주를 뿜었다. 동시에 세연의 말대로 성빈과 그의 어머니에게 말하는 장면을 떠올렸다.

'엄마 구하신다고요. 구인공고 보고 연락드려요.'

'아뇨. 잘못 찾아오셨어요.'

'분명히 공고를 봤는데요.'

'제가 낸 거 아닌데요. 착오가 있는 것 같네요. 저는 이미 엄마가 있어요. 그러니 돌아가세요.'

미친듯이 웃음이 터져 나왔다. 나중에는 나 혼자 배를 잡고 웃었더니 세연은 '저년이 또 혼자 웃고 저런다.'며 혀를 끌끌 찼다. 나는 한참만에 콜록거리는 기침을 간신히 가라앉혔다. 그리고 남은 맥주를 마시면서 조만간 아빠와 같이 엄마를 보러 가야겠다고 마음먹었다.

엄마에게 말해줘야지. 나는 여전히 좌충우돌하면서 살고 있다고. 그리고 아직도 엄마 자리를 노리는 경쟁이 치열하다고 놀려줘야지. 장성한 딸 하나만 있는 사별한 의사에게 친척 어른들이 하루가 멀다고 제안하는 선 자리 시달림도 만만치 않았는데, 이제는 아빠 없이 단독으로 엄마 식군에 지원하는 사람도 생겼다고 말해줄 거다. 엄마는 이 얘기를 들으면 특유의 웃음소리를 내며 호탕하게 웃겠지. 예전처럼 내 등을 퍽퍽, 때리면서 말이다.

그리고 돌아오는 길에 성빈에게 마지막 문자를 보낼 것이다.

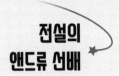

전설의
앤드류 선배

나는 아직도 잘 모르겠다.

나쁜 사람은 아니지만 무능한 사람에게

어떻게 대해야 하는지.

나쁜 의도는 없지만

내 생활을 엉망으로 만드는 무능함에

어떤 태도를 보여야 하는지 말이다.

전설의 앤드류 선배와 일하게 된 건 절대로 나의 의지가 아니었다. 이건 나뿐 아니라 회사 사람 모두가 아는 사실이다. 이번 프로젝트에 앤드류와 같이 일한다는 소식을 전했을 때 친한 동료들은 웃음을 터트렸다. 그러고는 하소연하고 싶을 때면 언제든 메신저로 연락해, 라며 위로 비슷한 걸 건넸다.

　심란한 내 마음을 아는지 모르는지 앤드류는 오전 내내 심각한 표정으로 화이트보드에 알록달록한 포스트잇을 붙였다 떼며 한참 동안 머물러 있었다. 도대체 뭐 하는 거지, 라는 의구심이 커질 무렵 그는 자랑스러운 표정으로 결과물을 내게 보여줬다.

　"이것 봐, 지연 씨. 이렇게 화이트보드에 업무 프로세스를 정리하니 깔끔하잖아. 어때?"

　"네, 뭐, 그렇네요. 그런데 이건 갑자기 왜 하신 거예요?"

　"업무를 시각화하는 거잖아. 잘 모르는 모양인데 세계적인 실리콘밸리 기업들은 다 이런 식으로 한다고."

5주 후에 열리는 콘퍼런스 진행 상황을 스프레드시트 (spread sheet)로 정리해서 메일로 보내줬더니 반나절 동안 미술 놀이처럼 저걸 하고 있었나 보다. 출근 후 서른두 번째 메일에 답변하고, 일곱 개의 무대 콘셉트 시안을 검토하느라 기력이 빠진 나는 짜증이 올라오는 표정을 가까스로 감췄다. 인스타에서 화가 날 것 같을 때 눈썹을 위로 올리면 표정을 숨길 수 있다는 조언을 본 이후로, 의외로 회사 생활에서 유용하게 쓰는 중이다. 앤드류는 자신의 화이트보드를 조용히 보고 있는 내가 감탄했다고 생각했는지 짐짓 자랑스러운 표정으로 덧붙였다.

"앞으로 업무 진행 상황은 여기에 써서 공유합시다."

멈칫, 눈썹이 내려오려고 해서 힘을 주었다. 이러면 표정이 웃기겠다고 생각했지만 지금 그걸 따질 때가 아니었다.

"이 화이트보드예요?"

"그렇지. 서로 업무 내용을 알 수 있잖아."

눈썹은 이미 내려왔다. 미간이 찌푸려지는 걸 느꼈지만 앞으로 앤드류와 좋은 표정으로 일하기는 이미 글렀다는 불길한 예감이 들었다.

"저는 원래 쓰던 스프레드시트가 좋아요. 저희만 일하는 게 아니라 행사 대행사나 마케팅 부서와도 실시간으로 내용을 공유해야 하거든요. 이런 화이트보드로는 곤란해요."

"지연 씨가 몰라서 그러는데, 내가 십 년 전에 이보다 훨씬 더 큰 행사를 했었는데, 그때는,"

"앤드류님."

그의 이름을 나직하게 부르자 앤드류는 입을 다물었다. 자기 이름을 부른 것에 조금 충격을 받은 듯했다. 오 년 전부터 회사는 직급 대신 서로 '누구 씨', '누구님'이라고 부르게 했는데, 앤드류는 그 호칭을 싫어했다. 박 선배님 또는 박성춘 과장님이 그가 원하는 방식이었다. 성춘님, 성춘 씨라고 불릴 때마다 신경질적인 반응을 보이더니 주변 사람에게 차라리 영어 이름으로 불러 달라고 했다.

"지금 일이 너무 바쁜데 앤드류님 때문에 따로 화이트보드 상황판을 만들 수 없어요. 공식적으로는 제가 메일로 공유하는 진행 상황을 보시고, 거기에 답변을 해주세요."

너무 쌀쌀맞게 말한 건가 잠시 후회가 들었지만, 처음부터 단호하게 나가지 않으면 어떤 일이 또 날아올지 모른다며 마음을 단단히 먹었다. 앤드류와 같이 일했던 전임자들에게 들은 에피소드가 한둘이 아니었기 때문이다.

"새로운 경험이었어. 아, 내가 이렇게 화가 많은 사람이었구나, 라는 자아 성찰을 새롭게 하게 됐거든."

성격 좋기로 유명한 강 선배는 내가 앤드류와 같이 일하게 되었다는 소식을 듣자마자 유쾌하게 웃으면서 말했다. 그에 따르면, 바야흐로 강 선배가 아직 꼬꼬마이던 신입사원 시절에 앤드류는 그의 사수였다고 했다. 강 선배에게 그 당시 입사 십 년 차였던 앤드류는 팀장만큼 높은 존재로 보였기 때문에, 시키는 대로 순순히 따르곤 했다. 그러다 어느 순간부터 이상함을 느꼈다고 한다.

"제대로 된 일은 하나도 안 하는 거야."

"그게 우리 회사에서 가능한 거예요?"

"그러게 말이야. 어떨 때 보면 부러운 재능과 멘탈이라니까. 예를 들어, 팀장이 앤드류 선배와 나에게 일을 시키잖아? 그러면 선배가 바로 나를 회의실로 호출해. 그리고 물어보는 거야. 팀장님 지시를 어떻게 할 계획이냐면서."

"......?"

"신입이 뭘 알겠어? 그래서 잘 모르지만, 알려주시면 열심히 하겠다고 대답하니까 나의 그런 자세가 틀려먹었다는 거야. 시킨 일만 수동적으로 한다는 거지. 실력을 키우려면 스스로 답을 찾는 법을 배워야 한다면서 일을 모조리 나한테 넘기더라고."

강 선배는 그때마다 다른 직장에 다니는 지인들이나 팀의 다른 선배들에게 물어보면서 간신히 일을 완성해나갔다. 앤드류는 일절 도움을 주지는 않았지만, 하루에 한 번

위엄 있는 표정으로 진행 상황 보고를 받았다. 결과물을 보여주면 파란색이 너무 파랗다느니, 문서 여백이 보고서 규격이 아니라느니 같은 류의 사소한 지적을 꼼꼼하게 했다. 그러다 어느 정도 완성되면 앤드류가 팀장에게 보고했다. 강 선배는 쏙 빼놓은 채로 말이다.

"6개월 정도를 그렇게 일했어. 몇 개월 지났을 때 이미 이상하다는 건 알았지만 정색하면서 뭐라고 하기도 좀 그런 거야. 어쨌든 앤드류는 한참 선배고 나는 신입이니까."

강 선배가 결정적으로 마음이 떠나게 된 사건은 같이 일한 지 6개월이 되던 때에 찾아왔다. 그날도 앤드류는 성우처럼 과장되게 톤을 낮춰서 강민규 씨, 하며 근엄하게 호출했다. 평소에도 대단찮은 이유로 하루에도 몇 번이나 불러댔기 때문에 강 선배는 속으로 한숨을 쉬며 자리에서 일어났다. 앤드류의 자리로 다가가자 그는 잔뜩 찌푸린 얼굴로 모니터를 손가락질하는 중이었다.

화면에 보이는 건 아침에 보낸 1/4분기 예산 엑셀 파일이었다. 예산에서 뭐가 틀렸나? 라고 강 선배가 의아해하고 있으려니 앤드류가 심각한 표정으로 입을 열었다.

"지금 이 계산들을 그냥 엑셀 프로그램으로만 한 거야?"

"무슨 말씀이신지……. 엑셀 함수로 계산한 거냐고요?"

"엑셀 함수? 그게 무슨 말인지 모르겠지만, 지금 내 말은 이 숫자들이 맞는지 계산기로 꼼꼼하게 확인해봤냐는 거야."

"계산기요? 그걸 왜……?"

강 선배가 지금 무슨 소리를 듣고 있는 건가 싶어 더듬거리고 있자 앤드류는 보란 듯이 한숨을 푹 쉬었다. 그러면서 과장된 동작으로 서랍에서 오래되고 커다란 계산기를 꺼내더니 굵은 손가락으로 버튼을 꾹꾹 눌러가며 화면의 숫자를 더하기 시작했다.

"그렇게 자기 편하자고 프로그램에만 의존하는 버릇이 들면 안 돼. 회사 업무는 그렇게 하는 게 아니라고. 손쉽게 요령 피워서 할 생각하지 말고 꼼꼼하게 처리하는 법을 배워야지. 이거 봐. 숫자가 안 맞잖아. 보이지?"

의기양양하게 계산기를 내미는 앤드류를 보자 강 선배는 그동안 참았던 인내심의 끈이 어딘가에서 툭 끊기는 소리가 들렸다고 한다. 굳은 표정으로 계산기는 보지도 않은 채 '아니요. 잘못 누르신 것 같은데요. 그 계산기가 틀렸을 테니 다시 해보시죠.'라고 말했다. 앤드류는 신입의 처음 보는 정색에 당황했다. 서둘러 다시 계산기를 꾹꾹 눌렀지만, 자꾸만 헛손질할 뿐이었다. '어, 이게 왜 이러지?'라고 허둥대는 앤드류의 손가락을 잠시 지켜보다가 강 선배는 돌아섰다. 그러고는 바로 팀장과 면담을 요청했고, 강 선배와 앤드류의 기묘한 파트너 업무 체제는 그날로 끝났다.

"앤드류 선배는 십 년이 지난 지금까지도 자기가 나를 키웠다고 말하고 다녀."

강 선배는 다 지난날의 추억이라고 웃으면서 어깨를 으쓱했지만, 과거의 추억이 아니라 당장 닥친 현실이 된 나로서는 차마 같이 웃을 수가 없었다.

앤드류는 그 후 여러 팀을 전전하게 되었는데, 간 곳마다 화려한 에피소드를 전설처럼 남겼다. 희생자가 속출하고, 앤드류 때문에 퇴사하겠다는 직원까지 생겨나자 인사팀은 인사이동 시즌마다 앤드류의 배치를 골치 아파했다. 하지만 앤드류는 공채를 통해 입사한 정규직이었고, 해고 사유가 될 만한 잘못을 한 적이 없었기 때문에 내보낼 수는 없었다. 심지어 앤드류는 결근은커녕 지각하는 일도 없었다. 회사 교육 세미나가 열리면 맨 앞자리에 앉아 열심히 필기하고 제일 먼저 질문하는 부류였다.

직원 세미나에서 만날 때면 그는 금테 안경을 연신 추어올리며 무엇인가를 열심히 쓰고 끄덕이고 있었다. 뒤에서 바라본 앤드류의 머리통이 유난히 동그랬던 기억이 난다. 앤드류의 키는 평균 이상이고 덩치도 있는 편이었는데, 걷는 모습이 약간 특이했다. 위아래로 바운스를 주며 폴짝폴짝 걷는다고 할까, 멀리서도 알아볼 수 있는 독특한 걸음이었다. 양복을 잘 갖춰 입고 근엄한 표정으로 폴짝폴짝 걸어가는 앤드류의 모습은 왠지 모르게 묘했다. 직원 대부분이 캐주얼 차림인 회사에서 앤드류는 늘 정장만을 고집했는데, 그래서 붙여진 별명이 마임, 즉 '마음만은 임원'이었다. 사실 올해 입사 이십이 년 차이자 마흔아홉 살인 앤드류는 본부장이 되고도 남을 나이긴 했다.

이런 앤드류가 하필 우리 팀에 오게 된 것은 그게 팀원 트레이드 조건이었기 때문이었다. 내년에 우리 회사는 세계 최대 가전·IT 전시회인 CES(Consumer Electronics Show)에 참여하기로 했는데, 처음으로 참여하는 글로벌 행사이다 보니 경영진의 관심이 대단했다. 이 프로젝트를 무조건 성공시켜야만 하는 팀장은 영어를 잘하고 행사 경험도 많은 기획전략실의 크리스틴을 데려오고 싶어 했다.

경영진과 인사팀을 분주하게 돌아다니며 몇 주 동안 실랑이와 읍소를 한 끝에 간신히 설득에 성공했지만, 대신 앤드류도 함께 데려가야 한다는 조건이 붙었다. 기획전략실 실장은 앤드류가 미팅 명목으로 매일 찾아와 한 시간씩 떠드는 바람에(실장보다 일 년 선배인 그는 웬만해선 말이 끝날 때까지 나가지도 않았다) 신경쇠약에 걸릴 지경이었기 때문이었다. 이것저것 따질 처지가 아니었던 팀장은 원 플러스 원, 아니 원 마이너스 원의 거래를 흔쾌히 수락했고, 그 결과 내 옆에 앤드류가 앉게 된 것이다.

'중요한 일은 아무것도 맡기지 마라.'는 전임자들의 충고를 따라 팀장은 팀의 막내가 할 법한 간단한 일을 앤드류에게 맡기려고 했다. 하지만 앤드류가 자기 직급에 맞지 않는 업무라고 정색하며 화내는 바람에 실패했다. 그래서 분석 보고서 업무를 맡겼지만 앤드류는 한 달을 꼬박 채워도 리포트 한 건조차 제대로 쓰지 못했다. 팀장은 손을 댈 수조차 없는 보고서를 보며 한숨을 쉬었다. 결국, 그저께 아침 팀 회의에서 팀장은 앤드류에게 보고서는 천천히 마무리하는 걸로 하고, 지금은 콘퍼런스로 바쁜 지연 씨, 즉 나를 도와주라고 지시를 내렸다. 다행히 앤드류가 하겠다고 해서 팀장은 보이지 않게 다시 한숨을 쉬었다.

"잠깐 저희 미팅할까요?"

나는 뭔가를 잔뜩 프린트하고 있는 앤드류에게 다가가 말을 건넸다. 앤드류는 잠깐 허둥댔지만 이내 고개를 끄덕이며 펜과 수첩을 주섬주섬 챙겼다. 모니터를 보니 메신저에 미확인 메시지 아이콘이 반짝이고 있었다. 아까 내가 미팅하자고 보낸 메시지는 읽지도 않은 게 분명했다. 메신저를 쓸 줄은 아는 건가, 라는 의심이 들었지만 어쩐지 무례한 질문일 것 같아서 묻지 않기로 했다. 적어도 메일은 읽을 줄 알겠지.

비어 있는 소회의실을 찾아 둘이 앉았다. 같은 팀이 된지는 한 달 정도 되었지만 단둘이 얘기하는 건 처음이라 어색했다. 나는 앤드류가 수첩을 열고, 펜 뚜껑을 열고, 페이지 위쪽에 오늘 날짜를 야무지게 적는 손놀림을 지켜보다가 조심스레 입을 열었다.

"팀장님이 콘퍼런스를 같이 하라고 하셨잖아요. 그래서 지금 프로젝트 진행 상황을 간략하게 설명해드리고 어떻게 업무 분담을 할지 상의하려고 해요. 지금 다른 바쁜 일은 없으시죠?"

당연히 없겠지, 라고 생각하며 말을 이으려는데 앤드류가 난처한 표정으로 말을 가로막았다.

"아, 내가 지금 싱가포르 시장 분석 보고서를 쓰고 있잖아요. 그게 민 팀장이 특별히 부탁한 건데 어떻게 하지?"

불과 한 시간 전에 팀장이 그놈의 보고서! 라며 소리치던 걸 들은 나로서는 표정 관리가 어려웠다. 그러나 혹시라도 보고서 얘기가 길어질까봐 얼른 덧붙였다.

"아까 들으신 것처럼 팀장님이 이 콘퍼런스를 먼저 하라고 하셨으니 보고서는 좀 뒤로 미루셔야 할 것 같아요. 당장 해야 할 일이 꽤 많거든요. 자, 그럼 자료를 보고 대략적인 개요를 설명해드릴게요."

진행 업무를 설명하면서 표정을 살필 때마다 앤드류는 의욕적으로 고개를 끄덕이면서 듣고 있었다. 생각보다 반응이 나쁘지 않았다. 나의 전체적인 브리핑이 끝나자 앤드류는 자신감 넘치는 표정으로 의자에 기대었다.

"내가 예전에 이 부서에서 일했던 거 알아요? 캐나다에서 이것보다 훨씬 더 큰 행사를 치렀었는데. 국내에서 하는 거면 간단하겠네."

"그래요? 다행이네요. 그럼 잘 아실테니 업무 분담을 하기도 쉽겠어요."

기분 좋게 고개를 끄덕인 나는 앤드류에게 참석자 모집을 맡겼으면 한다고 말했다. 그리고 가능하다면 주요 참석자 약력을 정리한다든지, 경영진에 보고할 자료에 필요한 내용 작성도 도와달라고 했다. 그러자 앤드류가 진지한 표정으로 고개를 저었다.

"그런 건 지연 씨가 나보다 잘할 테니 내가 총괄을 맡죠."

"총괄이요? 총괄 업무라는 게 뭐죠?"

"전반적인 진행 상황을 체크하고 결정도 내리고. 문제가 생기면 해결하기도 하고. 뭐, 그런게 꼭 필요하잖아요. 아무래도 내가 업무 경험이 더 많으니까."

직급도 높고. 라는 말은 뒷말처럼 덧붙였다. 그러고는 뚜껑을 닫고 펜을 휘휘 돌렸다. 나는 속으로 올라오는 짜증을 감추려고 자료로 시선을 돌렸다. 일할 사람이 꼴랑 두 명밖에 없는데 총괄 같은 소리 하고 있네. 그리고 이 프로젝트 담당자는 나라고.

"총괄 역할은 팀장님께서 이미 하고 계시니 실무 업무를 해주셨으면 해요. 당장 다음 달이라서 일이 많거든요. 아까 말씀드린 것처럼 참석자 모집이 가장 시급하고 중요하기도 하니 이걸 맡아주셨으면 좋겠어요. 혹시 예전에 해보신 적 있으세요?"

좋아. 침착하고 단호하게 잘 말했어. 눈을 들어 앤드류를 보니 뭔가 못마땅한 기색으로 입을 꾹 다물고 있었다. 잠시 대답을 기다리다가 빠르게 포기했다. 그리고는 어떻게 잠재 참석자를 리스트로 만들고 공문과 게시, 메시지로 초청하는지 자세히 설명했다. 앤드류의 반응은 애매했다. 아까부터 수첩에 날짜 이후로 아무것도 적지 않고 있었다. 나는 그를 빤히 쳐다보면서 지금까지 설명하면서 사용한 커다란 종잇장을 내밀었다. 그는 마지못한 듯 받아들었다.

모두가 예상했던 대로 앤드류는 자기 역할 속에서 허둥댔다. 아래아 한글 문서와 네이버 검색창만 주로 사용하는 그는 스프레드시트로 관리하는 프로젝트를 어려워했다. 얼마 전에 실리콘밸리에서 사용하는 방식이라며 알록달록한 화이트보드 상황판을 제안했다가 한마디로 거절당한 이후로는 눈에 띄게 의기소침해졌다.

앤드류가 가장 힘들어했던 건 참석 초청 대상 기관들에게 메일을 보내고 담당자와 통화해서 설명하는 일이었다. 담당자가 약간이라도 귀찮은 기색을 보이면 그는 당장 싸울 태세로 따졌다. 그리고 전화를 끊고 나면 우리 부서 사람이 다 들리도록 그들의 무례함을 성토했다. 과연 저 사람에게 참석자들을 맡겨도 되는 걸까, 나와 팀장 모두 회의감이 깊어질 무렵 앤드류는 팀장에게 찾아갔다.

"민 팀장, 아무래도 아르바이트를 몇 주 써야겠어요."

"아르바이트? 왜요?"

팀장의 의아해하는 목소리가 들렸다. 이게 무슨 소리지? 나는 호텔 지배인에게 케이터링 메뉴 리스트를 요청하는 메일을 쓰느라 바쁘게 키보드를 치던 손을 잠시 멈췄다.

"참석자 모집을 하는데 잡무가 워낙 많잖아요. 원래는 내 직급에서 할 일은 아닌 것 같은데, 그렇다고 지연 씨를 시키자니 이것저것 다른 일로 바쁜 것 같아서 나도 마음이 좀 그렇네요. 그러니 도와줄 직원이 한 명 더 있어야죠."

나더러 들으라는 듯한 발언에 의자를 천천히 돌려 뒤를 돌아보았다. 팀장은 나의 어이없어하는 표정을 보더니 한숨을 쉬었다. 이미 내가 앤드류의 일 처리 방식에 분통을 터트리는 걸 오전에 한차례 들은 상태였다. 팀장은 체념한 표정으로 고개를 끄덕였다. 그러자 앤드류는 부서 막내에게 아르바이트 한 명을 빨리 뽑아달라고 채근하고는 의기양양하게 자리로 돌아왔다.

"방금 팀장과 얘기하는 거 들었죠? 도와줄 아르바이트 직원 뽑읍시다. 지연 씨가 마음이 약해서 말 못 하는 거 같길래 내가 총대 메고 나섰잖아."

어쩌라고. 고맙다고 하라는 건가. 나는 앤드류를 빤히 쳐다보다 반응할 의욕조차 나지 않아 모니터 화면으로 시선을 돌렸다. 해야 할 일이 산더미라서 그와 실랑이할 에너지조차 모자랐다. 몰라, 알아서 하겠지.

앤드류의 까다로운 면접을 통해 뽑힌 아르바이트생은 민태라는 대학생이었는데 취업 준비차 휴학 중이라고 했다. 민태의 합류 이후로 업무는 묘한 방식으로 진행되었다. 내가 앤드류에게 해야 할 일을 알려주면, 앤드류는 민태에게 전달하고, 일이 완성되면 앤드류가 나에게 가져왔다. 민태 학생은 꼼꼼하고 성실한 편이었는데, 가끔은 앤드류를 통해 시킨 일보다 더 부지런히 뭔가를 하는 경우도 있었다. 내가 저렇게 얼굴이 벌게질 정도로 시킨 일이 없을 텐데. 의아해진 나는 앤드류가 없을 때 조심스레 물어봤다.

"민태님, 지금 뭐 하세요?"

"업무 진행 상황을 아래아 한글에 편집하고 있습니다."

"제가 보낸 스프레드시트를요? 왜요?"

"이게 보시기에 편하다고 하셔서요."

"누가요?"

"박성춘 과장님이요."

민태는 내가 매일 공유하는 업무 진행 현황 스프레드시트를 다시 일일이 아래아 한글에 옮겨서 편집하고 있었다.

그냥 열면 보이는 내용인데? 나는 아득한 기분이 들어 자리를 떠났다. 이 무리에 일절 관여하고 싶지 않았다. 다음번에 봤을 때는 책자로 나눠준 자료집을 아래아 한글 파일에 일일이 입력하고 있길래 그냥 눈을 질끈 감고 말았다.

심란한 나의 마음과는 달리 앤드류는 오랜만에 생기가 돌았다. 민태와 단짝이 되어 어디나 붙어 다녔다. 팀장에게 둘의 식사에 법인 카드를 가끔 써도 되냐고 물어봤다가 면박을 당한 일로 잠시 시무룩해지긴 했지만, 점심이면 광화문 근처 저렴한 맛집들을 함께 다니는 듯했다. 취업이 최대 관심사인 민태는 앤드류가 거들먹거리며 직장 생활에 관해 설명할 때마다 관심 있게 들었다. 그들의 돈독한 사이는 앤드류가 잠시 자리를 비운 사이 민태가 나에게 직접 보고를 했던 사건으로 한차례 위기를 맞았으나, 민태의 진정성 있는 사과로 금세 회복되었다.

어딘가 어긋났지만, 그럭저럭 목표에 맞게는 굴러가는 세 명의 업무 체제가 만들어진 지 이 주일이 지났을 때였다.

"지연 씨. 오늘 3시 미팅 알고 있지?"

팀장이 지나가면서 다시 한번 확인을 했다. 오늘 있는 CES 사무국의 알렉스 존슨 디렉터와 화상 미팅을 말하는 것이었다. 오전에 얘기했는데 또 하는 걸 보니 팀장도 어지간히 긴장하는 모양이었다. 사실 지금 팀장의 머릿속을 꽉 채운 프로젝트는 몇 주 앞으로 다가온 콘퍼런스가 아니라 내년 1월에 라스베이거스에서 열릴 CES 행사였다. 대표님이 무조건 성공시키라고 한 행사인 만큼 부서 전체의 실적이 여기에 달려 있다고 해도 과언이 아니었기 때문이다.

오늘 회의에서는 일정, 설치 부스 위치, 반입 가능한 규격 등 다양한 내용을 상의할 계획이었다. 나는 바쁜 와중에도 상황별로 몇 가지 질문과 대답 시나리오를 영어로 적어두고 소리를 내 외웠다. 그리고 아침에 출근길부터 한쪽 귀에 이어폰을 꽂고 영어 뉴스를 들었다. 여차하면 영어 잘하는 크리스틴이 도와주겠지만 가능한 한 메인 담당자인 내가 회의를 주도해야 했다.

"Hello, Mr. Jones. This is Daniel in T&T company.(안녕하세요, 존슨 디렉터님. 저는 T&T 컴퍼니의 다니엘입니다.)"

줌(zoom) 회의 화면으로 CES 사무국의 알렉스 얼굴이 보이자 팀장은 한껏 밝은 목소리로 인사를 했다. 갈색 머리칼을 짧게 자른 알렉스 역시 유쾌하게 응답했다. 시작이 좋았다. 농담을 섞어가며 인사하는 시간을 잠깐 가진 후 우리는 바로 본론으로 들어갔다.

먼저 내가 CES 측에 궁금한 점과 요청사항을 얘기했다. 줌 화면에 확대된 알렉스, 팀장, 그리고 크리스틴의 얼굴이 모두 나에게 집중하는 걸 보자 목이 탔다. 원고를 미리 써 놨기 때문에 긴장하지 않을 줄 알았는데 자연스럽게 읽는 건 생각보다 까다로웠다. 옆자리에 앉은 크리스틴이 내 원고를 흘깃 보는 시선이 느껴지자, 나도 모르게 원고를 키보드 밑으로 밀어 넣어 반쯤 가렸다. 간신히 질문을 끝내고 미소를 짓자, 알렉스의 말이 빠르게 쏟아졌다.

"Have you⋯⋯the compliance⋯⋯I am definitely sure you⋯⋯right?(그 규정을⋯⋯하셨나요?⋯⋯제가 믿기로는 그쪽에서⋯⋯제 말이 맞나요?)"

"Excuse me. I missed some points because of the audio problem. Could you say that again? (죄송합니다만 오디오 문제로 제가 못 들었는데 다시 말씀해주시겠어요?)"

독특한 억양으로 빠르게 말하는 알렉스의 말은 반도 알아들을 수가 없었다. 심지어 오디오 상태도 좋지 않아서 몇 번씩 끊겼다. 쫄 것 없어. 다시 물어보면 되는 거지. 나는 최대한 침착한 표정으로 다시 말해달라고 요청했다.

"Oh, No problem. According to the previous mail ⋯⋯last week, there are⋯⋯discussion⋯⋯it is challenging we⋯⋯, so⋯⋯sure that⋯⋯the compliance⋯⋯ (아, 문제없습니다. 지난번 보내주신 메일에 따르면⋯⋯지난 주에⋯⋯논의가⋯⋯어려운 문제⋯⋯그래서⋯⋯확신하는데⋯⋯그 규정⋯⋯)"

어쩌지. 이번에도 마찬가지였다. 팀장과 크리스틴은 이제 화면에서 눈을 떼고 맞은편에 앉은 나를 쳐다보고 있었다. 순간 머릿속이 하얘지고 손바닥이 축축해져서 바지에 빠르게 문질렀다. 나는 위기를 넘겨야겠다는 생각에 그냥 고개를 끄덕이며 알렉스에게 더 얘기하라는 제스처를 취했다. 그러자 알렉스의 눈동자가 동그랗게 커지더니 이내 난처한 표정을 지었다.

"지연 씨, 지금 알렉스가 질문한 거 아니야? 홈페이지에 게시된 규정 지침 검토해봤냐고. 그런 거지, 크리스틴?"

"아, 네. 맞아요."

크리스틴은 내 눈치를 보더니 곤란한 기색으로 대답했다. 귀가 화끈 달아올랐다. 팀장은 묘한 표정을 짓더니 크리스틴에게 얼른 답변하라고 재촉했다. 크리스틴이 유창한 영어로 말하기 시작하자 알렉스의 표정이 밝아졌다.

이후 회의는 순조롭게 진행되었다. 크리스틴과 알렉스가 주로 얘기하고, 크리스틴이 모르거나 답변이 어려운 부분은 팀장과 나에게 물어봤다. 회의가 진행되며 점차 긴장이 풀리자, 나는 미리 준비한 부분을 알렉스에게 설명하려고 했다. 그때 팀장이 나를 우악스럽게 손으로 제지하더니 키보드 밑에 있던 원고를 잡아채서 크리스틴에게 건네줬다. 크리스틴은 원고 내용을 빠르게 훑어본 후 팀장에게 알겠다는 제스처를 했다. 이후에 나의 역할은 알렉스의 답변에 고개를 끄덕이고, 팀장이나 크리스틴이 농담할 때 웃는 것뿐이었다. 회의가 끝나자 팀장은 홀가분한 표정으로 말했다.

"오늘 미팅 잘 진행된 것 같아. 크리스틴, 고생 많았어요. 오늘 회의 내용 정리해서 퇴근 전에 메일로 보내줘요. 참, 지연 씨는 잠깐 남아서 나랑 얘기 좀 합시다."

크리스틴은 자리로 돌이가고 팀장과 둘이 남았다. 팀장은 난처한 기색이더니 결심한 듯 속내를 꺼냈다.

"지금 지연 씨가 하는 일이 워낙 많잖아? 그러니 CES는 크리스틴이 메인을 맡는 게 좋겠어. 아까도 봤지만, 미국 사무국이나 현지 에이전시와 커뮤니케이션할 일이 많을 수 있잖아. 그리고 전시를 하는 다른 쟁쟁한 곳과 경쟁하려면 영어 리서치도 많이 해야 하니까 말이야. 크리스틴이 이제 삼 년 차긴 하지만 워낙 스마트한 친구니까 지연 씨가 옆에서 도와주면 잘할 수 있을 거야."

"네? 크리스틴이 메인이면 제가 무슨 할 일이……."

"아유, 선수끼리 왜 이래. 할 일이야 엄청 많지. 해외에 제품이나 설치 비품 보낼 때 까다로운 절차 많은 거 잘 알잖아. 크리스틴이 어떻게 그걸 알겠어? 그리고 임원들 해외 출장 준비도 지연 씨가 워낙 프로잖아, 프로."

팀장이 과장되게 추켜세우는 말을 들으며 나의 얼굴은 점점 굳어졌다. 그러니까 팀장의 요지는 크리스틴이 미국 CES 사무국과 에이전시, 그리고 경영진 앞에서 날아다닐 동안 나는 택배 부치고, 항공편과 숙박, 맛집을 알아보라는 것이었다. 어째서? 내가 프로젝트를 리드하고 해외 커뮤니케이션만 크리스틴을 시켜도 되는 일이잖아. 나는 즉시 항변하려고 했지만, 팀장은 격려하듯이 내 어깨를 두드리고는 서둘러 노트북을 챙겨 회의실 밖으로 나갔다.

어느덧 혼자 덩그러니 회의실에 남았다. 어디서부터 잘못됐을까. 한 시간 남짓한 미팅 장면을 천천히 복기해보았다. 내 키보드 밑에 있는 원고를 우악스럽게 빼내던 팀장의 손놀림을 떠올릴 때는 나도 모르게 잠시 숨을 멈췄다. 잠시 후 나는 느릿느릿 책상 위 물품들을 챙겼다. 회의실 벽에는 '회의 이후 쓰레기는 깨끗하게 치워주세요!'라는 문구가 크게 붙어 있었다. 아까 크리스틴이 앉았던 자리에는 내가 일주일 동안 잠을 줄여가며 작성한 영어 원고가 돌돌 말린 채 굴러다니고 있었다.

나는 그 원고를 향해 천천히 손을 뻗었다.

———

나의 복잡다단한 마음과는 상관없이 일은 매일같이 성실하게 밀려 들어왔다. 밤 늦게까지 업무를 간신히 마무리해도, 다음 날 아침이 되면 메일이 수북이 쌓여 있었다. 끝없이 돌을 밀어 올리는 시지프스가 된 것 같아. 나는 컴퓨터 모니터를 보며 중얼거렸다. 급한 일부터 처리할 생각에 메일 제목을 빠르게 훑고 내려가는데 콘퍼런스에서 기조 강연을 맡은 연사의 메일이 와 있었다. 왠지 불길해보이는 제목이었다. 나는 빠르게 마우스를 움직여 메일을 클릭했다.

'안녕하세요. 송수근 교수입니다. 이번 디자인 콘퍼런스에 기조 강연을 맡기로 했었는데, 다시 생각해보려고 합니다. 최근 좀 불편한 일을 겪어서……'

내용인즉슨 우리가 하도 자료를 미리 보내 달라고 성화길래 주말에 보냈더니 사례 하나까지 꼬치꼬치 물어보고, 수정 요구를 몇 번이나 하는 무례에 불쾌했다는 것이었다. 그러면서 이렇게 못 미더워 할 거라면 지금이라도 다른 연사를 찾아보는 게 좋지 않겠냐는 까칠한 말로 끝맺었다.

아니, 도대체 이게 무슨 소리지?

나는 떨리는 손으로 전화를 걸었다. 몇 번의 신호 후에 다행히 송 교수가 여보세요, 하고 차분한 목소리로 받았다.

"송 교수님, T&T 컴퍼니의 김지연입니다. 메일을 보고 너무 놀라서 연락드렸습니다. 이게 다 무슨 소리인지……."

"아니, 제가 그쪽 최 대표님과 인연도 있고 해서 무리해서 일정을 수락한 건데 진행될수록 불쾌해서 말이죠."

송 교수는 기분이 상한 태도를 숨기지 않았다.

"제가 수백 곳에서 강연했지만, 강연 계획 보고서를 내라는 곳은 처음 봤습니다."

"보고서요? 계획 보고서? 무슨 말씀이신지, 저는……."

"무슨 내용을 깅연할 건지 자세히 보고서로 내라면서요! 저도 강연 개요 정도야 이해하지만, 사례는 뭘 쓸 건지, 목표는 뭐인지까지 상세하게 쓰라는 경우는 처음 봅니다. 시간이 없어서 그냥 발표할 강연 자료 전체를 보내줬더니 온갖 지적질이나 하고 말이죠. 보아하니 이 분야를 알지도 못하는 것 같던데. 아니, 그렇게 못 미더우면 도대체 왜 저를 섭외한 겁니까?"

맹세코 나는 그런 적이 없었다. 이 분야에서 가장 유명한 송 교수는 참석 자체로 콘퍼런스의 급을 올려주는 존재였단 말이다. 우리 대표와의 학창 시절 인연이 없었다면 섭외조차 불가능한 사람이었다. 순간 내가 정신이 나가서 그딴 메일을 보낸 건가? 스트레스가 끝까지 달하던 날 필름이 끊겨서 쓴 건가? 나는 머릿속을 초조하게 스캔했다.

아냐. 만약 그랬다면 스트레스의 주범인 팀장과 앤드류에게 욕설 메일을 썼겠지, 왜 송 교수에게 썼겠어? 아무리 머릿속을 샅샅이 뒤져봐도 그런 일이 없었다는 확신이 들자 혹시 송 교수가 다른 기관과 우리를 헷갈리고 있을지모른다는 희망 섞인 기대가 올라왔다.

"교수님, 정말 죄송합니다만, 정말 당황스러워서 그런데, 저는 절대로, 맹세코 그런 요청을 교수님께 드린 기억이 없거든요. 몇 주 전 섭외 전화 이후 아예 연락드린 적도 없어요. 혹시, 정말 죄송하지만, 저희가 아니라 다른 회사가 그런 게 아니었을까요?"

"저를 뭐로 보시는 겁니까! 박성춘 씨? 그 과장이라는 사람이 하루에도 몇 번씩 연락했는데."

박성춘. 그 이름을 듣는 순간 머릿속에서 삐 경고음이 울렸다. 박성춘, 이 미친 앤드류 새끼가. 나는 속으로 욕을 내뱉었다. 그러고 보니 강연자들에게 행사 안내 공지를 보내드리라고 했던 기억이 희미하게 났다. 말문이 막힌 침묵을 송 교수는 어떻게 해석했는지 좀 누그러진 말투로 말했다. 사실 그쪽 대표 얼굴을 봐서 승낙하긴 했는데 콘퍼런스와 중요한 프로젝트 발표 마감이 겹쳐서 참석이 어렵겠다고 했다. 그 말을 듣자 나는 정신 번쩍 들었다.

"교수님이 이번 콘퍼런스의 가장 중요한 연사이신데 빠지시면 저희 정말 큰일 나요. 그 사람이 도대체 무슨 생각으로 그랬는지 모르겠는데, 담당자도 아니면서 자기 멋대로 그런 거예요. 저희 팀장님이나 대표님이 이 사실을 아시면 정말 노발대발하실 거예요."

나는 간절한 목소리로 매달렸지만 송 교수는 이미 마음이 떠났는지, '솔직히 제가 너무 바쁩니다. 지금이라도 다른 연사를 빨리 찾아보시는 게 좋겠습니다.'라는 말로 전화를 끊어버렸다.

나는 팀장에게 달려갔다. 지나가는 길에 앤드류가 한가롭게 커피잔을 들고 민태와 농담하며 웃고 있는 모습이 보였지만 신경 쓰지 않았다. 팀장은 심상찮은 내 표정을 보더니 빠르게 일어나 나를 빈 회의실로 데리고 갔다. 아까부터 머리가 윙윙, 울려대고 있었다. 나는 감정을 참느라 숨을 크게 몰아쉰 후 빠르게 내뱉었다.

"송 교수가 못 온대요. 아니, 안 온대요."

"뭐? 지연 씨, 갑자기 그게 무슨 소리야?"

"앤드류가 저에게 말도 안 하고 송 교수에게 따로 연락해서 이거 해라, 저거 해라, 되지도 않는 유세를 부렸나봐요. 기분이 너무 상해서 못 오겠대요!"

팀장은 아까 내가 송 교수와 통화할 때처럼 '내가 지금 무슨 말을 들은 거지?'라는 멍청한 표정을 지었다. 내가 송 교수와 나눈 대화를 풀어서 재연해주자 팀장의 얼굴은 벌겋게 달아올랐다.

"앤드류가 송 교수 건 말고도 또 사고를 쳤는지 누가 알겠어요. 아니, 분명히 쳤을 거예요. 왜 아니겠어요?"

"앤드류와 얘기해봤어? 도대체 왜 그랬대?"

그걸 제가 어떻게 알겠어요? 나는 시니컬하게 내뱉은 후, 입을 고집스럽게 다물었다. 이건 내 잘못이 아니잖아. 억울했다. 왜 내가 이런 고생을 해야 하나. 나보다 월급을 많이 받는 직원은 팽팽 놀면서 사고만 치는데. 나만 이리 뛰고 저리 뛰고 있었다. 팀장조차 골칫덩이는 나에게 떠넘기고, 원하는 프로젝트는 다른 사람에게 주고 있는데 말이다. 팀장은 거칠게 마른세수를 하더니 자기가 알아서 하겠다며, 신경 쓰지 말고 하던 일을 하라며 나를 달랬다.

팀장은 자리로 돌아가자마자 무시무시한 기세로 앤드류를 호출했다. 앤드류는 민태에게 열심히 무엇인가를 설명하던 중이었다. 돌아가는 상황을 모르는 앤드류는 밝은 표정으로 팀장의 자리로 다가왔다.

"민 팀장, 지금 참가자 모집이 아주 잘 되고 있어요. 내가 오전에 확인해보니……."

"송 교수에게 도대체 무슨 소리를 한 거예요?"

팀장은 사무실이 울리도록 쩌렁, 고함을 쳤다. 앤드류는 처음 보는 팀장의 날선 태도에 아무 말도 못하고 입을 벌린 채로 얼어붙었다.

"송 교수가 어떤 분인지 알기나 해요? 원래 우리 회사에서는 모실 수도 없는 분인데 대표님과 친분이 있어서 겨우 섭외했다고! 그런데 이래라저래라 되지도 않는 평가질 하면서 기분을 상하게 해? 박 과장이 뭔데? 뭐 하는 사람이야? 디자인에 관해 뭘 알긴 알아? 도대체 지금 송 교수 건 말고 또 무슨 사고를 쳤어요?"

팀장의 격양된 목소리는 칸막이를 넘어 옆 부서까지 넘어갔다. 재무팀과 조직문화팀 지원들이 웅성대면서 목을 빼고 우리 쪽을 쳐다봤다. 나와 모니터를 마주 보고 앉아 있는 옆 부서 케빈도 '무슨 일이야?'라고 입 모양으로 묻길래 나는 짜증 섞인 얼굴로 고개를 저었다. 지긋지긋했다. 무거워진 분위기에 머리가 깨질 것 같아서 사무실 밖으로 나왔다. 회사 주변을 두어 바퀴 걷고 나서 돌아왔을 때는 팀장과 앤드류 모두 자리에 없었다.

팀장은 그날 바로 송 교수를 찾아가 사과했다. 송 교수는 부담스러워하면서 손사래를 쳤지만, 팀장은 고개와 허리를 깊이 숙였다. 팀장은 앞으로 자기가 직접 연락드릴 테니 하실 말씀이 있으면 언제든 연락 달라며 연신 고개를 숙였다. 회사 대표까지 전화를 걸어 자기 얼굴을 봐서라도 이번 한 번만 넘어가 달라고 부탁하자 송 교수는 마지못해 마음을 바꿨다.

앤드류의 소문은 회사에 금방 퍼졌다. 다들 앤드류의 레전드 일화가 또 하나 갱신됐다며 킬킬댔는데, 이번에는 상황이 심각해졌다. 이 사건에 노발대발한 대표가 인사팀에게 앤드류 문제를 올해 안에 해결하라고 강하게 지시했기 때문이다. 지침을 받은 팀장은 앤드류에게 모든 일에서 즉시 손을 떼라고 했고, 나에게는 아르바이트생인 민태뿐 아니라 직원 한 명을 더 붙여주었다. 그리고 외부에 연락하는 중요한 일들은 팀장이 직접 챙겼다.

혼란스러운 상황 속에서 시간만은 착실하게 흘렀다. 마침내 영원히 오지 않을 것처럼 보였던 콘퍼런스 당일이 되었다. 나는 아침 리허설부터 시작해서 전반적인 상황을 챙기느라 혼이 빠질 지경이었다. VIP 대기실의 깨진 찻잔을 발견해서 지배인에게 얘기하고, 테이블별로 명패가 잘 놓였는지 확인하는 등의 업무로 정신이 없었다. 팀장은 앤드류에게 행사장 문 앞에서 참석자 확인과 자료집을 나눠주는 일을 맡겼는데, 오가며 본 앤드류의 얼굴은 그다지 좋아 보이지 않았다.

"아이, 참. 그렇게 찾으시면 어떻게 해요."

호텔 지배인과 로비에서 동선을 체크하고 있을 때 뒤에서 짜증스럽게 말하는 소리가 들렸다. 돌아보니 행사 에이전시 직원이 노트북 앞에 앉은 앤드류에게 얼굴을 찌푸리며 지적하고 있었다.

"참석자 이름을 컨트롤 에프(Ctrl+F)로 검색하면 되잖아요. 이 많은 사람을 하나하나 찾으시면 언제 다 해요?"

"아니, 내가 예전에 이것보다 큰 국제 행사할 때는 가나다순으로 이름을 정리했었는데……."

앤드류는 항의하듯 목소리를 높였지만, 그 직원이 듣는 기색조차 없자 품 죽은 듯이 사그라들었다. 지 사람이 과연 컨트롤 키를 알까? 나는 복잡한 표정으로 쳐다봤다. 나중에 보니 앤드류는 노트북 앞에서도 밀려나 자료집과 주차권을 나눠주고 있었다. 수북이 쌓인 자료집 뒤편에 앉아 있다가 누군가 달라고 하면 한 권씩 나눠주곤 했는데, 가능한 한 자신의 모습을 보이지 않으려는 듯 어깨를 움츠리고 있었다. 부끄러운 듯 손을 말아 쥐었다 폈다 하는 걸 보자 왠지 마음 한편이 불편해졌다. 얼마 전 CES 미팅 후 회의실에 혼자 앉아서 남겨진 영어 원고를 천천히 말아 쥐던 내 손이 겹치듯이 떠오른 탓이었다.

'무슨, 당치도 않은 생각이지.'

나는 고개를 젓고 마지막으로 음향 체크를 하러 행사장으로 빠르게 걸어갔다. 이제 곧 행사가 시작될 예정이었다.

이후의 콘퍼런스는 그간의 좌충우돌이 무색할 정도로 매우 성공적이었다. 담당자인 나는 혼이 나갈 지경이었지만 말이다. 연설과 패널 토론, 퍼포먼스 모두가 매끄럽게 진행되었다. 사람들 반응도 호의적이었다. 앉을 자리가 없어 서서 듣는 사람들이 많을 정도로 행사장은 붐볐고, 실시간 중계를 한 유튜브 반응 역시 호평이었다.

두 달간 준비한 콘퍼런스 행사가 성공적으로 끝나자 대표는 상기된 표정으로 사람들과 악수를 했다. 팀장은 호탕하게 웃으며 사람들과 얘기하고 있었고, 나와 눈이 마주칠 때면 엄지를 치켜들기도 했다.

가득 찼던 참석자들이 모두 퇴장하고 나자 나는 안도감에 숨을 깊게 쉬었다. 행사의 가장 좋은 점은 좋든 나쁘든 '반드시 끝이 온다'는 것이다. 자리를 정리하면서 담당자들끼리 서로 수고했다는 인사를 나누고 있는데 앤드류가 보이지 않았다. 그러고 보니 한참 전부터 보이지 않았던 것 같았다.

알게 뭐람. 나는 어깨를 으쓱하고 무시하려고 했지만, 어제 민태와의 대화가 자꾸 어딘가에 남아 신경을 거슬리게 했다. 어젯밤 행사 물품 포장까지 마치고 퇴근하려고 할 때, 민태가 쭈뼛거리면서 다가왔었다.

"지연님, 내일 행사가 끝나면 다시 못 뵐 테니 지금 말씀드리고 싶어요. 송 교수님 건은 정말 죄송합니다."

"민태 씨가 무슨 잘못이 있어요. 그런 생각하지 말아요."

"아무래도 과장님이 저 때문에 그러신 것 같아요."

"……그게 무슨 소리예요?"

"제가 송 교수님 팬이었거든요. 책도 샀고 유튜브 강연도 빠짐없이 죄다 봤어요. 그 얘기를 했더니 박성춘 과장님이

109

송 교수님과 인사시켜주겠다고 하셨어요. 제가 너무 좋아하니까 제 앞에서 자주 통화노 하셨어요. 스피커폰으로요. 그리고 저도 한 번 바꿔주시고요."

오랫동안 공들인 콘퍼런스를 망칠 뻔한 이유가 고작 어쭙잖은 골목대장 놀이 때문이었다니. 정말이지 다시는 같이 일하고 싶지 않은 사람이었다. 하지만 오늘 앤드류가 민태를 보며 어색하게 인사하던 얼굴은, 뭐랄까, 나도 모르게 시선을 돌려 못 본 척해주고 싶은 표정이었다. 나는 짐들을 차에 싣고 회사로 복귀하면서 그 표정을 다시 떠올렸다. 그러자 기다렸다는 듯이 감색 정장에 넥타이를 매고 자료집 뒤에 조그맣게 옹크리고 있던 모습도 같이 떠올랐다.

그리고 말아 쥔 두툼한 손도.

행사 이후로 앤드류는 말이 없어졌다. 단짝처럼 다니던 민태마저 없자 식사 시간이 되면 조용히 사라졌다가 끝날 때쯤 슬그머니 자리에 앉곤 했다. 팀장은 앤드류를 데리고 회의실에 가서 오랫동안 얘기를 했다. 인사팀 직원도 종종 함께였다. 사람들은 앤드류가 드디어 나가는 모양이라며 수군댔다. 모니터 맞은편에 앉은 케빈은 축하한다는 메시지를 보내면서 키득댔지만, 나는 마냥 맞장구치기에는 복잡한 심정이었다.

앤드류가 떠난다는 소식이 몇 주 후 회사에 퍼졌다. 명목상으로는 대전 사무국으로 인사이동이었다. 하지만 정규직원이 아니라 일주일에 한두 번 출근하는 자문 역할이었으니 사실상 퇴사였다. 인사팀은 쉬쉬했지만, 이 년치 월급을 보상으로 주는 것으로 간신히 설득했다는 소문이 돌았다. 회사 동료들의 반응은 둘로 나뉘었다. 이십 년 넘게 일도 제대로 안 했는데 이 년치 보상까지 챙기니 진정한 인생의 위너라며 부러워하는 사람 반, 어디 받아주는 데도 없을 텐데 그냥 버티지 왜 나가냐며 걱정하는 사람 반이었다.

사람들의 수군거림 속에서 앤드류는 상기된 표정으로 인연이 있던 동료들과 식사를 하고, 책상을 정리하느라 분주하게 시간을 보냈다. 나에게도 식사를 같이하자고 몇 번 권했지만 왠지 불편한 마음이 들어 정중하게 거절했다. 그리고 드디어 마지막 출근 날, 책상을 물티슈로 여러 번 닦던 앤드류는 조심스럽게 나에게 말을 걸었다.

"지연 씨, 우리 차 한잔할까요? 할 얘기도 있고 해서."

앤드류는 내가 또 거절할까봐 초조한 눈치였다. 나는 오늘까지 보내주기로 한 제안서를 흘깃 쳐다봤다가 앤드류를 향해 고개를 끄덕였다. 얼굴이 밝아진 앤드류는 회사 밖으로 나가자고 하면서, 자기가 잘 아는 곳이 있다고 했다. 그곳은 스페셜티 커피를 취급하는 인기 많은 카페였는데, 다행히 오후 늦은 시간이라 한적한 편이었다. 창가에 자리를 잡고 앉자 불편한 침묵이 이어졌다. 원래 친한 사이도 아니었고, 송 교수 사건 이후로 이렇다 할 대화를 해본 적이 없다 보니 화젯거리랄 게 없었다. 나는 간신히 그나마 무난한 주제를 찾아냈다.

"대전 사무실은 언제부터 출근하세요?"

"그쪽에서는 빨리 와달라고 난리지. 그런데 어머니가 수술 후 계속 몸이 안 좋으셔서 좀 챙겨드려야 할 것 같아요. 일단 3개월 정도 휴가를 쓸 생각이니 출근은 아마 내년 1월 정도에 하지 않을까 싶네."

"어머니가 큰 수술을 하셨나봐요."

"암이에요, 위암. 그래도 초기에 발견되어서 항암까지는 안 해도 되니까 다행이지. 그래도 연세가 있다 보니 하루가 다르게 기력이 너무 떨어지시더라고. 그래서 내가 옆에서 돌봐드려야겠다 결심했어요."

앤드류는 대전에 홀로 사는 어머니가 이대로 돌아가시면 두고두고 후회하지 않을까 생각하던 중이었다고 했다. 하지만 회사의 대표와 임원들이 그동안 계속 자기를 붙잡는 터라 고민이 많았는데, 마침 인사팀에서 대전을 좀 도와달라고 간곡히 부탁해서 결단을 내렸다고 말했다. 앤드류는 의자 뒤로 몸을 쭉 기대며 말을 이었다.

"원래대로라면 나 정도는 최소한 부국장 자리로 가야겠

112

지. 하지만 지금 어머니가 안 좋으시다 보니 임시로 자문만 맡기로 했어요. 대전 사무실의 규모가 작다 보니 내가 할 일이 많겠지만 당분간은 가족에게 집중하기로 했으니까. 물론 인사팀은 내가 나중에라도 대전 사무국장을 맡아줬으면 하는 눈치지만."

"네. 가족이 가장 중요하죠. 큰 결심 하셨네요."

나는 고개를 끄덕거렸다. 앤드류가 말한 대전 사무국의 자문 자리는 일주일에 한 번 출근하는 그야말로 이름뿐인 자리였다. 월급도 없이 자문 수당 명목으로 나오는 1회 15만 원, 한 달에 60만 원 남짓이 전부였다. 게다가 사무국 장이 그만 나오라고 하는 순간 바로 종료되는 위태로운 위치였다. 아마도 앤드류가 사무국장이 되는 일은 영원히 없을 것이다. 아마 직원이 되는 일조차 없겠지. 여기까지 생각하자 한 모금 마신 커피에서 탄맛이 입안에 감돌았다. 앤드류는 머뭇거리더니 말했다.

"선배로서 지연 씨를 많이 챙겨줘야 했는데, 나도 상황이 좀 그렇다 보니까 못 해줘서 미안한 마음이 많아. 혹시라도 섭섭한 게 있더라도 마음에 담아두지 마요."

에이, 아니에요. 나는 웃으며 손사래를 쳤다. 불과 몇 주 전만 해도 앤드류와 같이 일할 바에는 회사를 옮기겠다고 팀장에게 대들었던 나였지만 떠나는 사람에게까지 모질게 굴고 싶지는 않았다. 나는 아직도 잘 모르겠다. 나쁜 사람은 아니지만 무능한 사람에게 어떻게 대해야 하는지. 나쁜 의도는 없지만 내 생활을 엉망으로 만드는 무능함에 어떤 태도를 보여야 하는지 말이다. 지금 내가 느끼는 안쓰러운 마음은 그가 내 삶의 사정권 밖의 어딘가로 옮겨지는 상황에서나 비로소 가능한 감정이었으니까. 나는 이 문제를 더 고민하는 대신 그냥 조금 편안한 표정을 지었다.

"대전에 가면 연락드릴 테니 그때 같이 밥이나 먹어요."

물론 거짓말이었다. 나는 대전에 가더라도 앤드류에게 연락하지 않을 것이고, 밥을 먹을 일은 더욱더 없을 것이다. 하지만 앤드류는 빈말뿐인 내 말에 반색했다. 그러자며, 오면 꼭 연락하라며, 대전 토박이만 알고 있는 맛집들에 데려가 주겠노라며 힘주어 말했다.

"잘 지내세요. 선배님."

나는 앤드류의 두툼한 손가락이 커피잔을 아슬하게 쥐었다가 무사히 테이블에 내려놓는 것을 바라보며 말했다.

이 말은 진심이었다.

※　오피스 빌런은 7대 유형이 있다. 뭐든지 세 번 지시해야 업무를 해오는 제갈공명 빌런, 남은 일을 다른 사람이 하도록 떠넘기고 사라지는 신데렐라 빌런, 늘 자리를 비우는 다크템플러 빌런, 일이 터지면 남을 내보내고 보상은 자신이 챙기는 포켓몬 트레이너 빌런, 엑셀 프로그램 등 본인이 모르는 건 일단 배척하는 흥선대원군 빌런, 능력에 비해 욕심이 큰 아따아따 빌런, 상대방을 악의 축으로 만드는 파워레인저 빌런이 그것이다. (참고: 〈주간동아〉 '오피스빌런 특집 기사', 2019.3.11.)

재능의
불시착

모욕을 당해도 침착해야 하는 능력이

도대체 회사 어디에 필요한 걸까요?

올해 서른두 살인 준은 어렸을 때부터 특출나게 뛰어난 재능이 없다는 점이 큰 불만이었다. 공부도 그럭저럭, 외모도 그럭저럭, 이었다. 평소에는 존재감이 없다가도 학교 축제나 체육대회에서 스타로 떠오르는 녀석들이 있다지만, 준은 거기에도 속하지 않았다. 다시 말하자면 부러움을 받은 적도, 왕따를 당한 적도 없는 평범한 보통 학생이었다.

특이한 재능이 있긴 했다. 준은 본능적으로 동서남북을 감지할 수 있었다. 어느 장소에 가든지 북쪽과 동쪽이 어디인지 본능적으로 느낄 수 있는 감각이었다. 이게 남들은 못하는 특이한 재능이란 걸 알게 된 건 가족들과 3박 4일 일정으로 포항에 놀러갔던 중학생 때였다.

부모님은 유명하다는 포항 바닷가의 해돋이를 꼭 보고 싶어했다. 서울 집을 출발할 때부터 유난을 떨던 부모님은 포항에 도착한 다음 날 새벽이 되자 부지런히 옷을 갖춰 입고 준을 깨웠다. 준은 일 년 내내 똑같이 뜨는 태양 따위를 보려고 꼭두새벽부터 일어나는 상황에 큰 불만이었지만, 부모님에게 그의 기분은 딱히 고려사항이 아닌 듯했다. 어머니는 준의 가라앉은 기분과는 상관없이 뜨거운 코코아를 손에 쥔 채 설레 했다.

"여보, 이쪽으로 걸어가면 되겠지? 동쪽이 저쪽인가?"

"아냐, 자기야. 호텔 지배인이 선착장으로 가라고 했잖아. 그러니까 저기가 동쪽이지!"

"아냐, 엄마. 동쪽은 이쪽이잖아."

준은 후드 주머니에 꼼지락거리고 있던 손을 꺼내 반대편으로 가려는 부모를 잡았다. 준이 심드렁한 표정으로 반대쪽을 턱짓으로 가리키자 부모님은 고개를 갸웃했다.

"네가 그걸 어떻게 알아?"

"이 방향이 북쪽이잖아. 그러니까 동쪽은 이쪽이지."

준은 당연한 걸 물어보는 부모님에게 불퉁거리며 대답했다. 어머니가 눈을 껌뻑거리더니 다시 물었다.

"누가 너한테 말해줬어?"

"아니."

"그런데 여기가 북쪽인 건 어떻게 알아?"

준은 원한 적도 없는 해돋이 구경 때문에 이미 하루치 에너지를 다 쓴 참이었는데, 부모님이 자꾸만 뻔한 걸 물어보자 심통이 났다. 그걸 모르는 사람이 어디 있냐며 볼멘소리를 하자 둘의 표정이 동시에 애매해졌다. 그때야 준은 이상한 기분이 들었다.

"엄마 아빠는 몰라?"

"뭘?"

"어디가 동서남북인지?"

부모님은 잠시 멍하니 동작을 정지했다가 와, 하면서 신기해했다. 너는 알아? 언제부터? 언제부터 알았어? 어떻게 아는 거야? 무슨 특별한 느낌이 오는 거야? 라며 질문을 쏟아냈다. 흥분한 아버지는 그 즉시 포항 시내의 대형마트에 가서 나침반을 사 왔다. 그러고는 여행 내내 새로운 장소를 갈 때마다 준에게 동서남북이 어디인지 물었다. 처음에 부모님은 반신반의했지만, 준이 물어볼 때마다 오차 없이 정확히 맞추는 걸 확인하고는 자기들이 천재를 낳았다며 즐거워했다.

준의 특별한 재능은 친척 모임 때마다 화제가 되었고, 친구들 역시 신기해했다. 하지만 준의 입장에서는 그야말로 쓸데없는 재능이었다. 사막에서 길을 찾아야 하는 유목민족도 아닌데, 몇 천 원짜리 나침반이면, 아니 스마트폰에 공짜 나침반 애플리케이션만 다운 받으면 누구나 알 수 있는 정보가 무슨 가치가 있을까.

물론 클럽이나 포차에서는 약간의 쓸모가 있었다. 준의 친구들은 처음 만난 여자들의 호감을 얻기 위해 별 대화를 다 끄집어내곤 했는데, 그중에서 준의 능력은 그들이 즐겨

써먹던 단골 소재였다.

"이 친구가요, 동서남북을 맞추는 능력이 있어요."

"진짜요? 에이, 설마. 별자리를 읽는 거예요?"

"실내에 있어도 어디가 북쪽인지 알아요. 그치? 준아."

"어머, 그러면 지금 여기의 동서남북을 맞춰봐요!"

"음. 이쪽이 북쪽이니까 여기가 동쪽, 저기가 서쪽, 그리고 이 뒤쪽이 남쪽이겠네요."

준은 호기심으로 눈을 반짝이는 여자들을 향해 지금까지 수백 번도 넘게 했던 동서남북 맞추기를 보여줬다. 대부분은 '에이, 거짓말.'이라며 긴가민가 의심스러워하기 마련인데, 그럴 때면 친구들이 휴대전화의 나침반 애플리케이션을 열어 확인시켜줬다.

"미리 알고서 얘기한 거네요, 뭐."

"그럼 저희 다른 조용한 곳으로 갈래요? 갈 때마다 이 친구한테 물어보면 되잖아요. 진짜 신기하다니까요."

이 작업 멘트는 성공과 실패 확률이 반반이었다. 준의 생각에는 동서남북 감지 재능과 상관없이 외모와 순간의 호감도로 2차 결정이 나는 것 같았지만 친구들은 아랑곳하지 않았다. 이 친구가요, 신기한 재능이 있어요.

준의 특이한 재능은 하나 더 있었다.

"자, 이제 오늘은 마카롱을 만들어보는 날이죠? 제가 시키는 대로만 하시면 누구나 아주 쉽게, 근사한 고급 디저트를 만드실 수 있습니다. 수강생분들! 먼저 아몬드 분말 45g, 코코아 파우더 10g, 슈가 파우더 75g을 계량해서 체에 걸러주세요!"

자신을 헨리라고 소개한 남자는 투명 마스크를 쓴 채 큰 소리로 외쳤다. 준은 금요일 저녁 홍대에서 혼자 마카롱 원데이 클래스를 듣고 있는 자신의 모습에 실소가 나올 지경이었다. 원래는 최근 썸을 타고 있는 개발 2팀의 수인과 같이 듣기로 한 수업이었다.

수인은 작년에 경력직으로 입사한 개발자였는데, 동글동글한 귀여운 인상의 여자였다. 무표정일 때는 다소 화난 이미지지만, 웃을 때면 눈과 볼이 사랑스럽게 접혔다. 키는 158센티 정도여서 172센티인 준과 나란히 서면 적당한 차이가 났다. 준은 몇 번의 메신저 대화와 탕비실 앞에서의 가벼운 스몰토크 끝에 드디어 수인과 같이 점심을 먹는 데 성공했다. 식사하던 그날, 수인은 파스타를 돌돌 말아서 입에 넣다가 알람 소리를 듣더니 휴대전화를 들여다보았다. 그러더니 폭, 한숨을 쉬었다.

"아, 부럽다. 요즘 원데이 클래스가 유행이래요. 제 친구들도 이것저것 인스타에 잔뜩 올리고 있네요."

"그럼 수인님도 해보세요. 하루짜리라 부담도 없잖아요. 저는 가고 싶어도 혼자는 엄두가 안 나서 못 가고 있지만."

"그래요? 사실 저도 그래요! 그럼 같이 한번 가볼래요?"

둘은 그 자리에서 원데이 클래스를 검색했다. 코바늘 뜨기? 에이, 패스! 캘리그라피? 패스. 꽃꽂이? 패스. 반지 만들기? 오, 이건 연인도 아닌데 좀 그렇지 않을까요? 패스! 베이킹? 아, 그게 무난하겠네요. 둘은 그 자리에서 금요일 저녁에 홍대에서 열리는 세 시간짜리 '고급 디저트! 마카롱 만들기' 클래스를 신청했다. 준은 이 클래스가 마음에 들었다. 끝나고 난 뒤에 만든 마카롱을 가지고 근처에 와인 한잔하러 가자고 권할 수도 있을 테니까.

약속했던 금요일이 되자 준은 해외 직구로 산 폴로 네이비 셔츠, 베이지 바지를 입고 회색 재킷을 걸쳤다. 거울에 비친 모습은 나쁘지 않아 보였다. 얼굴 톤이 어두워서 회색 재킷이 안 어울리는 것도 같았지만 양복을 제외한 재킷은 남색과 회색 두 벌뿐이어서 선택의 여지가 없었다. 남색 재킷과 남색 셔츠의 색깔 맞춤은 더 이상해 보였으니까. 준은 클래스가 시작되면 어차피 재킷을 벗잖아, 라고 생각하며 가볍게 집을 나섰다. 그리고 온종일 퇴근 시간만 초조하게 기다리고 있었는데 퇴근하기 불과 몇 분 전에 수인의 메신저 연락이 왔다.

'이준님, 정말 죄송한데 오늘 저 못 가게 됐어요.ㅠㅠ'

'갑자기 왜요? 급한 일 터졌어요?'

'제가 진짜 미쳤지, 5시에 코드 머지(code merge, 코드 병합) 작업을 했거든요. 진짜 진짜 간단한 수정사항이었다고요. 그런데 어느 멍청이가 같은 걸 말도 없이 먼저 처리하고 푸시해놔서 충돌이 났어요.'

준은 코드 배포는 오전에 하는 거라는 업계의 충고를 가볍게 생각한 수인에게 위로를 건넸다. 수인은 어쩔 줄 몰라 하며 거듭 사과를 전해왔다. 계획과는 달리 혼자서 회사를 나오게 된 준은 기운이 빠졌다. 그리고 잠시 고민하다가 신청한 게 아깝기도 하고(당일 취소는 환불 불가였다), 딱히 다른 할 일도 없어서 클래스에 그냥 가기로 했다. 완성된 마카롱 사진을 주말에 수인에게 슬쩍 보내며 말을 걸어봐야겠다는 숨은 계산도 있었고 말이다.

이게 지금 준이 금요일 저녁에 커플들 사이에서 혼자 어색하게 서 있는 이유였다. 헨리 강사가 아몬드 분말 45g, 코코아 파우더 10g, 슈가 파우더 75g을 계량하라고 외치자마자 사람들은 분주해졌다. 클래스 초반에 제과제빵의 성공은 정확한 계량에 달려 있다고 몇 번이나 힘주어 말했기 때문에, 다들 0.1g도 안 틀리려고 열심들이었다. 저울은 테이블당 한 대씩 있었는데, 준은 옆 사람이 먼저 쓰도록 양

보했다. 준처럼 혼자 온 옆 사람은 처음 해보는 건지 쩔쩔
매고 있었다. 기다림에 지루해진 준은 종이컵에 아몬드 분
말 45g, 코코아 파우더 10g, 슈가 파우더 75g을 나눠 담았
다. 지나가던 강사가 그걸 보더니 물었다.

"이거 이미 계량을 마친 건가요?"

"아니요. 지금 저분이 쓰고 계셔서."

준은 옆 사람을 손으로 가리켰다. 강사는 흐음, 하면서
저울과 씨름하는 옆 사람을 지켜보았다. 준은 심심하던 차
에 클래스에서 유일하게 말을 걸 상대가 나타나자 조금은
즉흥적인 기분이 되어 비밀을 털어놨다.

"그런데 제 건 안 재봐도 맞을 걸요"

"회원님, 그게 무슨 뜻이에요?"

"제가 무게를 잘 맞히는 편이거든요. 1, 2g 정도 차이는
느낌으로 아는 편이에요."

강사는 농담이라고 생각했는지 에이, 하며 웃었다. 진짜
인데, 라고 준은 생각했지만 그냥 배시시 따라 웃었다. 그
러자 둘 사이에 오가는 대화를 듣던 뒤 테이블의 커플 수
강생이 눈을 반짝이며 제안했다.

"그러면 테스트해 보실래요? 저희는 저울 다 썼거든요."

"오! 좋은 생각이에요. 회원님. 한번 해보시겠어요?"

준은 고개를 끄덕였다. 뒤 테이블의 커플과 강사가 보는
앞에서 먼저 아몬드 분말 45g이 담긴 컵을 올렸다. 컵 무

게를 제외하도록 저울을 세팅한 후 아몬드 분말을 올리자 숫자가 나타났다.

45.3g

지켜보던 세 명이 와, 감탄을 터트리자 다른 수강생들도 호기심에 이쪽을 기웃거렸다. '뭐예요? 무슨 일인데요?'라고 묻는 사람들에게 커플은 '저분이 그냥 느낌만으로 무게를 아신대요!'라고 속삭였다. 준은 침착하게 코코아 파우더 10g을 올렸다.

10.7g

강사는 손뼉을 치면서 감탄했고, 누군가 대박, 이라고 말하는 소리가 들렸다. 구경꾼들이 더 몰려오는 걸 느끼며 준은 씩 웃었다. 마지막 슈가 파우더 75g을 올리려다가 잠시 멈칫했다. 그러고는 조심스러운 손길로 가루를 한 꼬집만큼 덜어냈다.

75.1g

준은 그날의 원데이 클래스 인기남이 되었다. 신기한 재능임에는 분명하지만, 산업혁명이 한참 지난 후에야 태어난 준으로서는 이미 저울이 있는 상황에서만 진가를 확인할 수 있는 아이러니한 능력이었다. 옛날에 태어났으면 왕궁의 금은보화를 관리하며 혹시라도 어떤 놈이 왕관의 장식 귀퉁이라도 살짝 떼어갔는지 알아채는 귀중한 인재가 됐을지도 모르는데. 나라의 공식 저울을 감별하기 위해 일

년에 한 번 일하고 평생 놀아도 둥기둥기 인정받는 핵심 인재 인생이었을지도 모르는데.

아무래도 준은 재능 뽑기에서 실패한 것 같았다. 아니면 시대를 뽑는 데 실패했던지.

———/

준은 주말에 마카롱 사진을 수인에게 보냈다. 수인은 이모티콘을 연발하며 감탄했다. 준이 월요일에 마카롱을 가져다주겠다고 말하자, 수인은 다음 주에 밥을 사겠다고 약속했다. 좋은 징조였다. 준은 그날 밤 눈을 감으며 요즘 인생이 그럭저럭 잘 굴러가는 것 같다고 안도했다. 회사에서는 어느덧 삼 년 차가 되어 업무에 익숙해졌고, 돈도 조금씩 모이고 있었다. 그리고 마음에 두고 있는 수인 역시 준이 마음에 드는 눈치였다.

월요일이 되자 준은 평소처럼 8시 20분에 구로디지털단지역에 도착했다. 문이 열리자 준과 같은 직장인들이 울컥울컥 지하철에서 쏟아져 나왔다. 준은 가능한 한 앞 사람과 간격을 유지하려고 애쓰면서 계단을 올랐다. 손에 든 쇼핑백에는 수인에게 줄 마카롱이 담겨 있었다. 다이소에 산 이천 원짜리 선물 상자에 유산지를 깔고 올린 마카롱은 제법 그럴싸해 보였다. 사무실에 도착해 자리에 앉자 옆자리 동료가 말을 걸었다.

"이준님, 오늘 타운홀 미팅 있는 거 아시죠?"

"어…… 그게 벌써 오늘인가요?"

"네. 인사팀에서 오늘 무조건 참석하라고 연락 왔어요. 중요한 발표를 하려나 봐요."

한 달에 한 번 열리는 타운홀 미팅은 전 직원이 모이는 자리인데 중요한 계획 발표, CEO와의 대화, 사내 교육 등을 주로 하는 행사였다. 하지만 열정을 갖고 참여하는 사람은 마이크 잡길 좋아하는 대표와 인사 담당자뿐이었다.

준은 크리에이티브룸이라고 불리는 커다란 회의실에 들어가 자리에 앉았다. 주위에는 이미 많은 사람들이 앉아 지루한 표정으로 휴대전화를 들여다보고 있었다. 몇 명은 아예 눈을 감고 있기도 했다. 중대 발표라는 게 뭘까. 잠시 후 원형 강연장처럼 생긴 회의실 강단에 정 대표가 느릿느릿 걸어 올라갔다.

"공식적으로 여러분께 말씀드릴 게 있습니다."

정 대표는 마이크를 잡더니 갈라지고 쉰 목소리로 말했다. 정 대표는 삼십 대 초반의 나이에 창업해서 구로디지털단지에 칠십여 명 규모의 직원이 일하는 게임 회사를 세운 사람답게 언제나 자신감에 차 있었다. 하지만 안타깝게도 지금 그의 얼굴은 초췌해질 대로 초췌해져 있었다. 얼마 전 야심 차게 출시한 레이싱 게임이 유저들의 날선 혹평을 들으며 지지부진한 상태였기 때문이다. 정 대표 오른쪽에는 이번 게임 개발을 진두지휘한 최 디렉터가 침통한 표정을 지은 채 고개를 수그리고 있었다.

"아시다시피 회사 상황이 좋지 않습니다. 기존의 서비스도 이용률이 떨어지는 상황이었는데, 최근 출시한 게임마저 반응이 좋지 않습니다. 보완해서 계속 진행하든 새로운 서비스를 출시하든 우리 회사가 정상궤도에 오르기까지는 힘든 시간이 예상됩니다."

정 대표는 목이 타는지 물을 몇 모금 마시고는 직원들을 흘깃 쳐다보았다. 그리고 큼, 목을 가다듬더니 누구와도 눈을 마주치지 않은 채 빠르게 말을 이었다.

"솔직히 말씀드려서 지금의 자금 상황으로는 반년도 버티기가 어렵습니다. 그래서 일단 최소의 필수 인력만 운영하는 방법으로 비상 경영을 하려고 합니다."

순간 공기가 싸늘하게 얼어붙었다. 크리에이티브룸의 커다란 공간에는 숨 막히는 침묵만이 가득했다. 그러다 밖에서 구급차가 지나가는 듯 사이렌 소리가 요란하게 울리자, 그 소리를 신호탄처럼 사람들이 고함치기 시작했다.

"무슨 뜻입니까? 구조조정을 하겠다는 겁니까?"

"아니, 사전에 아무 얘기가 없다가 갑자기 이렇게 일방적으로 발표하는 게 어딨습니까?"

"필수 인력이라뇨? 필수 인력이 누굴 말하는 겁니까?"

순식간에 크리에이티브룸은 항의와 야유로 가득 찼다. 대표와 임원들은 직원들의 격한 반응에 쩔쩔매면서도 경영상의 어려움과 위기를 앵무새처럼 되풀이해서 말했다. 몇몇 직원들은 이미 결정된 사실을 통보하냐며, 노동법을 우습게 아는 거냐며 화를 냈다.

자리를 박차고 우르르 나가는 무리도 있었다. 준도 그들 중 하나였다. 더는 들을 게 없어 보였다. 이미 경영진은 마음을 정한 것이다. 그러니 준의 운명도 심플했다. 어떻게든 뽑혀서 남든지, 짐 챙겨서 떠나든지, 아니면 싸우든지. 그때, 누군가 어깨를 툭 쳤다.

"이준님, 어떻게 할 거예요?"

같은 팀에서 일하는 인호였다. 준이 대답 없이 어깨만 으쓱하자 인호는 한숨을 쉬었다. 둘 다 허탈감에 멍한 기분이었다. 최근 회사 상황이 안 좋아졌다는 건 눈치채고 있었지만, 구조조정 얘기는 너무 예상 밖이었다. 성과급이 깎이거나 기본급이 몇 달 동안 줄어드는 정도가 최악이리라 생각했는데.

"필수 인력이 우리를 말하는 건 아니겠죠?"

인호는 자조 섞인 웃음을 지으면서도 은근한 기대를 내비쳤다. 아마 아닐걸요, 준이 고개를 저으며 대답하자 그는 쓸쓸하게 웃으며 휴대전화를 만지작거렸다. 준과 인호의 업무는 고객 모니터링과 QA(Quality Assurance, 품질보증)였다. 그들은 평소에 이 업무가 회사에 중요한 일이라고 자부하고 있었고, 꽤 잘한다는 평판도 갖고 있었다. 하지만 침몰하는 회사에서 가장 중요한 사람들만 태우는 방주에는 올라타지 못할 것이다.

게임 회사에서 빛나는 존재는 개발자였다. 특히 S급 개발자들은 여기저기서 모셔 가려고 난리였고, 누구도 심기를 거스르지 않으려 조심했다. 특히, 준의 부서는 출시 전 개발팀의 버그를 잡아내는 일을 했는데, 함부로 말했다가는 난리가 나곤 했기 때문에 조심해야 했다. 불과 지난주에도 팀장은 피곤한 표정으로 준에게 물었다.

"이준님, 채영님한테 QA 결과 보냈어요?"

"네? 아, 버그가 있다고 했죠. 리포트 보셨잖아요?"

"다시 테스트해봤는데 아무 문제 없다는데? 제대로 한 거 맞냐고 짜증 내고 갔는데 잘 봐봐요."

"분명 세 번이나 테스트해봤어요. 맞습니다."

"다시 정확하게 확인해봐요. 채영님 말로는 분명히 문제 없는 것 다 확인했다는데 괜히 쓸데없는 일 하지 않게. 그 팀 요즘 바쁜 거 알잖아요."

준은 이미 세 번 테스트한 결과를 두 번 더 테스트해 본 다음에야 팀장에게 말할 수 있었다. 팀장의 태도는 어쩌면 합리적이었다. 개발팀의 시간은 준의 것보다 훨씬 비싸고 중요했으니까. 그러니 버그가 아닌데 버그라고 주장해서 그들의 시간을 낭비하는 건 있을 수 없는 일이었다.

준은 인호와 헤어진 후 슬리퍼를 쓱쓱, 거칠게 질질 끌면서 자리로 돌아왔다. 오늘 아침에 해야 할 일이 많았지만, 손을 키보드에 올릴 의욕조차 나지 않았다. 준은 아까 조심스레 책상 위에 올려놨던 쇼핑백을 가라앉은 눈으로 물끄러미 바라보았다.

준은 회사에서 구조조정을 언급한 그날부터 이직 준비를 시작했다. 버티려면 버틸 수도 있겠지만 이미 분위기는 엉망이었고 서로를 비난하는 곳에서 일하고 싶진 않았다. 그리고 앞으로 준과 같은 사람들은 상처 입을 게 뻔했다. 쉬쉬했지만, 지난주 주니어 보드 회의에서 비필수 업무들을 줄이기 위해 QA를 외주로 바꾸자는 얘기가 나왔다고 들었다. 준은 그 말을 들으며 자기가 서클의 바깥쪽에 아슬하게 걸쳐져 있는 존재였음을 느꼈다. 공간이 널찍할 때는 모두를 위한 자리가 있었지만, 공간이 좁아지자 준의 발밑부터 가장 먼저 위태해진 것이다.

삼 년 만에 다시 취업 준비생이 된다는 건 막막한 일이었다. 준은 블로그들을 참고하여 경력 기술서와 이력서의 빈칸들을 간신히 채워서 이력서 전문가에게 보냈다. 10만 원과 함께. 이틀 후 이력서 전문가는 경력 기술서에서 준의 강점을 좀 더 강조했으면 좋겠다는 답변을 보내왔다.

내가 특별히 잘하는 게 있던가.

준은 처음 취업을 준비하던 시절 '리더십을 발휘한 경험과 느꼈던 점'을 기술하라는 항목을 봤을 때처럼 막막해졌다. 준에게는 물론 특이하고 드문 재능이 있다. 고대 페르시아에 태어났다면, 혹시 징기스칸과 함께 사막을 누비고 다녔다면 최고의 인재로서 살았을지도 모르지만, 21세기의 이력서에는 한 줄도 쓸 수 없는 재능이었다. 이력서에 나타난 준은 평범하기 짝이 없는 사람이었으니까.

mediocre 보통밖에 안 되는, 썩 좋지는 않은
mediocrity (썩 뛰어나지는 않은) 보통, 평범한 보통 사람

준은 토익 공부하던 시절 이 단어를 처음 봤을 때 느꼈던 매캐한 불쾌감을 잊지 못한다. 그때의 준은 보통 사람에게 덧붙이는 설명이 고작 '썩 뛰어나지는 않은'이라는 사실에 꽤 억울한 마음이 들었던 기억이 난다. 준은 바로 그 '평범한 보통의 삶'을 살기 위해 아등바등 기를 쓰고 있었으니 말이다. 열두 번의 토익시험을 치고, 닥치는 대로 자격증을 따고, 공모전에 열심히 참여하느라 이십 대를 알뜰하게 썼다.

하지만 이 정도는 금세 '보통'이 되어버렸다. 수도권 대학의 학점 3.34, 토익 805, 일문학과 경영학 복수전공, 그리고 몇 가지 자격증과 공모전 경험 정도로는 앞길이 막막했다. 처음에는 이 많은 회사 중에서 설마 어디 하나 갈 곳이 없겠어? 라고 생각했지만, 이력서조차 떨어지는 회사가 일흔 곳이 넘어가자 점차 숨이 막히는 불안감 때문에 잠들지 못하는 날이 늘어났다.

준은 먼저 취업한 친구들의 조언에 따라 6개월짜리 부트캠프에서 코딩을 배웠다. 물론 몇 년 동안 정식으로 배운 사람들과는 비교할 수는 없었지만, 그 이력 덕에 신입 연봉 2,800만 원인 지금의 게임 회사에 취업할 수 있었다. 93통의 이력서, 14번의 실무 면접, 7번의 임원 면접을 본 노력 끝에 간신히 쟁취한 결과였다.

'어느 정도 규모의 회사에 정규직으로 일하는 직장인.'

이 평범함은 준이 오랫동안 노력한 결과였다. 사실 평범한 사람이라면 평범한 생활을 하는 게 숨 쉬듯이 당연해야 하는 것 아닌가. 하지만 그 생활을 쟁취하는 것, 유지하는 것 모두 준에겐 숨이 차오르는 일이었다.

다른 사람들은 도대체 뭘 하고 살고 있을까, 어떻게 자기를 꾸준히 먹여 살리고 있을까. 이력서를 수정하던 준은 마음이 아득해져서 모니터 앞에 얼굴을 묻었다.

준은 주말 내내 컴퓨터 앞에 앉아 리크루팅 사이트를 샅샅이 둘러보았다. 다행히도 게임 회사 삼 년의 경력을 가진 준은 취업 시장에서 위치가 나쁘지 않은 편이었다. 지원해볼 수 있을 만한 회사가 꽤 여러 곳 눈에 띄었으니 말이다. 물론 스카우트 될 정도는 아니었지만.

준은 입사 공고를 읽다가 지원해볼 만한 곳을 찾으면 블라인드 리뷰를 보며 회사 분위기를 살폈다. 리뷰를 읽을 때는 퇴사자가 일부러 앙심을 품고 썼거나, 인사팀이 사주한 듯한 보여주기식 글을 잘 걸러야 했다. 그래도 양극단을 뺀 리뷰들을 쭉 읽다 보면 회사 분위기가 어느 정도 보였다. 준은 M이라는 회사가 규모와 연봉, 출퇴근 거리 등의 조건이 좋아 보여서 지원할까 하다가, 리뷰 하나를 보자마자 그 생각을 빠르게 포기했다.

'부모님의 원수가 지원한다고 해도 한 번쯤은 말릴 회사.'

준은 리뷰가 과하지 않은 회사 중에서 조심스럽게 열 곳을 골라 지원했다. 세 곳은 아무런 회신이 없었고, 다섯 곳은 검토 후 연락드리겠다는 말만 남겼고, 두 곳에서 면접을 보겠다는 연락이 왔다. 그중 R 회사의 면접날이 되자 준은 팀장에게 양해를 구하고 외근을 신청했다. 예전 같았으면 어디 가냐며 꼬치꼬치 참견했을 팀장이지만 지금은 그냥 고개를 끄덕일 뿐 아무것도 묻지 않았다.

준은 역삼역의 약속 장소에 도착하자 연락을 주고받았던 인사 담당자에게 전화했다. 이내 키가 크고 서글서글한 인상의 직원이 맞으러 나왔다. 그는 '이준 님 맞으시죠?'라고 확인을 한 후 면접 장소로 빠르게 안내해주었다. 그는 회의실 문을 열면서 안을 향해 큰 소리로 말했다.

"이준 지원자님입니다."

세 명의 면접관은 들어오는 준을 보더니 주섬주섬 서류를 넘겼다. 준이 가볍게 인사를 하자 가운데 사람만이 고개를 끄덕였다. 가운데 면접관이 가장 높은 사람인 듯했다. 신입 면접 때는 자리에 들어서자마자 '안녕하십니까! 이준입니다!'라고 우렁차게 소리를 치곤 했는데. 준은 몇 년 만에 다시 겪는 면접 환경에 어색함을 느꼈다. 그리고 면접관들이 서류를 훑어보는 걸 지켜보면서 잠자코 기다렸다. 간질간질 목이 탔지만, 그의 자리에 마실 것은 준비되어 있지 않았다. 3분쯤 지났을까, 마침내 긴 침묵을 깨고 나이 들어 보이는 가운데 면접관이 물었다.

"게임 회사에서 고객 지원과 QA 업무를 했다고요?"

"네, 맞습니다."

"그러면 코드 짜는 건 못하겠네요?"

"네? 글쎄요. 기본적인 건 할 줄 압니다만……."

"기본적인 거라. 아, 여기 부트 캠프 경력이 있군요. 얼마나 한 거죠?"

"6개월입니다."

준의 말이 끝나자마자 가운데 면접관은 비웃듯이 피식 웃으면서 옆의 면접관들과 묘한 눈짓을 주고받았다. 준은 순간 자신이 지원한 직군이 고객 서비스와 QA가 아니라 개발자였나 헷갈릴 지경이었다. 여러 곳에 지원하다 보니 입사공고를 잘못 본 건가. 준의 의구심이 커질 무렵 이번에는 빨간 안경을 쓴 왼쪽의 면접관이 질문했다.

"학교는 어디 나오셨나요?"

거기 있잖아요. 이력서에.

"K 대학입니다."

"K 대학? 그게 어디에 있는 거지. 전공은 뭐였죠?"

거기 있잖아. 이력서에.

"일문학과입니다. 경영학 복수 전공했고요."

"아휴. 취업 안되는 과를 골라서 가셨네. 송 팀장, 우리 회사에 일본어가 필요한 곳이 있나?"

"글쎄요 자료 조사 같은 데 필요하지 않을까요?"

"그래? 음······. 글쎄."

빨간 안경 면접관은 얼굴을 찌푸리며 난감하다는 제스처를 취했다. 그리고 이력서를 옆으로 슥, 밀어버리고는 몸을 뒤로 기대며 심드렁한 표정을 지었다. 그러다 갑자기 뭔가 생각이 났는지 귀를 긁으며 물었다.

"우리는 클라이언트가 요청하거나 개빌 일징이 급하게 잡히면 갑자기 야근하거나 주말에도 대응해줘야 하는 일이 많아요. 이준 씨도 많이 해봐서 알죠? 그런데 요즘 새로 들어오는 친구들을 보면 이걸로 불평불만이 가득하더라고요. 이준 씨가 만약 입사하게 된다면 그런 회사 상황을 충분히 이해하고 협조할 수 있겠어요?"

"물론 개발 일정이 매우 촉박하거나 하면……."

"아니, 아니. 그런 식으로 둘러 말하지 말고요. 나는 그렇게 두루뭉술하게 하는 사람이 딱 질색이더라. 까놓고 말해서 상사가 토요일 아침 7시에 전화해서 급한 일이 터졌는데 당장 나오라고 하면 이런저런 토 달지 않고 즉각 튀어나올 수 있냔 말입니다."

"글쎄요. 그게 매우 급한 일이라면……."

"매우 급한 일? 아니, 그러면 안 급한 일이면요?"

안 급한 일이면 당연히 토요일 아침 7시에 나오라고 하면 안 되는 거 아닌가. 준은 슬슬 짜증이 나고 있었다. 그래서 '업계에서 평판이 좋은 이 회사에서 급하지 않은 일로 토요일 아침 7시에 연락하는 상사는 없으리라 생각한다.'라고 적당히 마무리 지었다. 끝내 원하는 대답을 듣지 못한 빨간 안경 면접관은 쯧, 하고 혀를 차더니 이력서를 뒤집어버렸다. 가운데 면접관은 진작 흥미를 잃었는지, 아까부터 휴대전화를 들여다보고 있었다. 아무래도 이번 면접은 망한 듯했다. 아까 송 팀장이라고 불리던 날카로운 인상의 마른 남자가 마지막 질문이라며 물었다.

"삼 년 경력이라고 적어놓으셨는데요. 아시겠지만 이준님 같은 경력은 아주 많아요. 칠팔 년 경력으로도 이 연봉과 조건으로 입사하고 싶다는 사람들이 수두룩하거든요. 우리 회사가 굳이 왜 이준님을 선택해야 하는지 저희를 한번 설득해보시겠어요?"

면접이 이 지경에 이르자 준은 '만성적 또라이와 간헐적 사이코패스가 출몰하는 곳'이라는 리뷰를 무시했던 과거의 자신을 향해 조그맣게 욕설을 뱉었다. 예전 취업 준비생일 때 일상처럼 겪었던 모욕감들이 서른두 살에 다시 재연되는 기분이 비릿했다. 잘 보이고 싶은 마음이 깨끗이 증발한 준은 적당히 대답한 후, 그들이 끝났다고 말하기도 전에 일어섰다.

면접장을 나선 준은 가능한 한 빠른 걸음으로 건물을 나갔다. 회전문을 나서자 자기도 모르게 크게 심호흡을 했다. 시원한 맥주 한잔이 간절했다. 아니면 얼음이 가득한 아메리카노던지. 마침 맞은편에 스타벅스가 보였다. 준은 주문한 커피를 카운터 바로 앞에서 초조하게 기다리다가 받자마자 창가 자리에 앉아 벌컥벌컥 들이켰다. 차가움이 목을 거쳐 위까지 꿀렁꿀렁 타고 내려가는 느낌이 서늘했다. 가슴이 얼어붙는 느낌에 호흡을 잠시 멈추고 있는데, 옆에 앉은 사람이 조심스레 말을 걸어왔다.

"저기, 아까 R 회사 면접 본 분이시죠?"

놀라서 쳐다보니 준과 비슷한 또래의 남자가 씩 웃고 있었다. 체크 남방을 입고 덥수룩한 머리를 적당히 빗어 넘긴 남자는 준이 좋아하는 개그맨 정형돈과 꽤 닮아 있었다. 경계하는 준을 보며 남자는 붙임성 좋게 덧붙였다.

"저도 방금 거기에 면접 봤거든요. 제 다음 차례로 들어가시더라고요."

남자는 잠시 말을 멈췄다가 미간을 찌푸리며 충고했다.

"거기 가지 마세요."

"……?"

"아, 혹시 오해하실까봐 말씀드리면 저도 당연히 안 갈겁니다. 오랜만에 추억 돋긴 하더라고요. 그렇게 재수 없는 면접은 오랜만이었거든요. 예전에 한동안 유행하던 압박면접, 뭐 그딴 걸 구사하시는 것 같던데."

준은 얼굴이 상기된 채 이죽거리는 남자를 보며 작게 고개를 끄덕여 수긍했다.

"맞아요. 좀 별로인 곳이더군요."

"압박 면접이라는 건 진짜 황당한 짓이에요. 원래의 압박면접은 이력서에 적힌 내용 중에 허위가 없나, 해당 포지션에 능력이 있나를 꼼꼼하게 검증해서 찾아내라는 거란 말입니다. 그런데 우리나라에 와서 이상하게 변질됐잖아요.

상대방에게 모욕을 줘서 당황하게 만든 후 얼마나 침착하게 반응하는지를 평가하는 거라고 착각하고 있어요. 진짜 웃긴 일이죠."

"그러게요. 모욕을 당해도 침착해야 하는 능력이 도대체 회사 어디에 필요한 걸까요?"

"제 말이 바로 그겁니다! 얘기가 통하시네. 아까 제가 그 자리에서 '여러분들은 면접을 왜 이 지경으로 하는 거예요? 기본 교육은 받은 거예요?'라고 물어본 후 면접관이 얼마나 침착하게 대응하는지 지켜봐야 했는데."

남자는 회사에 그토록 중요한 능력이라면 면접관들부터 제대로 갖추고 있을 것 아니냐며 분통을 터트렸다. 준은 남자의 말을 들으며 아까 차가운 아메리카노로도 가시지 않았던 가슴의 열기가 가라앉는 기분이었다. 그러고 보면 아까 면접관들에게 이력서를 미리 읽어보지도 않은 무례부터 따끔하게 한마디 해줄 걸 그랬다. 그러면 회사 중역들이 잘못된 걸 지적했을 때 어떤 태도로 나오는지, 침착하고 진솔하게 대응하는지 검증할 수 있었을 텐데 말이다. 준은 시원시원한 옆자리의 남자가 어쩐지 마음에 들었다.

"반갑습니다. 저는 이준이라고 합니다."

"저는 정진수예요."

진수는 재미있는 사람이었다. 그리고 비슷한 업종에서 이직을 준비하는 또래라는 공통점이 있다 보니 쿵짝이 잘 맞는 편이었다. 준이 괜찮은 회사를 찾는 게 생각처럼 쉽지 않다고 투덜대자 진수는 눈을 빛내면서 물었다.

"그렇다면 혹시 이번 주말에 계획 있어요?"

"주말에요? 특별히 계획은 없어요. 이직 준비나 해야죠."

"그럼 토요일에 자원봉사가 있는데 같이 갈래요?"

처음 만난 사이에 뜬금없이 제안하는 자원봉사라니. 말로만 듣던 신종 사기에 엮이는 건가. 당황한 준이 거절하려 하자 진수는 아휴, 하며 손을 바쁘게 휘저었다.

"그냥 자원봉사 모임이 아니에요. 제 지인이 자주 참석하는 커뮤니티가 있는데, 성수동에서 소셜 벤처 같은 스타트업 CEO들이 주요 회원이래요. 재능 기부 차원에서 여러 활동을 하는데 이번 주말에는 수해를 입은 안성 포도 농장 마을에 가기로 했대요. 원래는 커뮤니티 멤버만 모일 수 있는데, 이런 자원봉사는 사람이 많을수록 좋으니까 지인들도 많이 데려오라고 했다더라구요. 저는 인맥도 넓힐 겸, 좋은 일자리 기회가 있으면 슬쩍 얘기도 해볼 겸 갈 생각이에요. 어때요, 같이 갈래요?"

준은 오늘 처음 본 사람과 주말에 자원봉사를 하러 가도 되는 건가라는 당혹감이 들었지만, 진수는 생각해보고 내일까지 연락 달라며 휴대전화 번호를 알려주었다.

"자, 지금 제가 하는 것처럼 포도송이 꼭지를 따시면 됩니다. 상처가 나면 상품 가치가 떨어지니 조심해서 작업해주세요. 속도가 늦더라도 과육이 다치지 않게 작업하는 게 중요합니다. 자, 2인 1조로 나눠서 시작하겠습니다!"

지금 준은 카페에서 만난 진수와 나란히 서서 설명을 듣는 중이었다. 어색한 마음에 주변을 힐끔거렸다. 사람들은 서른 명이 넘었다. 준은 그나마 익숙한 진수와 같은 조가 되고 싶었지만, 진수는 그러면 여기 온 의미가 없다며 다른 사람 쪽으로 성큼성큼 걸어갔다. 준이 머뭇거리고 있자 리더가 옆에 있던 남자와 같은 조로 배정해주었다.

준과 파트너가 된 남자는 사십 대 중반쯤 되어 보였는데 육체노동형 자원봉사에는 영 어울리지 않는 인상이었다. 허여멀겋고 길죽한 말상형 얼굴에 금테 안경을 쓰고 있었는데, 팔다리가 가늘어서 쓸 만한 근육이라고는 보이지 않았다. 둘은 어색하게 인사한 후 주섬주섬 도구를 챙겨서 리더가 지시한 장소로 이동했다.

줄기를 다치게 하지 않으면서 포도만 깔끔하게 따는 건 생각보다 고도의 집중력이 필요한 일이었다. 게다가 상자에 담을 때 과육이 상하지 않으려면 섬세하게 작업해야 했다. 오랜 장마가 끝난 후의 포도는 물컹한 편이라 조금만 손에 힘을 주면 망가지기 쉬웠기 내문이다. 한창 더운 날에 허리를 폈다 굽히는 동작을 반복하다 보니 점점 숨이 거칠 어졌다. 곁눈질로 파트너를 쳐다보니 땀을 비 오듯 흘리는 게 준보다 훨씬 힘들어 보였다. 저러다 금방 쓰러지겠어. 불안해진 준은 남자에게 휴식을 제안했다.

"괜찮으세요? 너무 힘드시면 잠시 쉬었다 하실래요?"

"아휴, 너무 덥네요. 물 좀 먹고 합시다."

병약한 남자는 기다렸다는 듯이 헐떡이며 대답했다. 둘 은 플라스틱 상자에 앉아 물을 나눠 마시며 숨을 돌렸다. 남자는 후들거리는 다리를 조심스럽게 두드리더니 준에게 인사를 청했다. 처음 뵙는 것 맞죠? 제 이름은 정태수입니 다. 반갑습니다, 이준입니다. 만난 지 두 시간 만에 두 사람 은 처음으로 통성명했다. 정태수라는 이름의 남자는 성수 동에서 청년 창업가들을 위해 멘토링을 하고 프로젝트 공 간을 대여해주는 일을 하고 있다고 했다. 남자는 준이 게임 회사에서 일한다는 애기를 듣자 큰 관심을 보였다.

"제가 예전에 게임 개발을 했었거든요. 아마 들어보셨을 수도 있을 겁니다."

"무슨 게임이요?"

"사막의 크리처스라고. 혹시 아시나요?"

맙소사. 남자가 대수롭지 않게 말한 게임 이름을 듣자마 자 준의 눈이 휘둥그레졌다. 모를 수가 없었다. 게임 회사에 다니는 사람이라면 누구나 부러워할 전설의 게임이었기 때문이다.

"그 게임을 개발하신 분이세요? 와, 대박이네요."

"개발도 하고 창업도 했죠. 친구들 세 명과 같이 시작했는데, 처음에 출시한 네 개는 족족 말아먹고, 마지막으로 한 번만 더 해보고 손 털자 했던 게 대박이 났어요. 친구들까지 죄다 신용불량자로 만들 뻔했는데 잘돼서 정말 다행이었죠."

남자는 준의 열렬한 반응에 쑥스러운 듯이 말했다. 그러고는 땀범벅인 목덜미를 수건으로 닦았다. 준은 이 비리비리한 남자가 게임 개발뿐 아니라 회사를 만든 사람이었다는 사실에 또다시 놀랐다. 잠깐, 그게 기업 가치가 얼마짜리였더라? 예전에 뉴스에서 봤는데, 몇 천억 원대? 그 순간 준의 생각이 필터를 거치지 않은 채 입으로 나왔다.

"그런데 어째서 성수동에?"

"성수동이 왜요?"

"아니, 그렇게 좋은 회사가 있는데 왜 다른 일을 하시나 해서요. 아……. 저 무례한 질문이었다면 죄송합니다."

남자는 워낙 많이 들어봐서 익숙한 듯 고개를 끄덕였다.

"회사가 잘되고 나니까 다음에 뭘 해야 할지 모르겠더라고요. 회사에 간이침대 두고 먹고 자며 온종일 일만 했는데, 성공하고 어느 정도 궤도에 오르니까 뭘 해도 의미가 없어졌어요. 그런 마음이 일 년이나 계속되니까 마침내 결심하게 되더라고요. 공동 대표들에게 찾아가서 나는 이제 경영에 손을 떼겠다고 했죠."

"……."

"원래는 여행이나 다니면서 지내려고 했는데, 몇 달 지나니까 그것도 너무 지루한 겁니다. 일하던 사람은 어쩔 수 없나 보죠. 그러다 지인 소개로 청년 창업가들 가르치는 일을 몇 번 했는데 재미있더라고요. 눈빛도 잊히지 않고. 그래서 이렇게 살고 있습니다. 아휴, 제 얘기가 너무 길어졌네요. 다시 작업합시다."

남자는 물을 한 모금 마저 먹더니 서둘러 일어섰다. 둘은 다시 말없이 작업에 열중했다. 준이 가지에서 포도를 따면 남자는 조심스럽게 받아서 상자에 담았다. 농장 직원들은 수시로 돌아다니다가 상자들이 쌓이면 카트에 실어서 밖으로 가져갔다.

———✎

"자, 점심 식사하고 하시죠!"

누군가 소리를 치자 여기저기서 환호성과 참고 있던 곡소리가 들렸다. 아까부터 허리가 끊어질 것 같은 통증으로 끙끙대던 준 역시 그들 중 하나였다. 준비된 도시락은 제육볶음, 소불고기, 그리고 콩스테이크 정식이었다. 준은 소불고기를, 태수는 콩스테이크를 골랐다.

몇 시간 동안 가위를 쥐었더니 손이 덜덜 떨려서 젓가락질하기가 어려웠다. 바들거리는 준의 손을 본 태수는 자기처럼 숟가락으로 먹어야 한다며 시범을 보여주었다. 태수는 콩스테이크를 숟가락으로 대충 잘라먹으며 말했다.

"이준님은 굉장히 잘하시던데요. 저는 보시다시피 움직이는 걸 안 좋아해서 몸이 이 모양입니다. 손으로 하는 건 죄다 서투른 편이라서 와이프가 매번 구박하죠."

"그냥 포도 자르는 건데요, 뭐."

"그것도 못 하는 제가 듣기에 민망한 말씀이네요."

"에이, 대표님은 진짜 중요한 곳에 재능이 많으신 분이시잖아요. 저처럼 평범한 사람에게는 부러움의 대상이죠."

"이준님은 본인이 평범하다고 생각하세요?"

저야 평범하죠. 이렇게 대답한 후 준은 입안의 밥을 울적한 마음으로 우물거렸다. 저는 진짜 평범한 사람이거든요. 특별히 잘하는 것도, 못하는 것도 없어요. 그리고 준은 죽을 때까지 돈 걱정은 안 할 팔자인 태수를 향해 부러운 표정을 지었다.

"그래서 대표님처럼 재능 있는 분들을 보면 부럽죠. 제가 특이하게 잘하는 건 그닥 쓸모없는 것들이거든요."

"그게 뭔데요?"

호기심을 보이는 태수에게 준은 동서남북을 구별하는 능력과 무게를 정확하게 재는 능력을 설명해줬다.

"진짜 신기한데요?"

"네. 다들 그래요. 언젠가 텔레비전에 나갈지도 모르겠어요. 그런데 쓸데없는 재능 대신에 좋은 머리나 돈 버는 능력을 타고 났으면 더 좋았을 텐데 말이죠. 가끔 생각할 때가 있어요. 사실 저는 고대 페르시아 최고의 인재였는데 21세기에 잘못 떨어진게 아닐까. 아니면 31세기형 인재이던지."

준의 너스레에 태수는 옅게 웃었다. 그리고 한동안 곰곰이 생각하더니 조심스레 입을 열었다.

"누구나 특별한 재능을 타고나는 건 사실이지만, 세상이 재능에 값을 치르는 방식은 공평하지 않아요. 예를 들어, 세상에서 가장 축구를 잘하는 사람과 가장 유연한 사람이 있다고 해봅시다. 둘 다 세계 1등의 재능을 가졌지만, 수입은 비교 불가겠죠. 이게 과연 노력의 차이 때문일까요?"

"글쎄요. 그건 아니겠네요."

"그렇죠. 결국 세상에서 비싼 값을 쳐주는 재능을 타고나는 건 운의 영향이 큽니다. 시대도 마찬가지죠. 아마 저 같은 사람은 80년대에 태어났으면 틀림없이 실패자가 됐을 거예요. 몸이 허약하고, 술은 못 먹고, 사람들과 잘 어울리지도 못하는 사람이니까요. 웬만한 회사는 일 년도 못 버티고 나왔을 겁니다. 그러니 제 성공 중 가장 중요한 부분은 게임 산업이 막 성장하고 있는 때에 인프라가 제대로 갖춰진 한국에서 살았다는 거라고 할 수 있겠죠."

남자는 잠시 멈추고 곰곰히 생각하더니 말을 이었다.

"저는 미친 듯이 노력해서 이 자리까지 올라왔다고 생각했었는데, 알고 보니 대부분 운이었던 겁니다."

좋은 운을 타고난 사람이라고 자랑하는 건가, 준이 떨떠름한 표정을 지으려는 찰나 태수는 손사래를 쳤다.

"아니요. 생각하시는 그게 아닙니다. 제 노력으로 올라왔다고 생각했을 때는 매일 고통스러웠습니다. 노력을 게을리하면 진창으로 처박힐 것 같았죠. 어느 날 투자자들에게 엄청난 투자금을 약속 받은 날 뿌듯한 마음으로 회사 옥상에 올라갔는데 '아. 지금 뛰어내리면 정말 편안하겠구나.'라는 마음이 드는 겁니다. 완벽하게 만족스러운 순간에 정말 난데없이. 그래서 한동안은 옥상이나 난간 쪽으로는 가지 않았습니다."

태수는 무거워진 분위기를 전환하려는 듯 약간 웃었다. 웃을 때의 남자는 수줍은 소년 같은 분위기가 났다.

"그런데 제가 열심히 노력한 일들이 상당 부분 뽑기 운이었고, 다른 사람들 덕분이었다고 생각하니 비로소 마음이 편안해졌어요. 그러니 사람들을 대하는 것도 달라졌습니다. 그전에는 진짜 재수 없었거든요. 안 그런 척했지만 속으로 생각했었어요. 왜 나처럼 노력을 안 해? 왜 죽도록 최선을 다하지 않아? 그러면서 왜 불평하는 거야?"

"대표님이 열심히 노력하신 건 사실이잖아요."

"물론 그렇죠. 하지만 똑같이 열심히 노력해도 저에게 공부와 게임 개발은 비교적 쉬웠지만, 운동이나 친구 사귀기는 너무 힘들었어요. 후자를 노력 안 한 건 아니었어요. 한심한 놈으로 취급당하던 중고등학교 때 얼마나 절실하게 노력했다고요. 그래도 잘 안 되더라고요. 그렇게 보면 순수하게 자기 재능과 노력 때문에 성공을 쟁취했다고 거들먹거리는 건 창피한 일이라고 생각해요."

"그럼 저처럼 뽑기 운이 나쁜 사람은 어쩌죠?"

"글쎄요. 어려운 문제네요. 그런데 저도 이십 대까지는 뽑기 운이 나쁘다고만 생각했었거든요. 친한 친구도 없고, 연애도 못했으니까요. 움직이는 걸 싫어해서 대학원 연구실에서도 민폐 후배였죠. 결국 어떤 재능이 행운인지는 더 가봐야 알 수 있지 않을까요."

"……마지막까지 갔는데 별거 없는 걸로 나오면요?"

"그래도 한정된 시간이라는 무기가 있잖아요. 다방면에다 뛰어난 사람이라도 모든 분야에 집중할 수는 없어요. 결국, 한두 개를 정해야 하죠. 그러니 평범한 재능이라도 그 길을 선택한 사람이, 뛰어난 재능을 가지고 그 길을 가지 않았던 사람보다 어느 순간 앞서게 돼요. 이준님만 해도 컴퓨터공학과를 졸업했어도 지금 은행에서 일하는 사람보다 게임 개발에 관해 더 잘 아시잖아요."

물론 예술 같은 특수한 경우는 좀 다르겠지만요. 태수는 덧붙이더니 남은 콩스테이크를 긁어모아 입에 넣었다. 그러고는 우리가 지금 땅바닥에서 도시락 먹으면서 하기에는 너무 진지한 얘기를 나누지 않았느냐며 멋쩍게 웃었다. 태수는 자리에서 일어난 후 후들거리는 다리를 몇 번 주먹으로 두드렸다. 준도 천천히 따라 일어섰다.

곧 오후 작업이 시작될 예정이었다. 앞에서는 이미 리더가 큰 소리로 다음 작업장을 안내하고 있었다.

와아아아.

준이 포도 상자를 저울에 올릴 때마다 환호성이 울렸다. 오후 작업은 곱게 싼 포도송이를 판매 상자에 넣는 작업이었는데, 상자마다 무게를 정확하게 맞춰서 넣는 것이 관건이었다. 작은 상자는 3kg, 큰 상자는 5kg짜리였는데 제각기 다른 크기의 포도송이를 넣어서 총 무게를 맞추는 건 생각보다 고난도의 작업이었다.

사람들은 포도를 넣었다 빼면서 쩔쩔맸는데, 상자마다 정확한 무게를 맞추는 준을 보며 신기해했다. 시간이 지날수록 사람들이 준의 주변에 몰려들었다. 그리고 준이 상자를 점검차 저울에 올릴 때마다 탄성 같은 감탄을 쏟아냈다. 나중에는 숟가락을 마이크처럼 대고 중계를 하는 사람까지 나타났다.

"자, 3kg 상자입니다. 얼마가 나올까요? 네! 3.1kg. 놀랍습니다. 다음은 5kg 상자인데요. 이준 선수. 잠시 망설이더니 포도송이 하나를 바꿉니다. 자, 얼마인가요? 놀라지 마십시오. 정확히 5.0kg입니다!"

사람들은 환호하면서 손뼉을 쳤다. 준은 쑥스러워하면서도 포도 무게를 신중하게 재고, 조심스럽게 상자에 넣는 작업을 반복했다. 소문을 듣고 동네 이장까지 찾아와서 구경할 때쯤 되자 포장 작업이 끝났다. 포장된 상자들은 한켠에 높이 쌓였다. 이 포도는 회원들이 전량 구매해서 평소에 후원하는 기관들에 배송할 예정이었다.

잠시 후 동네 마을회관에서는 뒤풀이가 거나하게 펼쳐졌다. 처음과는 달리 사람들은 준에게 앞다투어 악수를 청하고 명함을 건네며 호감을 보였다. 준의 재킷 주머니는 어느덧 사람들의 명함으로 불룩해졌다. 막걸리 한 잔에 얼굴이 벌겋게 달아오른 태수는 준이 동서남북을 아는 능력도 있다더라며 사람들에게 귀띔했다. 보여줘, 보여줘, 사람들의 함성이 커졌다. 이장은 준의 눈을 감게 한 후 자리에서 몇 바퀴 돌린 다음 동서남북을 물었다. 준이 한 번의 오답도 없이 정확하게 맞추자 분위기는 더 뜨거워졌다.

준이 우주의 타고난 감각을 갖고 태어났다면서 자기 회사의 운명이 어떻게 될 것 같은지 진지하게 묻는 사람도 있었다. 거나하게 술에 취한 이장은 준의 손을 잡고 드디어 우리가 찾던 인물이 나타났다며 감격스러워했다.

해가 어둑어둑해지자 유쾌하던 술자리는 이장의 건배사와 함께 끝났다. 사람들은 하나둘씩 자리를 뜨기 시작했다. 기사가 모시러 온 사람도 있었지만, 대부분은 모임에서 준비한 전세 버스에 끙, 앓는 소리를 내면서 올랐다.

"이준 씨! 다음 주 성수동 모임에 꼭 와요! 기다릴게요!"

버스 창을 통해 내려다보니 한 남자가 인사불성이 된 이장을 어깨에 간신히 걸친 채로 이준을 향해 소리치고 있었다. 누구였더라? 아, 스마트팜 소프트웨어 회사를 운영하고 있다고 했었지. 농림부와 같이 이 마을 전체를 스마트팜 시범 마을로 추진할 예정이라고 말했었다.

준은 남자에게 고개를 끄덕이며 손을 흔들어 보인 후에 비로소 푹신한 좌석에 몸을 뉘였다. 으윽, 신음소리가 절로 나왔다. 온몸이 두들겨 맞은 것 같았다. 노곤함과 피로감이 동시에 몰려와서 금방이라도 코를 골며 잠들 몸 상태였다. 파트너였던 태수는 건너편 두 자리를 모두 차지한 채 이미 기절하듯이 잠들어 있었다.

"지금은 버스가 어느 방향인 줄 알아요?"

그 순간 옆자리에 앉은 남자가 준에게 속삭였다. 아까

마을회관에서 여행 콘텐츠 플랫폼 대표라면서 명함을 주던
남자였다. 준은 잠시 생각하다가 남동쪽이네요, 라고 말했
다. 남자는 휴대전화의 나침반 애플리케이션을 확인해보더
니 작게 감탄했다. 그러고는 아까 교환한 준의 명함을 조심
스럽게 지갑에 넣었다.

준은 팔다리가 욱신거리는 걸 느끼며 손으로 픽픽, 두드
렸다. 아마 내일 아침에 일어나면 곡소리가 나겠지. 토요일
하루를 온통 여기에 쓴 덕에 내일은 온종일 이력서를 넣을
기업을 찾아봐야 할 것이다. 그래도 생각보다 기분은 꽤 괜
찮았다. 준은 씩, 웃으며 눈을 감았다.

어쩌면 준이 그동안 뽑기에서 실패했다고 투덜거린 재능
들이 언젠가 행운으로 작용할지도 모른다는 생각이 들었
다. 그리고 아직 발견하지 못한 것들이 남아 있을지도 몰랐
다. 태수처럼 말이다. 준은 이제 고작 서른두 살이었다. 어
린이날을 만든 소파 방정환 선생은 어린이의 기준을 성인
평균 수명의 3분의 1로 잡았다고 했으니, 백 세 시대에서
는 어린이가 서른세 살까지인 셈이다. 무엇을 새로 발견해
도, 새로 시작해도 어색하지 않은 나이였다.

준은 아직 불시착한 게 아니었다.

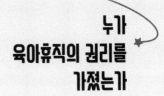

누가
육아휴직의 권리를
가졌는가

어쩌면 산후 우울증이라는 것도

빌어먹을 호르몬 탓이 아닐지도 모른다.

애를 낳고 몸이 만신창이가 됐는데

주 7일 18시간씩 일하면서

잠도, 식사도, 샤워도 제대로 못 하면

누구나 베란다 밖으로 뛰어내리고 싶어지지 않을까.

인수인계 해주는 사람은 아무도 없고,

아이는 죽을 듯이 울고 있으면 말이다.

남자 육아휴직 1호.

평생 어느 분야에서도 1등이 된 적이 없던 사람인데 예상치도 못한 곳에서 1호가 된 심정이 묘했다. 물론 엄밀히 말해 1호는 아니었다. 작년에 마케팅팀 남자 과장이 한 달 정도 육아휴직을 낸 적이 있으니 말이다. 그러니 정확히 표현하자면 '일 년 장기 육아휴직을 쓰는 남자 1호'라고 해야겠다. 휴직 전날 밤, 팀장과 부서원이 마련한 회식 자리가 열렸다.

"하 대리, 축하해. 진짜 부럽다."

"에이, 팀장님. 무슨 말씀이세요."

"솔직히 얼마나 좋아? 아, 나도 일 년 푹 쉬고 싶다. 이제라도 막둥이를 낳아야 하나. 어떻게 생각해, 송철민 과장?"

"어림도 없어요. 사모님 결재가 나겠습니까? 그리고 육아가 얼마나 힘든데, 푹 쉬다니 그게 무슨 망언이세요? 우리 팀장님 큰일 날 소리 하시네."

고맙게도 분위기는 시종일관 유쾌했다. 내 휴직으로 일이 늘어날 게 분명한데도 동료들은 불편한 내색조차 하지 않았다. 특히 나는 팀장에게 고마웠다. 전형적인 경상도 사나이인 류 팀장은 처음 육아휴직 얘기를 들었을 때 당황하는 기색이 역력했었다. 하지만 단둘이 술 한잔하면서 간곡하게 사정을 설명하자 결국은 시원시원하게 이해해주었다. 본부장과 경영진에게 내 편이 되어서 잘 말해준 사람도 류 팀장이었다.

왁자지껄한 술자리가 중반을 지날 무렵 정 차장이 진지한 표정으로 다가오더니 내 옆자리에 앉았다.

"하 대리, 나 사실 감동했잖아."

"왜요?"

"나는 애들이 어렸을 때 생각하면 지금도 집사람한테 미안해. 그때는 애들한테 그렇게 손이 많이 가는지 몰랐어. 막 대리를 단 참이라서 회사에서 한창 바쁠 때다 보니 신경이 날카로워져 있었거든."

"우리 회사 일이 좀 힘들긴 하잖아요. 지금도 그런데 정 차장님 때는 더 빡빡했겠죠."

"뭐, 그때는 그렇긴 했지. 하여튼 집에 가면 집사람이 불만 가득한 얼굴을 하고 있으니까 영 마음이 안 좋더라고. 나는 클라이언트에게 별소리 다 들으면서도 식구들 먹여 살리겠다고 동동거리는데, 집에 가면 따뜻한 밥 한 끼는커

녕 전쟁터처럼 어질러져 있으니 싸증나더라고. 그래서 일
핑계로 늦게 들어가기도 하고, 출장이나 당직이 있으면 제
일 먼저 손들었었어."

"에이, 그건 좀 심하셨다."

옆에서 듣던 미혼의 강 대리가 우우, 야유를 보냈다. 그
러면서 정 차장의 술잔에 술을 채우면서 '그래도 지금은 애
처가로 유명하시잖아요.'라고 위로를 해주었다. 정 차장은
술을 한번에 쭉 들이키더니 목소리를 낮췄다.

"이건 정말 우리끼리니까 말해주는 거야. 사실 집사람이
그때 산후 우울증이 심하게 와서 한동안 병원 치료받았었
어. 갑자기 숨을 잘 못 쉬더라고. 많이 좋아지긴 했는데 지
금도 스트레스가 심해지면 좀 힘들어 해."

정 차장은 내 술잔에 술을 채우면서 '하 대리는 와이프
한테 잘해줘. 나처럼 후회하지 말고.'라고 몇 번이나 신신당
부했다. 술자리 분위기가 가라앉는 기색이자, 류 팀장이 술
병에 숟가락을 땅땅 치면서 자리에서 일어났다.

"자, 자. 제가 하 대리의 앞날을 축복하며 건배사를 하겠
습니다. 저는 이 시대의 진정한 남편, 이 시대의 참 아버지
인 하 대리를 보면서 감동했습니다. 남자 육아휴직 1호인
하 대리가 일 년 동안 가정을 잘 돌보고, 몸도 마음도 건강
해져서 복귀하기를 응원합시다. 자, 하 대리의 멋진 육아휴
직을 위해, 건배!"

팀장이 연극배우처럼 가슴에 손을 얹고 감격해하는 흉내를 내자 사람들은 키득거리며 웃었다. 그러고는 너도나도 내게 술잔을 부딪쳐오며 즐거워했다. 남자 직원들은 퇴사 전에는 엄두도 못 낼 장기 휴가가 생긴 것을, 여자 직원들은 이토록 가정적인 남편을 둔 아내를 부러워하는 듯했다.

회식은 시끌벅적하게 끝이 났다. 나는 평소보다 술을 더 마신터라 어지러웠다. 사람들과 헤어진 후 카카오 택시 앱을 열었다가 이내 마음을 바꿔 지하철역을 향해 걸었다. 걸으면서 술이라도 깰 요량이었다. 반쯤 걸었을까, 전화가 웅웅 손에서 울렸다. 어머니였다.

"어디냐? 통화 가능하니?"

"네, 지금 집에 가는 중이에요. 내일부터 휴직이어서 오늘 팀장님이랑 팀원들 다 같이 회식했거든요."

"술 많이 마셨니?"

"동료들이 한 잔씩 주는 술 조금 먹은 거죠, 뭐."

어머니는 깊게 한숨을 쉬셨다. 나는 한숨 뒤의 마음을 어림짐작했다. 남자가, 특히 아들이 애를 돌본다는 이유로 멀쩡히 다니는 직장을 쉰다는 사실이 언짢으신 거겠지.

"휴직 끝나고 나서 복귀는 문제없다고 했지?"

"그럼요. 법으로 보장된 거니까 걱정하지 마세요. 그리고 우리 회사는 그런 거로 불이익 주는 곳 아니에요."

"나는 도대체가 모르겠다. 멀쩡히 집사람도 있는 남자가 육아휴직이라니. 준우 엄마는 뭐가 그렇게 힘들다고 하디?"

"3개월 동안 병원에 입원해 있던 거 아시잖아요. 그 덕에 우리 준우가 건강하게 태어난 거라고요."

"자궁이 부실해서 애가 미리 나올까봐 가만히 누워 있기만 했는데 뭐가 그렇게 힘들었다고. 아휴, 나는 옛날 사람이라 그런지 잘 모르겠다. 집에서 쉬면서 애 하나 보는 것도 힘들어서 남편이 휴직까지 하면서 같이 봐줘야 한다니. 걔는 진짜 너에게 평생 감사하면서 살아야 해. 너 같은 남편이 세상에 어딨니?"

어머니의 목소리에는 못마땅함이 가득 묻어 있었다. 어머니는 형과 나, 그리고 여동생까지 삼 남매를 키우는 동안 남편의 도움을 받은 경험이 전혀 없었다. 건설 현장의 솜씨 좋은 기술자였던 아버지는 큰 공사가 있다면 전국 어디든 떠돌았고 주말에만 집에 왔다. 지인들과 낚시 약속이라도 있는 날이면 그마저 빼먹기 일쑤였다. 내가 초등학교 5학년 때 맹장이 터져서 병원에 입원한 적이 있었는데, 어머니 혼자 동동거리다가 일주일 만에 병원에 온 아버지에게 평 평 울면서 불같이 화를 내던 기억이 난다.

'이번 기회에 저도 재충전하고 공부도 좀 하고 하려고요.

개발 분야가 계속 공부해야 하는 곳인데 그동안은 여유가 없었거든요.'라고 말하자 어머니의 노여운 기색이 약간 누그러졌다. 어머니는 이번 기회에 충전하는 시간을 갖는 것도 나쁘지 않겠다며 수긍했다. 그러면서 맨날 사 먹는 밥만 먹느라 몸이 축났을 텐데 집밥 먹으면서 건강 관리도 좀 하라는 당부도 잊지 않았다.

네네. 그럴게요. 걱정하지 마세요. 잔소리가 성가셔진 나는 건성으로 대답하며 서둘러 대화를 마무리했다. 가만히 들으면 언제까지 이어질지 몰랐다. 전화를 끊은 나는 잠시 발걸음을 멈췄다가, 마음을 바꿔서 지하철을 타는 대신 계속 걷기로 했다. 회식 장소에서 집까지는 도보로 30분 남짓이었고, 어쩐지 바로 집에 가기 아쉬운 기분이었기 때문이다. 마침 날씨도 적당히 선선했다. 취기가 오른 나는 오래 전에 유행했던 노래를 흥얼거리며 하늘을 바라보았다.

이게 얼마만의 휴가야.

내일도, 모레도, 다음 주, 다음 달도 회사에 가지 않을 수 있다는 사실이 현실감이 없었다. 입사 후 오 년 동안 최대로 길게 쉰 휴가는 연차 5일에 주말을 양쪽에 낀 9일이었는데 말이다. 그것조차도 입사 초년생 때는 엄두를 내지 못해서 재작년부터나 겨우 가능했다.

역삼동에 있는 우리 회사는 제조업체를 대상으로 스마트 팩토리와 설비 자동화를 만들어주는 IT 회사였다. 그러다 보니 기업 문화가 일반 소비자를 대상으로 하는 네이버와 카카오 같은 회사와는 거리가 있었다. 그리고 결정적으로 갑으로 존재하는 클라이언트 기업 담당자가 있었다. 나는 이곳에서 오 년 동안 개발자로 일하면서 주먹구구식으로 일을 주고, 막무가내로 수정을 요청하는 클라이언트에게 지칠 대로 지친 상태였다.

'이거 몇 개만 고쳐주세요. 간단한 거니까 금방 되죠?'라고 폭탄급 요청을 말간 얼굴로 물어보는 담당자를 보면 화가 치밀었다. 그리고 '지금 말씀하시는 건 아예 시스템을 건드리는 큰 작업입니다.'를 몇 번이고 설명해줘도 담당자들은 도무지 믿으려 하지 않았다. 그저 의심 어린 표정으로 얼굴을 찌푸리고 있을 뿐이었다. 나중에는 자기 상사를 통해서 우리 본부장에게 항의성 요청을 했는데, 그러면 일거리가 죄다 나에게 쏟아졌다. 주말도 없이 며칠 밤을 새워서 간신히 만들어주면 상대방은 고맙다는 기색조차 없었다. 오히려 '거봐. 되는 거면서 지가 일하기 싫으니까 무조건 안 된다고 한 거잖아.'라는 의기양양한 표정으로 쳐다볼 뿐이었다.

그런데 지금, 잠시나마 이 현실을 탈출할 수 있는 휴가가 주어진 것이다. 자그만치 일 년이나. 나는 두근거리는 가슴을 가라앉히기 위해 숨을 후, 쉬었다. 물론 이 휴가가 육아휴직인 건 알고 있다. 나는 아내 서우를 도와 지금 막

6개월이 된 아들 준우를 열심히 키울 생각이었다. 매일 유모차에 태워서 산책도 시킬 거다. 육아 예능 〈슈퍼맨이 돌아왔다〉의 아빠들처럼 여행도 많이 다녀야지. 준우를 재우고 나면 아내와 둘이서 치킨에 맥주도 한잔해야지. 아내는 친구들에게 남편 자랑을 할 테고, 그들은 부러워서 어찌할 줄 모르겠지. 진짜 가정적인 남편을 뒀다고.

해보고 싶은 다른 일도 있었다. 준우가 태어나기 전에는 아내와 클래식 공연이나 자라섬 재즈 페스티벌 같은 곳을 자주 보러 갔었는데, 최근 일 년 동안은 유튜브로만 갈증을 달래야 했다. 아내와 교대로 공연도 많이 보러 갈 생각이었다. 아, 그리고 휴직 기간 동안 오래전부터 버킷리스트였던 '바디 프로필 사진 찍기'도 도전하고 싶었다. 집 근처 헬스장의 관장은 나에게 특별히 저렴하게 개인 지도를 해주겠노라고 약속했다.

마음이 조금씩 부풀어 올랐다.

하고 싶은 일이 너무 많았다.

"자기야, 나 왔어."

집으로 들어가자 무릎이 튀어나온 추리닝 차림에 머리를 대충 묶은 아내가 환하게 웃으며 맞아주었다. 그 모습을 보자 아내가 정장을 입고 출근하던 때가 언제였나 가물가물했다. 외국계 기업에서 일하던 아내는 딱 떨어지는 정장을 입고 구불구불한 긴 머리칼을 덜 말린 채로 바쁘게 뛰어나가곤 했는데 말이다. 아내는 구두 색과 맞지 않으면 옷을 갈아입는 타입의 사람이었다.

그런데 지금은 일주일 내내 색깔만 다른 추리닝 차림에 머리 길이는 어깨에 닿을락 말락한 단발 상태였다. '아예 숏컷을 하지 그래?'라고 물어봤더니 아내는 머리 손질이 아예 필요 없어지려면 질끈 묶을 수 있는 최소한의 길이가 가장 효율적이라고 대답했었다. 어쨌든 오랜만에 아내의 웃는 모습을 보니 기분이 좋았다. 아내는 내 팔을 잡으며 살짝 초조한 기색으로 물었다.

"내일부터 휴직인 거지? 회사에 확실히 승인이 난 거지?"

"그렇다니까. 괜히 걱정하고 그래. 우리 회사가 그렇게 꽉 막힌 회사가 아니라고."

나는 으스대면서 어깨를 쭉 폈다. 아내는 고개를 격하게 끄덕거리면서 '진짜 다행이다. 고마워.'라는 말을 반복했다. 눈물도 그렁그렁했다. 이런 아내의 모습에 안쓰러움으로 마음 한 켠이 뻐근해졌다. 원래 아내는 이름만 대면 누구나 알 만한 외국계 회사의 마케터 출신이었다. 경력 이 년 차에 CEO 직속 T/F에 발탁돼 각종 크고 작은 프로젝트를 이끌었고, 뛰어난 성과 덕에 상도 많이 받았었다. 작년에는 선배가 창업한 스타트업에 팀장으로 스카웃되기도 했다.

회사를 옮긴 후 얼마 되지 않아 아내의 임신 사실을 알았지만 우리는 별로 걱정하지 않았다. 아내는 며칠 밤샘 작업도 끄떡없을 만큼 강철 체력이었기 때문이다. 하지만 임신 3개월 차가 되자 현실은 우리 예상과 달리 덜커덕거리기 시작했다. 아내는 아무것도 먹지 못했고 온몸이 퉁퉁 부어올랐다. 처음에는 심한 입덧 정도로 생각했지만, 위액을 토하다 못해 피까지 토하는 지경에 이르러 응급실에 실려갔다. 의사는 심각한 임신 중독이라고 말하면서 절대 안정과 치료가 필요하다고 말했다.

아내는 이 주 입원으로도 증세가 호전되지 않는 걸 보자 회사에 사직서를 냈다. 이제 막 시작한 스타트업이다 보니 휴가를 길게 내기가 미안하다고 했다. '괜찮겠어?'라고 걱정스레 묻는 나에게 아내는 씩씩한 어조로 '건강하게 준우 낳고 나서 다시 일하면 되지.'라고 말했다.

상황은 점점 나빠졌다. 임신 6개월부터는 호흡에 문제가 오고 복수가 차서 입원을 해야 했다. 입원한 곳은 우리나라에서 손꼽는 여성병원이었지만 시설이 낡은 편이었다. 입원 날 자질구레한 짐들을 챙겨 병실에 들어갔는데, 군대에 입소하는 느낌이 나서 나조차도 우울한 마음이 들 정도였다. 아내는 처음에는 의사와 간호사들과 농담을 나누며 잘 적응하는 것 같았지만, 몇 평 남짓한 방 안에서 침대에 꼼

짝없이 누워 있는 시간이 길어지자 조금씩 가라앉기 시작했다.

힘든 시간은 유난히 천천히 지나가는 법이다. 끝이 날 것 같지 않은 시간이 흘러 마침내 9개월을 간신히 채웠을 때, 우리 준우가 태어났다. 감금 생활로 얻어진 절대 안정과 의료진 덕분이었다. 처음 두 달 동안은 대전에 계신 장모님께서 함께 살면서 도와주셨다. 하지만 아내는 골다공증이 심한 장모님이 고생하는 모습에 속상해하더니 두 달이 지나자마자 대전 본가로 돌아가시라고 강권했다.

장모님이 대전으로 돌아가시고 나서 아내 홀로 분투하는 석 달이 지났다. 주변에서는 육아도우미를 쓰라고 했지만, 마침 그때 뉴스에서 학대 사례가 연이어 보도되는 터라 아내와 나는 겁이 났다. 남에게 맡기는 시기는 가능한 한 늦추고 싶었다. 어렵게 태어난 준우는 만지면 부서질 것처럼 너무 작고 연약해 보였다.

준우는 사랑스러운 아이였지만, 감각이 예민한 편이라 먹이고 재우는 것이 수월치 않았다. 시간이 지날수록 아내는 점점 웃음을 잃어갔다. 기분 전환을 위해 외출하자고 권해도 옷을 이리저리 대보다가 그냥 집 근처만 나가자고 했다. 160센티가 조금 넘는 키에 늘씬한 48킬로 몸매였던 아내는 임신 동안 급격하게 20킬로 찐 살이 출산 후에도 빠지지 않자 울적해했다.

늘 밝고 씩씩했던 아내가 어두워지자 집안 분위기도 덩달아 무거워졌다. 나는 언제부터인가 집에 들어가면 아내의 표정부터 살피게 되었다. 그러던 어느 날, 클라이언트와의 회식 때문에 새벽 두 시쯤 들어온 적이 있는데, 아내는 현관문 앞의 거실에 서서 선전포고하듯이 선언했다.

"이건 너무 불공평해. 당장 육아휴직을 내지 않으면 준우를 자기에게 맡겨둔 채로 석 달 동안 사라질 거야."

갑자기 왜 그래, 남자가 어떻게 육아휴직을 써. 나는 아내를 달래듯이 어루만지며 웃음으로 넘어가려고 했지만, 아내의 표정은 진심이었다. 일 년의 연애, 삼 년의 결혼생활로 깨달은 사실에 의하면 아내는 한다면 하는 사람이었다. 특히 그렇게 단호한 표정을 지을 때는 말이다.

다음 날 숙취에 시달리는 나에게 아내는 최후통첩처럼 다시 말했고, 겁이 덜컥 난 나는 그날 바로 팀장을 붙들고 이혼당할 지경이라며 하소연했다. 그리고 몇 주의 실랑이 끝에 간신히 일 년의 육아휴직을 받았다. 엄밀히 말하면 법적으로 보장된 제도다 보니 회사와 싸울 필요도 없는 일이었다. 눈치는 꽤 보였지만 말이다. 나는 감격하고 있는 아내에게 큰소리쳤다.

"자기야. 그동안 너무 고생 많았지? 앞으로는 내가 잘 도와줄 테니까 걱정하지 마."

"고마워. 몸과 마음이 너무 힘들어서 더는 버티기 어려웠

는데 진짜 고마워. 나와 순우가 가장 도움이 필요한 시기에
자기가 용기 내준 사실을 평생 잊지 않을 거야."

아내의 눈에서 그렁그렁하던 눈물이 넘쳐흘렀다. '으이
구, 뭘 울고 그래.' 나는 아내를 꼭 안으며 토닥거렸다. 좋
은 남편이자 아빠가 된 자부심에 가슴이 뻐근했다. 그래,
나는 예전 세대와는 달라. 아버지완 달라. 그리고 정 차장
님 같은 선배들과도 달라.

우리 회사 1호라고.

다음 날 잠에서 깨자 비로소 육아휴직이 시작되었다는
게 실감났다. 아침에 일어나 덜깬 눈으로 출근 준비를 하는
대신 냉장고에 있는 반찬을 꺼내고 국을 데워서 아침을 차
렸다. 한 사람씩 준우를 안고 번갈아 먹었다. 아내는 장모
님이 본가로 가신 이후 넉 달 만에 먹는 멀쩡한 아침 식사
라면서 감격했다.

아내는 나에게 아이 옷과 어른 옷, 색깔 옷과 흰옷을 구
별해서 빠는 세탁기 사용법을 알려주었다. 이유식용 믹서
기 쓰는 법, 물걸레 빠는 법, 청소기 먼지통 비우는 법, 아
기 욕조 씻는 법 등도 가르쳐줬다. 처음에는 낯설었지만 몇
번 해보니 서툴게나마 요령이 생겼다. 준우가 낮잠에 깊이

빠졌을 때는 유모차에 태우고 주변을 산책했다. 산책 중간에 스타벅스에 들렀을 때 아내는 특히 감격했다. 설레는 표정으로 돌체 라테 한 모금을 조심스럽게 맛보더니 조그맣게 감탄했다.

육아휴직 한 지 이 주가 됐을 무렵 나는 슬슬 계획했던 일들을 시작해야겠다고 생각했다. 헬스장 관장은 지난주부터 '언제 오실 거예요, 회원님?' 문자를 보내왔다. 나는 내친김에 집 근처 스포츠센터의 수영 레슨 시간과 비용도 알아봤다. 생각보다 비싸지 않았다. 다음 주부터 등록해야겠다고 생각하며 조금 들뜬 마음으로 집에 들어갔다. 아내에게 편의점에서 사 온 맥주와 주전부리를 건네자, 아이처럼 신나 하면서 까만 봉투를 뒤적거리더니 초콜릿을 꺼냈다. 그리고 입에 넣어 우물거리면서 보고서 크기의 파일뭉치를 나에게 내밀었다.

"이게 뭔데?"

"일 년 동안 내가 집에서 살림하고 준우를 키우면서 배운 것들을 정리해놓은 거야. 일종의 인수인계서라고 할까?"

얼핏 봐도 50장이 족히 넘어 보였다. 페이지를 넘겨 보니 요리, 청소, 빨래, 목욕, 준우 먹이기 및 달래기 요령, 향후 일 년간 주요 발달 단계 및 필요사항 등이 부문별로 깔끔하게 정리되어 있었다. 물품 사용법에는 사진 자료를 꼼꼼하게 추가했고 기저귀, 물티슈 등 필요한 물품 구매 관련

해서는 브랜드와 장단점, 구매 링크 주소까지 적혀 있었다.

"이걸……. 나한테 왜 주는 거야?"

"이제부터는 자기가 준우를 전담할 거잖아. 알아야지."

"……내가? 내가 전담한다고? 왜?"

나는 당황해서 버벅거렸다. 아내는 나의 반응이 의아한 듯 했다.

"육아휴직 냈잖아? 육아하려고 낸 거 아니었어?"

"물론 그랬지. 그랬지만. 그럼, 당신은? 당신은 뭐하고?"

"자기야, 무슨 소리 하는 거야? 당연히 나는 복직 준비해야지. 일 년 업무 공백이 있으니까 쉽지 않겠지만."

"복직한다고? 어디로?"

"선배가 하는 스타트업 말고 예전에 내가 일하던 회사에서 다시 오겠냐고 연락이 왔어. 소비자 구매 분석팀이 새로 생기나봐. 일단 팀원으로 일하다가 내년쯤에 팀장을 맡아줄 수 있냐고 제안하더라고. 그러면서 요즘은 마케팅에도 데이터 분석 지식이 필요하니까 한 달 정도 지정한 교육기관에서 트레이닝 받고 오래. 큰일 났지, 뭐."

이 나이에 코딩과 데이터 분석 기법을 배워야 한대. 아내는 고개를 절레절레하며 투덜댔지만, 얼굴 표정은 설레는 듯 상기되어 있었다. 그러고는 내가 입술을 달싹거리면서 말을 잇지 못하는 모습을 보며 깔깔 웃었다.

"뭐야, 왜 그래? 내가 전업주부로 평생 살아도 괜찮아?

연애 때부터 자기보다 능력 있는 여자가 이상형이라며?"

그랬었다. 그랬지만.

말을 잃은 나를 보며 아내는 달래듯이 말했다.

"걱정하지 마. 수업이 아침부터 저녁까지긴 하지만 내가 6시에 끝나자마자 달려올게. 집안일도 도와줄 테니 걱정하지 말고 준우만 신경 쓰면 돼. 직장에 복귀하면 평일에는 좀 어렵겠지만 주말에 진짜 많이 도와줄게. 그나마 내가 몇 달 먼저 해서 익숙하잖아."

아내는 격려하듯 웃었지만 나는 차마 웃음이 나오지 않았다. 무엇인가 더 말하려던 아내는 작은 방에서 낮잠 자던 준우가 울기 시작하자 서둘러 달려갔다. 나는 갑자기 기운이 빠져서 털썩, 소파에 앉았다. 아내가 일 년쯤 더 있다가 복직할 줄 알았다. 물론 이미 일 년 가까운 업무 공백이 더 늘어나게 되면 복직이 쉽지 않겠다는 생각이 스치기도 했지만, 아내는 어떻게든 해내리라 막연히 기대했던 것 같다.

앞으로 혼자 준우를 맡아야 한다고?

나는 울적해졌다. 억울하고 분한 마음에 손에 든 인수인계서를 내동댕이쳤다. 그런데 억울함을 콕 집어서 말할 수는 없으니 미칠 노릇이었다. 굳이 찾자면 왜 내가 주 담당자로서 애를 봐야 하냐는 점인데 그 생각을 하자마자 '육아하려고 휴직 낸 것 아니었어?'라던 아내의 의아한 표정이 눈앞에 스쳤다.

망했어. 망했다고!

야심차게 세워놨던 육아휴직의 계획이 눈 앞에서 푸스스 흩어지고 있었다. 나는 원망스러운 눈길로 소파 앞 테이블 끄트머리에 아슬아슬하게 걸쳐져 있는 인수인계서를 노려보았다. 인수인계서 표지에는 아무것도 모르는 준우가 해맑게 웃고 있고, 사진 밑에는 문구가 한 줄 적혀 있었다.

'전업파파 성준을 위한 준우 돌봄 매뉴얼'.

_____✒

"따뜻한 플랫 화이트 한 잔 주세요. 샷 추가해서요. 그리고 테이크아웃입니다."

빠르게 걸어오느라 헐떡거리면서도 나는 직원에게 가능한 한 정확한 발음으로 말했다. 준우가 폭주하기 전에 커피를 받으려면 한 치의 오차 없이 모든 일이 빠르게 진행되어야 했다. 지난번에는 직장인들이 몰리는 점심시간에 방문하는 초보적인 실수를 저지르는 바람에 실패했다. 카페에 가득 찬 낯선 사람들과 주문하는 시간을 참지 못한 준우가 돌고래 같은 괴성을 질러대며 울었기 때문이다. 아무리 달래도 준우는 막무가내로 허리를 뒤로 젖히며 더 큰소리로 악을 썼다. 못마땅해하는 주변의 시선이 모두 나에게 꽂히는 걸 느끼자 나는 허둥지둥 유모차를 밀며 나갔었다.

'살려주세요. 죽을 것 같아.'

오늘은 혼자 준우를 본 지 42일째 되는 날이었다. 지금의 나는 클라이언트의 무리한 요구 때문에 한 달 동안 월화수목금금금으로 살던 시절보다 고농축의 카페인이 절실했다. 나는 직원이 건네준 진동벨을 무사히 받고 안도의 숨을 쉬었다. 다행히 오늘은 먹을 수 있으려나 보다.

조마조마한 내 우려가 무색하게 준우는 밖에 나와서 기분이 좋은 상태였다. 유모차에 앉아서 주변을 호기심 있게 두리번거리고 공중을 향해 손을 마구 저었다. 발갛고 통통한 볼, 입 주변에 침독이 오른 얼굴로 캬야! 괴상한 소리로 웃으며 몸을 들썩거리기도 했다. 거추장스러운 신발은 진즉 날려 보내고 양말만 신고 있었는데 그마저도 왼쪽은 반쯤 벗겨진 상태였다. 올록볼록한 장딴지 밑에 발목은 잘 익은 무처럼 통통했다.

"몇 개월이에요?"

옆 테이블에 앉아 있던 아주머니가 말을 건넸다. 인상 좋아 보이는 아주머니는 오십 대나 육십 대쯤 되었을까. 조그만 여자아이와 함께 있었다. 반짝이는 머리핀과 화려한 왕관 머리띠를 한 아이는 의젓하게 앉아 주스와 케이크를 먹고 있었다. 저 정도로 크려면 얼마나 걸리는 걸까? 나는 조금의 부러움을 섞어 대답했다.

"8개월 됐어요. 그 애는 몇 개월이에요?"

"우리 손녀는 23개월이에요. 아유, 우리 다온이도 저렇게 아기 시절이 있었는데."

아주머니는 다온이라고 불리는 손녀를 부르며 '저 아기 봐봐, 너무 예쁘지.'라고 속삭였다. 다온이는 케이크 크림을 입에 묻힌 채로 준우를 향해 손을 팔랑팔랑 흔들었다. 나는 조금 우쭐한 마음이 들었다.

"주문하신 플랫 화이트 나왔습니다."

그때 손 안의 진동벨이 울렸다. 나는 아주머니에게 서둘러 인사하고 직원에게 갔다. 플랫 화이트에 달달한 시럽을 두 번 펌핑해서 넣은 후 한 모금 삼켰다. 샷을 추가한 고농도의 카페인과 당분이 동시에 식도를 내려가는 느낌이란 그야말로 황홀했다. 고단함이 2g 정도 풀리는 맛이라고나 할까. 준우는 그새 싫증이 났는지, 아니면 나 혼자 먹는 모습에 심통이 났는지 칭얼대기 시작했다. 나는 서둘러 커피 잔을 유모차 컵 받침에 끼우고 문을 향해 걸어갔다.

마침 문 쪽에는 혼이 나간 듯한 여자가 가슴에 아기 띠를 매고 들어오고 있었다. 여자는 유모차가 나갈 수 있도록 문을 잡아주었다. 지나가면서 본 여자의 질끈 묶은 머리는 아기가 잡아 뜯는 바람에 절반은 삐져 나와 있었다. 나는 여자가 절박한 표정으로 커피를 주문하는 모습을 동병상련의 심정으로 애잔하게 바라보았다.

혼자 준우를 보는 한 달 반 동안 나의 몰골 역시 말이 아니었다. 일주일이 지났을 무렵 터진 입병이 도무지 낫질 않았다. 아내가 준 '전업파파 성준을 위한 준우 돌봄 매뉴얼'에 따르면, 준우는 누워서 노래 듣고 모빌을 보는 걸 좋아한다고 했는데, 사기당한 기분이었다. 내가 실제로 뵙게 된 고객님의 성향은 사뭇 달랐다.

<하준우 아기님의 퍼소나(Persona) 분석>

편안한 자궁 속에서 지내다가 불편한 세상 밖으로 나와서 적응하는 중입니다. 몸이 급속도로 성장하는 중이라 통증과 불편함이 있습니다. 자신의 의도를 정확히 눈치채지 못하는 양육자(서우, 성준 등)에게 자주 불만을 느끼나 동시에 강력한 애정도 지니고 있습니다.

성격/성향

- 미각, 온도, 환경 변화에 민감한 편으로 분유 온도가 미묘하게 다르거나 보리차의 농도가 다를 경우 화를 냅니다.
- 시청각에 호감이 있습니다. 음악을 듣는 걸 좋아하고 장난감의 움직임과 색깔에 흥미를 보입니다.

- 차분한 성격이며 몸을 많이 움직이는 편은 아닙니다. 손발에 달린 장난감을 가지고 한참 혼자서 놉니다.
- 솔직히 잘 모르겠습니다. 만난 지 반년 정도 된 사이고 대화해본 적도 없어서요. 차차 알아가는 중입니다.

생활 패턴

- 수면: 21~7시 밤잠, 9~10시 첫 번째 낮잠, 12~1시 두 번째 낮잠
- 식사: 7시(분유 200), 10시(이유식＋분유 100), 13시(간식 ＋분유 100), 16시(분유 200), 19시(분유 200)
- 놀이: 먹고 자는 시간을 제외한 모두
- 목욕: 20시 욕조 목욕＋마사지

Needs(요구사항)

- 자기가 요청할 때 빠르게 응대해줬으면.
- 혼자는 심심하므로 누군가 계속 옆에 있어줬으면.
- 화를 내기 전에 알아서 먹을 것과 마실 것, 놀 것을 적절히 배치해줬으면＋선호하는 온도와 농도를 정확히 지켜줬으면.

Pain Point (불편한 점)

- 담당자(서우, 성준)의 역량이 미흡함.
- 갑자기 크느라 온몸이 뻐근해서 누군가 안고 있으면 좀 나아지는데 걸핏하면 딱딱한 바닥에 내려놓음.
- 내가 전달하는 내용을 제대로 못 알아들음. 매번 다른 걸 들고 와서 그중에 뭐냐고 일일이 묻는 방식임.
- 자기 싫은데 자라고 함. 먹기 싫은데 먹으라고 함. 또는 먹고 싶은데 안 줌.

'차분하고 혼자서 잘 놀기는 무슨.'

내가 만난 준우는 자기를 혼자 두는 걸 극도로 싫어하는 성향이었다. 분명히 더 아가였던 시절에는 방긋방긋 웃으면서 잘 누워 있었는데 말이다. 지금의 준우는 '나를 혼자 두면 반드시 울 것이다!'라는 결연한 표정을 짓고 있었다. 화장실 가는 것도 예외가 아니었다. 처음으로 준우를 안고 화장실에서 똥을 눌 때는 아득한 심정이었다. 뭐랄까, 인간의 존엄성이 손상되는 느낌이랄까. 하지만 몇 번 반복되니 그것도 나름대로 익숙해졌다.

육아에서 가장 힘든 건 업무의 시작과 끝이 제멋대로라는 사실이었다. 예측할 수 없는 근무환경에 피로가 몸 전체에 진득하게 들러붙어 있었다. 게다가 10킬로그램에 가까운 아이를 매일 안고 있다보면 어깨와 팔이 빠질 것 같았다. 아이의 눈높이에 맞춰서 굽혔다 펴는 동작을 반복하다보니 허리도 끊어질 듯 아팠다. 지난 주말에 이런 어려움에 대해 불평하자 아내는 나무라듯이 핀잔을 줬다.

"자기야, 고생 많은 거 알아. 진짜 고마워. 그런데 생각해봐. 나는 피를 토하고 복수가 차오르는 상태로 몇 달 동안 병원에 입원했다가, 제왕절개로 배를 가르는 수술로 준우를 만났어. 그러고서도 하혈해서 기저귀를 찬 만신창이 상태로 신생아를 돌봐야 했다고. 두 시간씩 자면서 말이야. 지금 당신은 머리부터 발끝까지 건강한 몸 상태로 밤에 통잠 자는 생후 8개월짜리 아기를 돌보는 거잖아."

아내는 자신의 일 년과 나의 일 년의 격차가 너무 크다면서 씁쓸해했다. 나는 '뭐야, 나도 지금 너무 힘든데!'라고 즉시 항의하고 싶었지만, 그간의 결혼 생활로 누적된 데이터가 아내가 그런 표정을 지을 때는 잠자코 입을 닥치고 있으라는 경고를 보냈다. 잠시 후 아내는 마음을 추슬렀는지 미안하다고 사과하면서 뭉친 내 어깨를 가만가만 풀어주었다. 고마워, 진짜. 아내는 속삭였다.

카페 앞 횡단보도에서 신호를 기다리며 나는 커피를 마저 들이켰다. 효과가 두 시간 정도는 가야 할 텐데, 나는 간절히 바랐다. 이제 아파트 한 바퀴를 돌면 오늘의 외출은

끝이었다. 곧 준우가 분유 먹을 시간이었기 때문이다.

아내가 돌아오려면 아직 4시간 23분이 남아 있었다.

띠띠띠띠. 띠리릭.

현관문이 열리고 아내가 들어왔다. 준우야, 엄마 왔어. 아내는 해사한 표정으로 아이 이름을 나직하게 부르며 들어오다가 집 안이 고요한 것을 보더니 조심스럽게 목소리를 낮춘 채로 속삭였다.

"준우는 자?"

"응. 아까 잠들었어."

아내는 아쉬워하는 표정을 짓더니 무거워 보이는 가방을 내려놓고 세면장에 가서 소리를 죽인 채 씻었다. 잠시 후 수건으로 얼굴을 닦으면서 나왔다.

"자기는 오늘 힘들었지?"

"말도 마. 진짜 진짜 힘들었어."

나는 응석을 부리듯이 아내에게 하소연했다. 누구와 정상적인 대화를 하는 건 아까 커피점에서 직원과 아주머니와의 짧은 대화 이후 처음이었다. 준우는 아직 외마디 소리 정도만 할 수 있었기 때문에 온종일 나 혼자 묻고 나 혼자 대답하는 상황의 반복이었다.

"왜? 준우가 많이 힘들게 했어?"

"오늘 무조건 안고 있으라고 떼를 쓰더라고."

"아휴, 힘들었겠네. 그럴 때면 허리가 끊어지던데."

"준우가 누구 닮아서 목소리가 그렇게 큰지 몰라. 나중에 옆집이랑 윗집에 과일이라도 돌려야 할 것 같아. 조만간 항의 들어올 지경이야."

맞아. 그래야겠더라. 아내는 키득거리며 맞장구쳤다. 그러고는 냉장고 문을 열어 반찬들을 몇 개 꺼내어 접시에 담았다. 달걀말이 세 개, 오이소박이 김치 한 조각, 감자볶음과 멸치볶음 약간이었다. 나는 의아해서 물었다.

"밥 안 먹었어?"

"응, 너무 바빠서 못 먹었어."

"햇반 있는데 밥 먹지. 왜 반찬만 먹어."

"전자레인지 돌려야 하잖아. 준우 깨면 어떻게 해."

전기밥솥에 밥이라도 해놓을걸, 나는 조금 후회했다. 아내는 반찬을 허겁지겁 집어 먹은 후 어질러진 집안을 치우기 시작했다. 소리가 나는 설거지는 아침으로 미뤄두고 널브러진 옷가지를 빨래통에 넣고, 여기저기 뒹구는 기저귀와 물티슈, 장난감을 제자리에 정리했다.

바쁘게 움직이는 아내의 뒷모습을 보고 있자니 마음이 조금 이상해졌다. 아내가 휴직했을 때와 지금의 풍경이 다른 것 같다는 자각이 불현듯 스친 것이다. 나는 아내가 육아휴직을 하는 동안에는 집안일을 하지 않았었다. 당연하지 않은가? 아내가 집에 있으니 말이다. 아내가 차려주는 정성스러운 집밥도 은근히 기대했다. 가능한 한 일찍 들어와 준우 목욕을 시켜주고, 주말에 준우를 함께 돌보는 것으로도 나의 역할을 넘치도록 하고 있다고 여겼다. 그 정도여도 어머니는 세상 좋아졌다며 혀를 쯧쯧 찼으니 말이다.

그런데 지금 나는 아내가 퇴근 후에 바쁘게 일하는 모습을 당연한 듯 보고 있었다. 아내가 냉장고에 채워놓은 반찬과 과일을 꺼내 먹으며, 밥통은 무심하게 텅텅 비워둔 채로. 콕 집어서 말할 수 없는 불편함이 입 안 어디에서 까끌거렸다. 아내는 내가 자신을 물끄러미 바라보는 시선을 느꼈는지 뒤를 돌아보았다. 그러고는 나에게 얼른 방에 들어가서 쉬라고 손짓을 했다.

이제부터는 나의 자유 시간, 즉 육퇴(육아 퇴근)였다. 작은 방에서 게임 좀 하고 12시쯤 자다가 새벽 4시에 일어나 아내와 교대해주면 되었다. 그때 준우에게 보리차를 조금 먹이고 기저귀를 갈아주면 7시까지 푹 자곤 했다. 나도 옆에서 같이 자다가 부스스 일어나면 아내는 이미 출근 준비에 한창이었다. 나는 아픈 허리를 두드리며 작은 방으로 가다가 지금까지 궁금해하지 않았던 의문을 떠올렸다.

'그런데 저 사람은 언제 쉬지?'

뒤를 돌아보니 아내가 조금 지친 표정으로 소파에 앉아

있다가 나를 보며 자_l맞게 미소를 지었다.

———— ✎

　오늘은 나 홀로 육아 64일째, 육아는 예측값이 제멋대로
인 빌어먹을 분야였다. 나는 삼십사 년 인생 동안 알지 못
했던 이 사실을 매일같이 깨닫는 중이었다.

버그(문제 상황): 준우가 운다

입력값 1: 배가 고픈가? → 분유, 물, 과자를 준다.
입력값 2: 기저귀가 젖었나? → 괜찮지만 갈아준다.
입력값 3: 지루한가? → 안고서 돌아다닌다, 동요를 틀
　　　　　어준다, 바깥에 나간다, 아기 체육관에 앉힌
　　　　　다, 장난감을 쥐여준다, 눈앞에 처음 보는 물
　　　　　건을 흔든다.
입력값 4: 아픈가? → 열 없음, 다른 건 확인 불가

→ 디버깅(문제 해결) 실패

　어떤 입력값을 넣어도 해결되지 않을 때는 미칠 지경이

었다. 특히 오늘은 유난히 힘든 날이었다. 지치지도 않고 떼쓰는 준우에게 처음에는 짜증이, 그다음에는 화가, 마지막에는 겁이 났다. 어디가 잘못된 건가? 등에 뭐가 찔렸나? 혹시 기분이 좋아질까 싶어 시작한 목욕조차 대실패였다. 몸을 뒤로 젖히며 얼굴이 빨개지도록 우는 터라 욕조에 담근 지 일 분 만에 건져냈다. 좋아하는 오리 인형을 욕조에 가득 띄워봐도 소용없었다.

나중에는 나도 같이 울고 싶은 심정이었다. 하루종일 떼를 쓰던 준우는 밤이 되자 탈진하듯 잠이 들었다. 이마에는 미처 닦아내지 못한 거품 목욕 흔적이 말라붙어 있었다. 지칠 대로 지쳐버린 나도 아무렇게나 소파에 쓰러져 눈을 감았다. 얼마쯤 지났을까, 우-우-우웅 울리는 휴대전화 진동 소리에 눈을 떴다. 불을 켜지 않은 거실은 어느덧 깜깜해져 있었다. 혹시 준우가 깰까봐 나는 얼른 전화기를 집었다.

"여보세요? 성준아. 나다."

"에? 아아. 예, 어머니."

나는 부스스 일어나서 전화를 받았다. 가라앉은 내 목소리를 듣자 어머니는 대뜸 걱정하는 기색이었다.

"너 목소리가 왜 그래? 어디 아프니?"

"아니에요. 지금 잠깐 잠들었다가 일어나서 그래요."

"준우는 자니?"

고개를 돌려보니 준우는 세상 모르게 자고 있었다. 고집

부리며 우느라 자기 딴에도 힘들었던 모양이시.

"네, 지금 자요."

"준우 엄마는?"

나는 그때야 시계를 보았다. 저녁 9시였다.

"오늘 좀 늦는다고 했어요. 일이 바쁘대요."

"참나. 애는 남편에게 내팽개치고, 걱정도 안 되는지 잘하는 짓이다. 너 저녁밥은 먹었니?"

"아직 못 먹었어요. 오늘 준우가 기분이 안 좋아서 계속 울었거든요. 어디가 아픈가봐. 열은 없는데."

"아유, 가여워라. 이를 어째. 이빨이 나느라 힘들어서 그런가? 그나저나 너는 밥도 못 먹고 어떻게 하냐."

"별로 배 안 고파요. 이따 빵이라도 먹으면 돼요."

"준우 보느라 힘들 텐데 밥이라도 든든하게 먹어야지. 애보는 게 보통이 아니다, 너. 그나저나 아침은 먹니?"

"준우 엄마가 아침에 차려놓고 출근해요."

"지가 양심이 있으면 그거라도 해야. 그럼 반찬은?"

"아파트 앞에 반찬가게 있어요. 거기서 사 먹으면 돼요."

"맨날 사 먹는 반찬이 뭐가 영양가가 있다고! 준우 엄마는 고생하는 남편 제대로 먹일 생각도 안 한다니? 쯧쯧. 잘하는 짓이다. 잘하는 짓이야."

나는 입을 다물었다. 그러다 묘한 기시감이 들었다. 꽤 비슷한 결이지만 정확히 정반대인 대화를 어머니와 나눈

185

기억이 났기 때문이다. 언제더라? 준우가 태어난 지 석 달쯤 되었을 무렵일 텐데. 그때도 어머니는 물었었다.

'너 요새 아침밥은 먹지? 이제 준우 엄마 집에 있잖아.'

'저 원래 아침 안 먹잖아요.'

'그때야 팔팔한 이십 대니까 그랬지, 지금 네 나이가 몇인데 아침을 안 먹니? 아니, 준우 엄마는 집에서 쉬면서 밖에서 힘들게 일하는 남편 밥도 제대로 안 챙긴다니?'

'지금 준우 보느라 잠도 제대로 못 자고 고생해요.'

'갓난아이야 늘 잠만 자는데 뭐가 그렇게 고생이라고. 애 잘 때 같이 자고, 집안일하면 되는 거지. 내가 속상해서, 정말. 집에 들어앉아 있으면 고생하는 남편 뒷바라지를 할 생각을 해야지.'

이랬던 어머니였다. 그 논리대로라면 이제는 밖에서 힘들게 일하는 아내를 위해 내가 밥을 차려야 하는 차례 아닌가? 나는 어머니가 아내에게 따끔하게 한마디 한다는 걸 간신히 말렸다. 시퍼런 기세가 좀처럼 누그러질 기색이 없자 나는 농담처럼 덧붙였다.

"어머니, 지금은 내가 전업주부예요."

"네가 무슨 전업주부니? 멀쩡하게 회사 다니는 애가!"

"어쨌든 지금은 그렇잖아요. 그리고 나는 바깥일 하는 준우 엄마에게 밥 안 차려주고 있단 말이에요."

"얘가, 얘가! 큰일 날 소리 하고 있어. 남자와 여자가 같니? 얘, 혹시 준우 엄마가 너 눈치주디? 자기 커리어인가 뭔가 때문에 설치느라 남편이 대신 고생하고 있는데 고마운 줄도 모르고?"

"준우 엄마는 커리어 때문에 설치는 게 아니라 우리 먹여 살릴 돈 벌러 나간 거예요. 어머니는 우리가 꿈 찾아 회사 가는 줄 아시나봐."

"돈이 다가 아니다, 너. 애가 세 살이 될 때까지는 엄마가 키우는 게 좋다고 했어. 텔레비전에서 전문가들이 전부, 죄다 그렇게 말하더라. 일은 애가 어느 정도 큰 다음에 해도 늦지 않아. 이 엄마를 봐라. 서울에서 제일 좋은 호텔에서 일하고 있었는데도 너희들 생각해서 그만뒀잖니. 동기 중에서 가장 인정받고 승진하는 중이었는데도. 그 덕에 너희 삼 남매를 이렇게 잘 키운 거야."

"그래? 그러면 이참에 내가 준우 세 살까지 키워볼까?"

"얘가 미쳤나! 그때면 네 나이가 삼십 대 후반인데 오라는 회사가 어딨다니?"

아내는 나보다 한 살 연상인데. 게다가 어머니는 요즘 세상에는 남자 혼자 벌어서 살 수 없다며 아내에게 맞벌이를 꼭 하라고 강조하던 분인데. 어머니와 나 사이에는 어색한 침묵이 흘렀다. 잠시 후 어머니는 누그러진 목소리로 내가 좋아하는 반찬들을 택배로 보내겠다고 했다. 우리 집 가장이 좋아하는 꼬리곰탕도 보내 달라고 농담처럼 말하자 어머니는 전화를 끊어버렸다.

_____/

오늘은 나 홀로 육아 72일째. 새롭게 깨닫게 된 건 육아가 사랑과 인내의 문제가 아니라 기본적으로 체력전이라는 사실이었다. 돌도 안 된 아기와 온종일 씨름할 때면 예전에 어느 셰프가 방송에서 한 말이 실감 났다.

"요리사가 왜 예민하고 화가 많은지 아세요? 불이나 조리도구가 위험하니까요? 아닙니다. 주 6일 18시간씩 일하면서 밥을 4시 30분에 먹다 보면 누구나 화가 많아질 수밖에 없어요."

어쩌면 산후 우울증이라는 것도 빌어먹을 호르몬 탓이 아닐지도 모른다. 애를 낳고 몸이 만신창이가 됐는데 주 7일 18시간씩 일하면서 잠도, 식사도, 샤워도 제대로 못 하면 누구나 베란다 밖으로 뛰어내리고 싶어지지 않을까. 인수인계 해주는 사람은 아무도 없고, 아이는 죽을 듯이 울고 있으면 말이다. 아내보다 한 뼘이나 크고 건장한 체격인 나도 이렇게 진이 빠지는데.

물론 힘든 일만 있는 건 아니었다. 나만 볼 수 있는 근사한 순간들도 있었다. 준우가 기껏 만든 유기농 이유식을 식판과 머리에 골고루 바르고 있을 때는 나도 모르게 이를 악물게 되지만, 내 품에 착 감겨서 뽀뽀를 해주며 까르륵 웃을 때나 아기 냄새를 풍기며 쌕쌕 자는 모습을 볼 때는 마음이 벅차올랐다. 10시간은 웬수같이 꼴보기 싫은데 2시간이 미치게 사랑스러워서 참아진다는 맘카페의 글은 진짜였다. 행복이 추상적인 개념이 아니라 구체적인 질감과 촉감으로 만져신다는 것도 처음 알게 되었다. 그리고 아내보다 준우어를 잘 해독했을 때 그 우쭐한 기분이란.

오후가 되어 한 번의 분유 수유, 한 번의 환장할 이유식 시간을 지나 지금은 간식 시간이었다. 나는 떡뻥 쌀과자와 사과 중에서 무엇을 고를까 고민하다가 사과를 집어 믹서기에 갈았다. 그런데 그때, 위이이잉 시끄러운 믹서기 소리를 덮을 정도로 날카로운 울음소리가 들려왔다.

"아아아앙! 아아아아앙!"

"준우야, 무슨 일이야! 왜 그래!"

믹서기를 던지고 달려가 보니 준우가 꺽꺽대며 울고 있었다. 주변에는 완두콩이 온통 흩어져 있었다. 엄마표 장난감이라는 블로그 게시물을 보고 만들어준 장난감이 화근이었나보다. 빈 500밀리리터 생수통에 완두콩을 삼 분의 일 정도 채운 후 흔들어줬더니, 준우가 무척이나 재밌어했다. 그 장난감을 손에 쥐여주고 주방에 잠깐 간 사이 사고가 터진 것이다. 젠장, 젠장. 분명히 뚜껑을 꽉 닫았는데.

"준우야! 왜 그래. 먹었어? 목에 걸렸어?"

준우는 숨도 쉬지 않고 울었다. 겁이 덜컥 났다. 입을 강제로 열려고 하니 더 자지러졌다. 얼굴이 점점 시뻘게졌다. 나는 공포에 질려서 준우를 안고 동네 병원으로 뛰어갔다.

"선생님! 선생님! 우리 준우가 이상해요!"

"아버님, 진정하세요. 무슨 일인가요?"

"아니, 콩 장난감을 만들어줬는데, 그게 뚜껑을 닫아놨는데 열었나봐요. 그래서 먹었는지 막 우는데……."

"아버님, 진정하시고 아이를 여기 침대에 올려놓아 보세요. 아이가 뭘 먹었다고요?"

사십 대 초반의 여자 의사 선생님은 아이를 빠르게 스캔하면서 동시에 노련하게 나를 진정시켰다. 나는 손에 쥔 완두콩을 펴서 보여주었다. 의사 선생님은 완두콩을 지켜본 후 아이를 다시 유심히 살폈다.

"이걸 먹었다는 말씀이시죠?"

"아뇨, 그건 모르겠어요. 잠깐 다른 곳에 있는 사이에 울음소리가 나서 보니 콩이 죄다 쏟아져 있었습니다."

"큰일 날 뻔했네요. 이런 경우 잘못하면 질식으로 호흡에 문제가 생길 수 있거든요. 그런데 제가 지금 살펴보니 다행히 그 문제는 아닌 것 같아요. 그런데, 어디 보자. 우리 친구가 어디가 좀 불편해 보이는데?"

준우는 재채기하다가 자지러지게 울고, 다시 재채기하고 울기를 반복했다. 의사 선생님이 플래시로 아이의 콧속을 비추자 공포에 질린 듯이 고개를 돌리며 악을 썼다. 간질히 구원을 바라듯이 내 쪽을 향해 손을 뻗으며 울었다.

"지금 콧속에 완두콩이 들어간 것 같네요."

"……네?"

내가 어안이 벙벙해서 있자 의사 선생님은 절도 있는 동작으로 간호사에게 준우 머리를 잡게 시켰다. 그러고는 기다란 핀셋을 아이 코에 집어넣어 신중하게 콩을 빼냈다.

하나, 둘, 셋.

완두콩 세 개가 나왔다. 나는 멍하니 그 흔적을 바라보았다. 의사 선생님은 콧속에 줄처럼 생긴 카메라를 넣어 꼼꼼하게 안쪽을 확인한 후에 미소를 지었다.

"이제 깨끗하네요. 이 나이 때 아이들은 호기심이 많아서 콧속에 이것저것 많이 집어넣거든요. 그래서 손이 닿을 수 있는 곳에 작은 물건을 두면 안 돼요. 레고를 집어넣는 아이도 있답니다."

"……레고요?"

"네. 콩 넣는 아이도 많아요. 그래도 아버님이 빨리 오셔서 다행이네요. 콩은 시간이 지나면 콧물에 크게 불어서 꺼내기가 무척 힘들거든요."

준우는 이제 컥컥대며 대성통곡을 하고 있었다. 누군가 자기를 우악스럽게 잡고 아프게 찔렀다는 사실에 충격을 받은 것 같았다. 나는 준우를 안고 서둘러 진료비를 계산한 후 병원을 나섰다. 준우는 내 가슴팍에 얼굴을 묻은 채 쉰 목소리로 서럽게 흐느끼고 있었다.

제일 좋아하는 간식도 거부하고 울어대던 준우는 한참 만에야 잠이 들었다. 이마에 땀이 송골송골해서 열을 재보니 37.8도였다. 옷을 조금 벗긴 후 해열 패치를 찾아 이마에 붙여주었다. 가능하면 더 이상 병원에 안 데려가고 싶었다. 병원에 가면 어쨌든 검사를 해야 하니까 다시 한번 준우가 힘들 것이다.

잠시 후 깨어나서 칭얼대는 준우에게 보리차를 조금 먹이고 아기 띠에 싸 계속 안고 있었다. 아기 띠 때문에 더워서 열이 오를까봐 걱정됐지만, 준우가 자면서도 흠칫흠칫 놀라며 깼기 때문에 어쩔 수 없었다. 한 시간쯤 지나니 허리가 끊어질 것 같았다. 조금 쉬려고 자리에 앉자 준우가 다시 깨려고 울먹거렸다. 나는 다시 일어나서 거실을 돌았다. TV를 무음으로 켰다. 그러고 서성이고 있자니 준우가 백일 되던 무렵에 새벽에 화장실 가려고 나가면 아내가 종종 준우를 안은 채로 무음으로 영화를 보고 있던 기억이 났다. 그때, 현관문에서 소리가 들렸다.

띠띠띠띠. 띠리릭.

지금 오후 5시밖에 안 됐는데? 의아한 눈으로 현관문을 쳐다보고 있자니 아내가 서둘러 신발을 벗고 준우에게 달려왔다. 나는 준우가 잔다는 표시로 쉿, 손가락을 입에 대었다. 아내는 목소리를 낮추고 간절한 목소리로 물었다.

"준우는 어때?"

"괜찮아진 것 같아. 열이 좀 나는데 아까 많이 놀라서 그런 것 같아. 그런데 자기는 어떻게 이렇게 일찍 왔어?"

아내는 체온계로 조심스럽게 준우의 체온을 쟀다. 37.2도. 다행히 열은 내리고 있는 것 같았다. 아내는 아까 전화로 얘기를 듣자마자 회사에 양해를 구하고 달려 나왔다고 했다. 아내는 조심스럽게 아기 띠를 풀어 준우를 받아 안았다. 나는 괜스레 잘못한 것 같아 울적해졌다. 아내의 눈치도 보였다. 페트병 뚜껑을 꽉 닫았어야 했는데. 애초에 그런 장난감을 만들지 말아야 했는데. 준우를 조심스레 안방에 내려놓은 아내는 이내 나를 살폈다.

"자기는 괜찮아?"

"응?"

"자기도 놀랐을 거 아냐."

"준우가 그렇게 크게 운 거 처음 들었어. 나 때문이지, 뭐. 장난감 만들어준다고 괜한 짓을 해서."

나는 우울한 목소리로 말했다. 아내는 물끄러미 나를 보더니 아무 말 하지 않고 시선을 아래로 내렸다.

"발은 왜 그래?"

"발이 왜?"

"다쳤잖아."

아내의 시선을 따라 내려다보니 발가락에 피딱지가 맺혀 있었다. 그러고 보니 아까 준우를 안고 정신없이 슬리퍼를 꿰어 신고 달릴 때 중간에 슬리퍼가 뒤집히면서 살이 쓸렸던 기억이 났다. 내가 겸연쩍게 웃자 아내가 으이구, 핀잔을 주며 구급 약품함을 들고 왔다.

"자기가 고생이 많다. 고마워."

아내는 발에 연고를 발라주며 나직하게 말했다. 아내의 다정한 목소리와 손길에 몇 시간 동안 팽팽하게 긴장했던 신경이 조금 느근해졌다. 괜히 눈물마저 핑 돌려 했다. 나는 뜨거워진 눈가가 들킬까봐 일부러 흰소리를 쳤다. 이렇게 외조 잘하는 남편 잘 만난 걸 다행인 줄 알라고. 아내는 내 머리를 헝클이듯 쓰다듬더니 구급 약품함을 제자리에 갖다두러 일어섰다. 걸어가는 아내의 뒷모습을 보고 있는데, 엉덩이에 피가 묻은 게 보였다.

"자기야. 바지에 피 묻어 있어."

"어? 아휴, 또 이러네. 잠깐만."

아내는 방에 들어가더니 옷을 갈아입고 나왔다. 그러고는 세면장에서 바지의 엉덩이 부분을 손빨래하더니 세탁통에 넣었다.

"지금 생리 중이야?"

"아니. 그냥 하혈이야."

"그냥 하혈이 무슨 소리야? 무슨 하혈이 그냥이야?"

"나 준우 낳고 계속 하혈했잖아. 그게 아직도 그래."

"……계속 하혈했다고?"

"왜, 내가 저번에 말해줬잖아. 자기가 육아휴직 해준 덕분에 점심마다 병원 다니면서 많이 나아졌는데 한 번씩 다시 이러네. 이제 다 나았어. 그래도 혹시 모르니까 밖에 나갈 때는 당분간 팬티 라이너라도 해야겠다."

별일 아니라는 아내의 태도가 오히려 당황스러웠다. 계속 하혈했다고? 언제? 나는 모르는 일이었다. 아니, 아니지. 생각해보니 장모님이 걱정하는 얘기를 몇 번 들은 듯했다. 기억에서 까마득하게 사라진 걸 보면 애 낳으면 일시적으로 생기는 후유증 정도로 여겼던 모양이었다.

머릿속으로 아내가 임신 중독으로 고생하던 임신 3개월 때부터 내가 육아휴직을 시작하기까지의 일 년이 지나갔다. 그 너덜너덜한 몸 상태로 내가 몇 달 동안 겪은 폭풍 같은 시간을 보냈다는 것이 어떤 의미일까.

아, 거지 같네, 이건 아니다, 진짜.

목에 묵직한 덩어리가 걸렸다. 준우가 깰세라 살금살금 집 안 청소를 하는 아내의 뒷모습이 유난히 작아 보였다. 나는 아내가 힘들어 하는 건 알았지만 어쩔 수 없는 일이라고 생각했었다. 아기가 태어났는데 당연히 힘들지. 하지만 어쩔 수 없잖아. 다들 그렇게 살아. 나는 가장답게 더 열심히 회사에서 일하고 아내도 자기 몫을 하는 거잖아.

솔직히 나도 힘들었다. 온종일 힘들게 일한 후 퇴근하자 마자 준우 목욕을 시키고 나면 다리가 후들거렸다. 이제 좀 쉬나 했더니 청소하라고 잔소리할 때면 '그럼 나는 도대체 언제 쉬라고!' 화가 치밀어서 소리쳤다. 그때 아내가 나를 낯선 사람처럼 빤히 보던 기억이 난다. 양쪽 손목에 보호대 를 감은 채로. 여기까지 떠올리자 참을 수 없어진 나는 벌 떡 일어나 아내를 데려다가 소파에 앉혔다.

"내가 나중에 할 테니까 이거나 봐. 내가 오늘 준우가 내 손 잡고 세 발짝 걷는 영상 찍었어. 봐봐. 보이지? 보이지?"

"진짜네? 진짜 걷는구나! 너무너무 귀엽다!"

"이렇게 할 수 있으면 걷는 건 금방이래."

"어머, 그러면 정말 귀엽겠다."

"준우가 열 발짝 걸을 수 있게 되면 우리 셋이서 근사하 게 파티하자."

고개를 빠르게 끄덕인 아내는 동영상 속의 준우를 뚫어 지게 쳐다보며 중얼거렸다. 내 새끼 진짜 예쁘다. 어쩌면 이렇게 미치도록 예쁠 수가 있을까. 온종일 일한 고단함이 모두 날아간 표정으로 배시시 웃었다. 그러고 보니 눈가에 행복을 달고 편안한 이 얼굴을 본 게 언제였더라. 거진 일 년 만에 보는 표정이었다. 아내의 벌어진 입꼬리를 보며, 나는 어제 아파트 상가를 지나가면서 충동적으로 떠올렸던 생각을 나도 모르게 내뱉었다.

"주말에는 당신이 좋아하는 꼬리곰탕 해줄게."

"자기가? 어휴, 할 줄 알기나 해?"

"왜 못해? 검색하면 다 나오는데."

그러니까 아프지 마. 지금은 자기가 우리 집 가장이잖아.

나는 동그래진 아내의 눈동자를 마주 보며 웃었다.

호의가 계속되면 둘리가 된다

힘들어서가 아니라, 예민해서가 아니라

개소리를 들어서 억울해서 그래요.

"치즈 플레인 케이크도 하나 주세요."

"치즈 플레인? 아, 플레인 치즈 케이크 말씀이신가요?"

커피와 티 전문점인 '로라 인 더 가든'에서는 케이크가 세 종류뿐이었다. 초콜릿 무스, 스트로베리 쉬폰, 그리고 치즈 플레인인지 플레인 치즈인지 하는 것까지 총 세 개. '그 중에서 뭘 말하는지 모를 수가 없을 것 같은데.' 굳이 정정하는 남자를 보며 재영은 살짝 미간을 찌푸렸다.

"하얀 거 말씀이시죠? 조각 케이크로 되어 있는."

남자가 진심으로 모르겠다는 표정으로 손짓까지 하면서 확인하는 걸 보며 재영은 신용카드를 쥔 손에 힘을 주었다. '너희 가게에서 파는 건 조각 케이크밖에 없는데 그건 왜 물어보니. 누가 보면 케이크 전문점인 줄 알겠어.' 재영은 치즈와 플레인 순서를 바꿔 말한 죄로 직원의 꼼꼼한 확인을 거친 후에야 간신히 결제할 수 있었다.

2만 9천 원.

9천 원짜리 스페셜티 커피 두 잔에 1만 1천 원짜리 플레인 치즈 케이크를 합친 가격이었다. 재영은 이 가격이 아까 선미와 먹은 언양 불고기 정식 2인분과 똑같다는 사실에 놀랐지만 애써 태연한 표정을 지었다. '준비되면 불러드릴게요.' 직원이 건네준 진동벨을 쥐고 돌아오자 친구 선미는 분주하게 사진을 찍고 있는 중이었다.

온실 콘셉트로 만들어진 이 카페는 주인이 정성스럽게 가꾼 티가 났다. 큰 활엽수가 높게 드리워져서 이국적인 분위기를 냈고, 원목 소재의 의자와 테이블은 야외정원 느낌을 더했다. 의자에 놓인 쿠션이나 군데군데 올려놓은 틴케이스 같은 소품은 쨍한 원색이었는데, 온실 풍경과 이질적이면서도 세련되게 어울렸다.

"분위기 진짜 좋다, 그치."

선미는 오늘 인스타용 사진을 엄청나게 건지겠다며 설레했다. 재영이 카톡 프로필 사진조차 계절에 한 번 겨우 바꾸는 것과는 달리 선미는 자칭 인플루언서였다. 팔로워가 2천 명에 불과한 사람을 그렇게 부를 수 있을지는 모르겠지만 말이다. 오랜만에 만난 친구의 설레는 표정을 보자 재영의 묘하게 꼬인 마음도 풀어졌다.

말랑해진 기분이 되어 재영은 주변을 둘러보며 숨을 크게 들이마셨다. 우디한 숲속 냄새에 달콤한 꽃향기, 맛있는 빵 냄새가 섞여 들어왔다. 눈을 떠 보니 테이블마다 연인과 가족들이 웃고 있는 게 보였다. 단돈 2만 9천 원에 야외 피크닉 기분을 낼 수 있다고 생각하니 터무니없이 느껴졌던 가격이 그럴싸하게 느껴졌다. 그때 진동벨이 울렸다. 내가 가져올게. 재영은 선미에게 말하고 카운터로 갔다.

"주문하신 커피 두 잔과 플레인 치즈 케이크입니다."

남자는 건조한 표정으로 쟁반을 내밀었다. 재영은 들고 가려다가 쟁반 위를 확인하곤 멈칫했다.

"저, 잘못 나온 것 같은데요. 커피 하나는 아이스예요."

"네?"

쟁반을 건네준 후 빠르게 카운터로 돌아가던 남자는 재영의 말에 뒤를 돌아보았다.

"따뜻한 거 한 잔, 아이스 한 잔이었어요."

남자는 얼굴을 찌푸리더니 재영이 내민 영수증을 미심쩍은 표정으로 살펴보았다.

"'오늘의 스페셜티 커피' 시키신 거 아니에요?"

"네, 맞아요."

"그 커피는 아이스로 안 나가요. 원두 특성상."

"아까 말씀하셨어야죠. 아이스로 달라고 했을 때요."

"오늘의 스페셜티 커피라고 하면 제가 말씀 안 드렸을 리가 없어요. 진짜로 아이스로 달라고 말씀하셨어요?"

재영은 얼굴이 달아오르는 게 느껴졌다. 흡사 진상 손님 취급을 당하는 기분이었다. 카운터 앞에서 주문하려고 기다리던 손님들이 일제히 방해자인 재영을 쳐다보고 있었다. 평소 같았으면 큰 소리가 나는 게 싫어 그냥 쟁반을 들고 왔을 테지만 그러기에는 너무 억울했다. 자그마치 9천 원짜리 커피였다.

"저는 분명히 한 잔은 아이스라고 말씀드렸어요."

"오늘의 스페셜티 커피는 아이스가 안 된다고요."

"그걸 제가 어떻게 알아요. 그럼 주문할 때 안 된다고 알려주셨어야죠. 그러면 다른 걸 시켰을 텐데."

치즈 플레인인지 플레인 치즈인지는 그렇게 손짓, 발짓하면서 틀린 걸 굳이 정정하고 확인해보더니 커피는 왜 그렇게 대충 넘어간 거람. 그 커피는 아이스가 안 된다는 게 만고불변의 진리도 아닌데 왜 앵무새처럼 반복하는 거야. 재영은 양보하지 않겠다는 심정으로 눈에 힘을 주었다. 그때 안쪽 주방에서 사장으로 보이는 여자가 나왔다.

"석규 씨, 무슨 일이야?"

"주문이 잘못 나왔다고 해서요. 오늘의 스페셜티 커피인데 아이스로 달라네요."

사장은 재영을 위아래로 빠르게 훑어보더니 석규라고 불리는 남자에게 눈짓했다. 그러면서 조그맣게 덧붙였다.

"그냥 하나 더 드려."

남자는 억울한 표정으로 '하지만,'이라고 항의하려다가 재영을 흘깃 보더니 한숨을 쉬며 알았다고 했다. 사장은

'네가 고생이 많다.'라는 것처럼 남자 직원의 어깨를 위로 하듯이 툭툭 친 후 재영에게 말했다.

"원래 오늘의 스페셜티 커피는 아이스로 안 만들어요. 원두 특성상 균형이 안 맞거든요. 그런데 고객님이 원하시니 특별히 그렇게 해드릴게요."

그놈의 원두 특성! 재영은 입술에 힘을 주었다.

"저는 특별히 만들어주는 음료를 받고 싶은 게 아니에요. 그게 아이스가 안 된다는 걸 미리 말씀해주셨으면 당연히 처음부터 다른 커피로 시켰을 거예요."

한국에서 아이스 커피 주문이 이렇게 고난도였나, 재영은 울고 싶어졌다. 사장은 직원에게 '주문받을 때 말씀 안 드렸니?'라고 물었고, 남자는 '그런 말 들은 적 없어요.'라고 퉁명스레 대답했다. 재영은 그 순간 폭발했다. CCTV로 확인하시든지 하라고, 목소리를 높였다. 그러자 사장은 '네네, 저희가 죄송합니다.' 건성으로 대답하더니 직원에게 빨리 만들어서 주라는 듯한 손짓을 했다. 재영은 머리부터 발끝까지 모욕을 뒤집어쓴 느낌이었다.

흥분해서 따지려고 했지만 심상치 않은 분위기를 느낀 선미가 걸어오는 걸 보자 입을 다물었다. 오랜만에 보는, 멀리서 온 친구 앞에서 싸우고 싶지 않았다. 잠시 후 직원이 커다란 컵에 얼음을 보란 듯이 꽉꽉 담은 아이스 커피를 내밀었다. 커피가 얼음 사이를 간신히 적시고 있는 수준이었다. 카운터 앞에서 줄을 기다리던 사람들 모두가 그 컵을 빤히 쳐다보았다. 재영은 홧홧한 얼굴을 감추며 빠르게 자리로 걸어갔다.

재영은 커피도, 플레인 치즈인지 치즈 플레인인지 하는 케이크도 꼴 보기 싫었다. 선미는 가라앉은 재영의 눈치를 보며 케이크를 포크로 찍더니 소리 없이 오물거렸다.

"내가 괜히 아이스로 먹는다고 했나봐."

"너까지 왜 그래. 이 가게 정말 이상해. 사람을 대놓고 이상한 사람으로 만들고 말이야. 진짜 가만 안 둘 거야."

재영은 분노로 씨근덕거리며 가게에 복수할 계획을 하나하나 떠올렸다. 가게 리뷰에 평점 1점과 함께 악플을 쓸까, 가장 유명하다는 커뮤니티에 사연을 올릴까. 소문이 일파만파 퍼져서 언론에도 소개되어서 가게는 초토화되고 사장과 직원이 재영에게 조아리며 사과하는 모습까지 상상하자, 미리 속이 후련해졌다.

이후에도 재영은 어떻게 하면 이곳을 망하게 할 수 있을까를 선미와 한참 동안 토론했다. 남의 가게에 앉아서 망할 계획을 짜는 손님이라니. 그래도 눈앞에 있는 것을 모조리 흉보고 나니 조금 기분이 풀리는 듯했다. 선미가 인터넷에서 찾은 저주 인형을 보여주면서 매일 저녁 송곳으로 찌르자는 계획을 말할 때는 피식 웃음까지 나왔다.

"왜 그래. 난 진지하다고."

선미는 재영의 웃음에 토라진 듯 말했다. 재영은 자기의 속상한 마음을 풀어주려 선미가 일부러 더 그러는 걸 알고 있었다. 그런데 왜 나는 그렇게까지 그들에게 화가 났을까. 재영은 아까 CCTV를 확인하라고 소리치던 자신의 모습을 떠올리자 울적해졌다. 그러고는 저주 인형을 부지런히 검색하고 있는 선미에게 목소리를 낮춰 물었다.

"선미야. 나 요즘 있잖아. 부쩍 화가 많아진 것 같지 않아? 예전에 이런 일이 생기면 '뭐래.' 하고 무시하고 넘어가던 사람이었잖아. 아니면 차분하게 항의하던지. 나이 들면서 성격이 달라지는 건가?"

"직장인이면 다 겪는 만성 질병이란다. 역류성 식도염 같은 거지. 나는 저번에 출근 지하철에서 어떤 사람이 내 어깨 위에 스마트폰을 올려놓고 볼 때 죽여버리고 싶던걸."

수원에 있는 보험회사 콜센터에서 일하고 있는 선미는 얼음을 와그작 씹으며 말했다.

요즘 화가 부쩍 많아진 까닭을 생각해보자 기다렸다는 듯이 A의 부모가 떠올랐다. 재영은 A의 부모를 생각하면 심장이 불길하게 두근거렸다. 어린이집 교사 경력 사 년 차인 재영에게도 A의 부모는 어렵고 버거웠다. 재영이 일하는 어린이집은 서울의 마포구 용강동에 있었는데 마포역과 가까운 이곳은 원생들의 경제적 격차가 큰 곳이었다. 여의도 증권사로 출근하는 고연봉 맞벌이 가정, 광화문으로 출근하는 공공기관과 외벌이 가정, 그리고 오래된 재개발 구역의 차상위계층 가정들이 골고루 섞여 있었다.

재영은 만 3세 반인 달님반을 맡고 있었는데 A는 그녀의 원생이었다. A는 이곳이 두 번째 어린이집이라고 했다. 이사 때문에 예전 어린이집에서 옮겼다고 들었지만 확실치는 않았다. A 어머니가 지금 사는 집이 A가 태어난 집이라 애착이 깊다는 말을 한 적이 있기 때문이다.

A는 평범하고 귀여운 남자아이였다. 그 나이 또래답게 적당히 활발하고 개구쟁이며, 관심을 독차지하고 싶어 했다. 키는 평균이었지만 몸무게는 또래보다 덜 나가서 호리호리했다. 눈두덩이가 도톰해서 웃으면 눈이 접혀 특히 귀여웠는데 선생님들은 예전 육아 예능 프로인 〈아빠 어디가〉의 준수와 닮았다는 얘기를 하곤 했다.

하지만 그의 부모는 평범과는 거리가 멀었다. 아버지는 공공기관, 어머니는 유통회사에서 일하는 맞벌이 가정이었는데, 여기까지는 별다를 게 없었다. 그런데 A가 첫 아이면서 외동아들이라서 그런지 매사에 과하게 염려하고 초조해했다. 저녁마다 재영은 이런 식의 문자를 받았다.

'선생님. A 엄마입니다. 지금 상담 가능하신가요?'

'네, 말씀하세요. A에게 무슨 일이 생겼나요?'

'우리 A가 어린이집 갔다 와서 허겁지겁 밥을 먹는데 왜 그럴까요? 어린이집에서 밥을 제대로 못 먹은 건가요?'

'아니요. 오늘 좋아하는 완자 반찬이라서 다 먹었어요.'

'그래요? 정말 이상하네요.'

'아마 오늘 야외수업에서 뛰어놀아서 그럴 거예요.'

'그래요? 일단 선생님 말씀을 믿어야죠. 다음부터는 다 먹은 식기를 찍어서 보내주실 수 있을까요?'

재영은 당황했다. 여러 아이를 동시에 밥 먹이고 양치까지 시키는 일이 얼마나 정신없는지 모르는 건가. 재영은 난처한 기색을 보이며 정중하게 거절했다. 잘 지내고 있으니 걱정하지 마시라고 덧붙이면서 말이다. 매번은 아니라도 생각날 때면 한 번씩 사진을 보내겠다고 약속했다. 그러면 다음번에 또 이런 문자가 왔다.

'선생님. 오늘 A에게 무슨 일이 있었나 보죠?'

'별일 없었는데요. 알림장에 써드린 내용이 다예요.'

'오늘 A가 어린이집 다녀와서 밥을 제대로 안 먹더라고요. 평소에는 잘 먹었는데. 무슨 일이 있는 거 아닌가요?'

'글쎄요. 간식으로 나온 백설기가 맛있었는지 한 개 더 먹기는 했어요. 그래서 그런 거 아닐까요?'

'기운도 없어 보여서요.'

'좋아하는 반찬 해주시면서 잘 달래면 먹을 거예요. 어린

이집에서는 잘 먹는 편이에요.'

'그래요? 일단 알겠습니다. 쉬세요, 선생님.'

이런 식이다 보니 재영은 A가 밥이나 간식을 잘 먹을 때도, 안 먹을 때도 근심 어린 표정으로 보게 되었다. 그런데 A 부모의 연락은 단지 먹는 문제에만 그치지 않았다.

'선생님. A 아빠입니다. 상담을 요청합니다.'

'A 아버님, 안녕하세요. A에게 무슨 일이 있나요?'

'제가 어젯밤 A에게 잠을 자야 할 시간이니 장난감을 정리하자고 했다니 악을 쓰면서 대성통곡을 했습니다. 좀 심하게 말입니다. 그래서 간신히 달래서 재웠는데 새벽에 비명을 지르면서 깨더라고요. 이게 지금까지 한 번도 본 적이 없는데 참 이상한 일이죠.'

'그렇군요. 우리 A가 재미있게 하던 장난감 놀이를 그만해야 하니까 속상했나 봐요. 다음번에는 장난감 정리를 놀이처럼 해보세요. 그러면 훨씬 즐겁게 따라 해요.'

'혹시 어린이집에서 심각한 스트레스를 받은 일이 있었나 싶어서요. 그래서 집에 와서까지 이렇게 예민해진 거 아닐까요? 악몽을 꾸는 듯 흐느끼는 건 처음 봤습니다. 저에게 숨기는 게 있으면 지금이라도 솔직하게 말하세요.'

'단체 생활을 하다 보면 아이들이 스트레스 받기는 해요. 혼자 집에 있을 때와는 달리 양보도 해야 하고 규칙도 있으니까요. 차차 적응되면 좋아질 거예요, 아버님.'

'요즘 워낙 어린이집에서 불미스러운 일들이 생기다 보니 저도 좀 민감해집니다. A가 좀 예민한 아이다 보니 선생님이 좀 신경 써주셨으면 합니다. 계속 아이가 이러면 어린이집 CCTV 열람을 요청할 수밖에 없습니다.'

이제 재영은 A가 밥을 많이 먹어도, 적게 먹어도, 만 3세 아이답게 떼를 쓰며 울어도, 부모의 항의를 받는 처지가 되었다. 재영은 그래도 이해하려고 애썼다. 첫 아이고 어린이집 생활이 익숙하지 않으니까 걱정되어서 그럴 테지. 재영은 보조 선생님에게 A가 웃고 잘 지내는 사진들을 많이 찍어달라고 부탁했다. 그리고 A의 부모에게 틈틈이 사진을 보냈다. 다행히 '어머, A가 너무 신나 보이네요.', 'A 돌보느라 고생 많으십니다.'라는 긍정적인 반응이 왔다.

그렇게 무사히 지나가는 듯하던 어느 날, 재영은 A의 아버지에게서 장문의 메시지를 받았다.

'A가 친구들과 함께 있지 않고 혼자 장난감을 만지고 노네요. 선생님은 다른 아이들에게만 집중하고 계시고요. 이런 사진을 몇 장이나 봤는데 부모로서 좀 화가 나네요. 그나마 자랑이라고 보낸 사진이 이 정도인데 평소에는 어떨지 상상이 되고요. A도 다른 아이들과 잘 어울릴 수 있도록 관심을 주시길 요청합니다.'

미쳤나봐, 재영은 문자를 읽자마자 자기도 모르게 중얼거렸다. 만 3세, 우리나라 나이로 5살 남짓한 아이들이 온종일 선생님을 바라보면서 수업하는 건 줄 아는 건가. 게다가 그 나이대 아이들은 친구들과 노는 것보다는 좋아하는 장난감을 혼자 독차지해서 놀고 싶어하는 경향이 있었다. 재영은 해명성 문자를 수십 번 적다 지우다 보니 기운이 빠졌다. 그래서 '네, 알겠습니다. 더 신경쓰겠습니다. 죄송합니다.'라고 짧게 적은 후 전송 버튼을 눌렀다.

시간이 지날수록 A 부모의 간섭은 점점 견디기 힘들 지경이 되었다. 식단을 보내주면 어떤 재료인지, 언제 구매한 건지 알고 싶어 했다. 그리고 아이가 잘 먹은 인증샷을 보내 달라고 채근했다. 그들은 A가 노는 모습을 틈틈이 시간대별로 찍어서 보내주고, 저녁에는 간단하게라도 자기들에게 보고하기를 원했다. 참다못한 재영이 거절하자 A의 부모는 원장에게 즉시 연락을 했다. 원장은 A의 부모와 긴 시간 통화하고 나더니 지친 표정으로 밥 먹고 난 인증 사진만이라도 매일 보내주라고 지시했다.

"그러다 다른 아이들도 다 해달라고 하면 어떻게 해요?"

"재영 선생. 애들 밥그릇 사진 찍는 데 1분도 안 걸리잖아요. 저렇게 유난이니 우리가 좀 맞춰줍시다."

"사진을 보내고 나면 다들 또 이건 왜 안 먹냐, 평소에는 먹냐, 오늘은 왜 조금 먹었냐, 다들 난리 날 거 원장님도 아시잖아요. 저는 그걸 일일이 답변드려야 하고요."

"아유, 재영 선생. 해보지도 않고 왜 그래요. 일단 해보고 너무 힘들면 그때 다시 얘기합시다."

재영은 손을 휘휘 저으며 귀찮아하는 원장을 원망스러운 눈빛으로 쳐다보았다. 원장은 웬만하면 부모들 편을 들고 싶어 했다. 그날부터 재영에겐 아이들이 먹고 난 식사 그릇을 찍어서 올리는 업무가 추가되었다. A의 부모는 흡족해했다. 그러고는 다른 학부모들에게 자기들이 앞장서서 챙겨서 이렇게 된 거라고, 필요한 건 따끔하게 말해야 어린이집이 바뀐다고 힘주어 말하고 다녔다.

재영은 A를 생각하면 눈을 뜨는 순간부터 마음이 무거워졌다. '오늘 A가 밥을 잘 안 먹으면 어떡하지, 너무 많이 먹으면 어쩌지, 친구랑 싸우다가 멍이라도 들면 어떻게 하지, 장난감을 자기만 갖겠다고 엉엉 울다가 집에 가서 고자질하면 어쩌지?' 마포역에 내려서 출구를 향해 걸어가는 발이 무거웠다.

재영과 보조 교사인 수진에게 가장 큰 공포는 A가 다치는 것이었다. A의 부모는 A가 다치기라도 하면 당장 경찰에 고소할 사람들이었다. 재영과 수진은 A가 약간이라도 거칠게 움직이면 '뛰지 마, 뛰면 안 돼! 가지 마, 거기로 가면 안 돼!'라고 조바심내며 소리쳤다. 그리고 A가 인기 있는 장난감을 자기만 가지고 놀겠다고 고집을 부리면 점차 내버려 두게 되었다. 그리고 울먹이는 친구들의 시선을 돌려서 더 재미있게 놀아주려 애썼다. A는 구석에서 장난감을 실컷 갖고 놀다가 기분이 내키면 재영에게 왔다.

그러다 보니 A는 공동체 생활에 필요한 규칙을 거의 배우지 못하고 있었다. 재영은 A를 보며 친구들 사이에서 왕따가 되거나 초등학교에 가면 적응하지 못할 텐데, 라며 근심했다. 초등학교 교사인 친구 소미는 이런 성향의 아이들은 학교에 가면 달라진 환경에 어쩔 줄 몰라 한다고 했다.

"많이 힘들어 해?"

"제멋대로 할 수 없어지니까. 그런 문제 행동을 학교에서 받아줄 수는 없잖아. 부모에게 경고도 따끔하게 해."

"학부모들이 학교에서 고쳐달라고 하지 않아?"

"미쳤어? 학생이 한둘이 아닌데. 몇 번 얘기해도 계속 문제 행동을 일으키면 학교폭력위원회가 열려. 학부모들이 그런 애들을 얼마나 싫어하는지 모르지. 당장 그 문제아 전학 보내라고 난리야. 문제 아이 부모에게 학부모 임원진이 몰려가서 당신 애처럼 폭력적인 아이와 자기 애들을 같이 공부시킬 수 없다고 딱 잘라 말하는걸."

재영의 염려처럼 A는 점점 더 막무가내 고집쟁이가 되고 있었고, 어린아이 특유의 감으로 자신이 친구들에게 환영받지 못한다는 걸 느끼며 예민해졌다. 그러다 보니 부모

는 까칠해진 A를 감당하지 못했다. 주말에 새영에게 영상
통화를 걸어 아이에게 그만 떼쓰고 밥 먹으라는 말 좀 해
달라고 부탁하기도 했다. 결국, A의 고함과 막무가내에 지
친 그들은 아이가 요구하는 대로 인스턴트 음식과 간식들
을 먹이고, 휴대전화를 내어주며 쩔쩔맸다.

그러고는 평일이 되면 돌변했다. 주말 동안 제멋대로 내
버려 둔 잘못을 보상이라도 하듯 어린이집 생활을 더 깐깐
하게 확인하려 했다. 채소가 유기농이라고 하셨는데 어디
인증을 받은 건가요, 수입 돼지고기를 유아에게 먹여도 괜
찮은가요. 간식으로 시판 과자를 주시는 건 자제해주셨으
면 좋겠어요. 아이들이 감각 활동을 많이 할 수 있도록 야
외놀이가 늘어났으면 합니다. 등등.

해석하자면 자기들이 아침저녁을 대충 먹여도, 주말에는
녹초가 되어 휴대전화만 보여줘도 어린이집에서 충분한 영
양 공급과 체험 놀이가 이뤄지도록 책임지라는 말이었다. 그
게 잘 되고 있는지 확인하기 위해서 일거수일투족을 재영
에게 보고받길 원했다. 그들의 매서운 채근을 들을 때면 재
영은 서글퍼졌다. 재영의 월급은 4호봉, 즉 한 달에 203만
5,800원이었고, 돌보는 아이는 다섯 명이었다. 돈에 비해
요구하는 기대가 과한 게 아닐까.

그러던 어느 날이었다.

"재영 선생. 나 좀 봅시다."

원장 선생님의 심상찮은 목소리에 재영은 긴장하며 원장실에 들어가 소파에 앉았다. 평소에 학부모 상담용으로 쓰이는 갈색의 소파는 하도 오래되어 반질반질 윤이 났다.

"지난 주말에 남자친구 만났어요?"

"……네?"

"이런 얘기 하는 나도 낯부끄럽기는 한데, 학부모 항의가 들어와서요. 혹시 주말에 남자친구와 술집에 갔었어요?"

재영은 원장의 말에 당황하면서도 더듬더듬 지난 주말 일정을 떠올렸다. 남자친구는 주말에 친구 결혼식 때문에 지방에 내려갔는데? 그래서 재영은 오랜만에 늦잠을 잔 후 냉장고의 음식으로 간단히 점심을 먹고 나갔었다. 합정역 교보문고에서 책을 좀 구경하고, 핫트랙스에서 3,200원짜리 예쁜 펜을 산 게 다였다. 재영이 복잡한 표정을 짓고 있자 원장은 어떻게 해석을 했는지 한숨을 쉬었다. 그러고는 휴대전화를 들어 대화창을 보여줬다.

"재영 선생이 남자랑 광화문 술집에서 술 마시는 걸 원생 부모가 사진 찍었었나 봐요. 어린이집 교사가 이렇게 야한 옷을 입고 남자랑 밤늦게 술 마시고 있어도 되냐면서 부모들 단톡방에 올렸대요. 좀 언짢아들 했나봐요. 혹시라도 애들이나 학부모랑 마주치면 어쩌려고 그랬냐면서 말이죠. 늦게까지 술을 마시고 나서 다음 날 아이들이나 제대로 돌볼 수 있겠냐면서 걱정하더라고요."

원장이 건네준 사진은 단톡방 대화 캡처본이었다. 사진 속의 나는 왼쪽에 술잔을, 오른쪽에 안주를 들고 기분 좋게 웃고 있었다. 옷차림과 장소를 보니 금요일 저녁에 남자친구와 만났을 때 찍힌 것 같았다. 광화문에서 근무하는 남자친구는 요즘 '힙지로'라고 불리는 을지로의 유명한 술집인 선셋레코드에 가보자고 했다. 그날 재영은 데이트 전에 집에 들러 인터넷에서 쇼핑해 둔 옷으로 갈아입었고, 오랜만에 꾸민 재영의 모습에 남자친구는 예쁘다며 입이 벌어졌었다. 대체 누가 내 사진을 몰래 찍은 걸까. 대화창에 오가는 날것의 대화를 보며 재영은 머릿속이 하얘졌다. 아무 말 없이 휴대전화를 노려보고 있자 원장은 좀 누그러진 목소리로 말했다.

"요즘 부모님들이 워낙 민감하시잖아요. 우리가 신경 좀 씁시다. 너무 기분 나쁘게 받아들이지 말고."

"이 사진 찍은 게 누구예요?"

"아니, 그게 중요한 게 아니고."

"그게 중요한데요, 저는. 누가 저 모르는 사이 사진을 찍고 퍼트리고 다녔다니 너무 소름 끼치거든요. 제가 길거리에서 헐벗고 춤을 추고 있던 것도 아니고, 아이들 앞에서 술 먹은 것도 아니고, 남자친구랑 일 끝나고 술 먹은 게 도대체 뭐가 문제예요?"

"아유, 아유. 내가 괜히 얘기했네. 이렇게 재영 선생 기분 나빠질 줄 알았으면 말 안 했지. 그냥 이런 얘기가 돈다는 사실을 알고 있으라고 말해주 거예요. 별 뜻 없어요."

별 뜻 없으면 안 되지. 원장이라면 이런 사진을 본 순간 부모들에게 따끔하게 항의해줬어야지. 재영은 눈물이 차오르는 걸 느끼자 짜증이 났다. 이럴 때 눈물부터 나는 건 재영의 오래된 한심한 버릇이었다. 지금 슬프기는커녕 빡치기만 한데 말이다. 원장은 재영의 눈물을 보자 당황하며 얼른 휴지를 내밀었다. 우리 재영 선생이 요즘 힘들어서 좀 예민해진 것 같다면서, 마음이 진정되는 대로 다시 들어가라는 말을 남기고 서둘러 자리를 떴다. 재영은 '힘들어서가 아니라, 예민해서가 아니라 개소리를 들어서 억울해서 그래요.'라고 속으로 중얼거리며 휴지로 눈물을 닦았다.

사진을 찍은 사람은 A의 아버지였다. 광화문에서 일하는 그는 동료들과 회식 2차로 들렀다가 우연히 재영을 본 모양이었다. 그리고 그 사진을 부모들 단톡방에 올리고 대화들을 캡처해서 원장에게 항의한 사람은 A의 어머니였다. 재영은 그날부터 잠을 제대로 잘 수 없었다. 매일 저녁 그들의 악의와 무례를 곱씹고 분해하고, 시원하게 반격하는 상상의 나래를 펴다가 지쳐서 잠이 들었다. 명예훼손과 모

욕죄로 고소하는 방법도 생각해봤지만, 경찰서에 접수할 생각을 하니 아득해졌다.

'무슨 일로 오셨나요?'

'명예훼손과 모욕죄로 고소하고 싶어서요.'

'어떤 일이시죠?'

'제가 남자친구와 술 먹는 사진을 어린이집 원생 부모가 몰래 찍어서 단톡방에 올리며 비난했어요.'

'……그게 다인가요?'

무고죄로 역고소 당하면 어떻게 하지, 라는 현실적인 두려움도 있었다. 휴대전화가 뜨거워지도록 검색했지만, 조언들은 하나같이 실행에 옮기기 쉽지 않았다. 결국, 재영이 할 수 있는 복수라 봤자 업무 이후에는 A 부모의 연락을 받지 않고, 다음 날 출근 후 단답형으로 대답하는 것뿐이었다. 당하는 사람은 약간의 타격도 없는, 복수라고 하기에도 비웃을 만한 소소한 반항이었다.

주말에 방전된 채 늘어져 있던 재영은 문득 선희 언니 특유의 호탕한 웃음소리가 생각났다. 유아교육학과 재학 시절 친해진 선희 언니는 늦깎이 나이로 입학했던 이 년제 대학을 오 년이나 걸려 겨우 졸업한 후에 어린이집 교사가 될 수 있었다. 그러나 뚱뚱한 체격 때문에 원생 부모들의 항의를 받는 일이 늘어나자 그만두고 남편 퇴직금, 부모님 찬스, 대출을 영혼까지 끌어모아 공덕동에 키즈 카페를 차렸다.

키즈 카페는 다행히 잘 되는 모양이었다. 회사 빌딩과 식당들이 많은 이 동네에서 유일하게 생긴 키즈 카페다 보니 인기가 높았다. 우리 어린이집의 원생들도 주말마다 자주 간다고 들었다.

'언니, 언니. 보고 싶어.' 평소답지 않게 재영은 선희 언니에게 전화해서 응석 섞인 목소리로 칭얼댔다. 선희 언니는 '얘가 웬일이래.'라고 웃으면서 맛있는 거 잔뜩 사줄 테니 당장 키즈 카페로 뛰어오라고 대답했다. 재영은 그녀의 청량한 하이톤 목소리를 듣자 기운이 나서, 바닥에서 힘겹게 몸을 일으켰다.

주말 오후의 키즈 카페는 사람들로 붐볐다. 대출금 걱정을 하던 선희 언니를 떠올리자 재영은 다행이라는 생각에 미소를 지었다. 신이 나서 흥분한 아이들의 소리가 부모들의 말리는 소리와 함께 유쾌한 음악 소리에 섞여서 들려왔다. 카운터에서 손님을 맞던 선희 언니는 재영을 보자마자 얼굴이 환해져서 손을 흔들었다. 재영은 손님들에게 주의 사항을 설명하느라 바쁜 선희 언니를 두고 키즈 카페를 구경하며 안쪽으로 설렁설렁 걸어갔다.

자판기에서 시원한 음료를 뽑은 후 사무실로 걸어가는데 어딘가 익숙한 실루엣이 보였다. 누구인지 머리가 확인하기도 전에 순간 가슴이 철렁, 몸이 먼저 반응했다. A의 부모였다. 어제 분명히 이번 주말 동안에는 천안에 있는 A 할머니 댁에 놀러 갈 거라고 했는데. 지인들과 놀러 온 건지 일고여덟 명 정도의 어른들이 같이 모여 기분 좋게 웃고 있었다. 주변에 기어다니는 어린 아기 한 명밖에 없는 거로 봐서 아이들은 자기들끼리 놀고 있는듯했다.

주말에까지 저 인간들을 보다니, 재영은 들키기 전에 얼른 자리를 피할 생각이었다. 다행히 그들은 아직 재영을 보지 못한 상태였다. 재영은 매슥거리는 마음을 누르며 조용히 나가려다가 그들의 테이블 위에 클라우드 캔 맥주가 올려져 있는 걸 보고 멈췄다. 이미 여러 잔 마셨는지 몇몇 부모들의 얼굴이 붉었다. 특히 A 어머니는 귀까지 발개져 있었다. 재영은 자기도 모르게 꾹 다문 입술에 힘을 주었다. 그러고는 심호흡을 한 후 천천히 그들 쪽으로 걸어가다가 A 어머니와 놀란 척 마주했다.

"A 어머님 아니세요? 아, 아버님도 계셨군요."

A의 부모는 티셔츠에 청바지 차림인 재영을 잠시 낯설어하다가 누구인지 확인하자 이내 반색했다.

"우리 A 선생님이시군요. 여기는 웬일이세요?"

"제가 아는 분이 여기에 있어서요."

재영은 미소를 지은 후 테이블 위의 맥주 캔을 빤히 쳐다보았다. 어린이집 교사는 퇴근 후 술 한잔하는 것도 시비 걸던 사람들이 애를 앞에 둔 채 술을 마셔? 재영은 천천히 할 말을 골랐다. 요즘은 키즈 카페에서도 술을 먹나 봐요.

음, 아니지. 술 좋아하시나 봐요. 이건 너무 뜬금없지 않나?
A가 안 보이는데 두 분 다 여기 계셔도 괜찮은가요? 이건
너무 공격적인가. 재영은 짧은 몇 초 동안 후보 문장들을
빠르게 떠올리며 조그맣게 미소를 지었다. 그러다 A의 아
빠 말에 다리가 순간 휘청했다.

"드실래요?"

"……네?"

"맥주를 뚫어지게 보시길래 드시고 싶으신가 해서요. 이
거 하나 가져가실래요? 술 좋아하시는 것 같던데."

재영은 A 아버지가 맥주 캔을 내미는 손을 보았다. 재영
은 그 손을 보며 간신히 입을 열었다. 아뇨, 저는 낮에는 안
마셔요. 목구멍 뒤쪽 어딘가에서 나오는 목소리가 자신의
것이 아닌 듯 낯설었다. 얻어맞은 타격감이 얼얼했다. 재영
은 천천히 뒤를 돌았다.

"선생님!"

A가 뛰어오는 소리가 들렸다. A는 어린이집이 아닌 장
소에서 선생님을 만난 것이 신기해 재영의 주위를 펄쩍펄
쩍 뛰었다. 땀에 흠뻑 젖은 A는 무척 즐거워 보였다.

"나 저기서 점프하는 거 볼래요?"

등 뒤에서 A 부모가 쳐다보는 시선이 느껴졌다. 재영은
A에게 엄지를 치켜세우며 재미있게 놀라고 힘없이 말하고
는 그냥 지나쳐 걸었다. 주말에서까지 아이들에게, 특히 A

에게 시달리고 싶지 않았다. 카운터에 가자 선희 언니는 교대해줄 남편이 오면 맛있는 것 먹으러 가자고 했다. 그때까지 안쪽 사무실에서 좀 쉬고 있으라며 재영의 손에 핫바를 쥐여주었다. 재영은 사무실에 들어가 문을 단단히 닫고 긴 소파에 덜썩 누웠다. 지인들의 인스타를 구경하며 '좋아요'를 몇 개 누르다가 뻑뻑해진 눈을 감았다.

얼마쯤 지났을까? 재영은 날카로운 아이 비명에 놀라서 잠이 깼다. 깜빡 잠들었던 모양이다. 시계를 보니 어느덧 20분이나 지나 있었다. 사무실 밖에서는 어떤 아이가 놀다가 다쳤는지 큰 소리로 울고 있었다. 키즈 카페는 기본적으로 활동적인 공간이었고, 아이들끼리 모이면 아무리 조심을 한다고 하더라도 다치는 경우가 종종 생겼다. 온통 푹신하고 부드러운 소재로 둘러싸였더라도 자기 혼자 뛰다가 발목이 꺾이는 일까지 막아주지는 못하니 말이다.

재영은 다시 잠을 청하려 눈을 감았다가 휴대전화의 진동 소리에 눈을 떴다. 흘깃 쳐다보니 A 어머니였다. 왜 전화하는 거지? 재영은 얼굴을 찌푸리고 전화기에 뜬 이름을 짜증스럽게 노려보았다. 요즘의 재영이라면 주말에 A 부모의 전화는 받지 않는 게 원칙이었지만, 불과 몇 십 분 전에 이곳에서 얼굴을 본 상황에서 안 받기도 어려웠다. 재영은 한숨을 짧게 내쉰 후 전화를 받았다.

"여보세요."

"선생님, 도대체 지금 어디세요?"

"네? 그게 무슨 말씀이세요?"

"아니, 왜 A가 혼자서 있냔 말이에요. 아까 선생님하고 있었잖아요!"

전화기 너머로 A로 추정되는 아이가 대성통곡하는 소리가 들렸다. A 어머니의 말투는 날카로울 대로 날카로워져서 또렷한 적의가 느껴질 정도였다.

"아까 분명히 우리 A가 선생님이랑 같이 가는 걸 보고서 안심하고 있었는데, 말도 없이 어디로 사라지신 거예요?"

"지금 무슨 소리 하시는 거예요? A와는 아까 인사한 게 다인데 제가 어딜 말도 없이 사라졌다는 거예요?"

재영은 자기도 모르게 큰 소리를 내었다. 전화기를 꼭 쥔 손이 바들바들 떨리는 게 느껴졌다. A 어머니는 기막히다는 듯이 하! 외마디 소리를 내고는 남편을 바꿔줬다. '자기야, 남자인 당신이 말해줘봐.' 전화기 너머로 A 어머니의 분한 목소리가 들렸다.

"저 A 아빠인데요, 지금 아이가 점프하다가 기구에 부딪혀서 입술이 터졌어요. 많이 다쳤다고요. 저희는 선생님이 계시길래 안심하고 있었는데, 도대체 A를 왜 혼자 두신 겁니까? 이거 어떻게 책임질 거예요!"

'자기야, 좀 더 따끔하게 말해.' A의 어머니 목소리가 들렸다. 재영은 이를 악물었다.

224

"A 아버님. 여기는 어린이집이 아니잖아요. 도대체 무슨 생각으로 제가 A를 돌보고 있다고 생각하셨나요? 그리고 아까 A와 인사한 지 30분이 넘은 것 같은데, 그동안 두 분 다 도대체 어디서 뭘 하고 있었던 거예요?"

늘 '죄송합니다.'를 연발하던 재영의 날카로운 반응이 의외였는지 A 아버지는 말을 잇지 못했다. 침묵 너머로 '뭐라고 말해? 잘못했대? 책임진대?'라고 묻는 A 어머니의 목소리가 들렸다. 재영은 얼른 병원 가서 치료하시라고 말하고는 전화를 끊었다. 재영은 얼굴을 감싸쥔 채 밖에서 웅성거리는 소리가 잦아들 때까지 한참 동안 소파에 앉아 있었다. 그리고 밖으로 나가 선희 언니에게 갑자기 일이 생겨서 집에 가봐야겠다고 말했다. 선희 언니는 걱정스러운 눈치였지만, 재영의 힘없는 미소를 보자 더 이상 아무 말도 하지 않았다.

집에 도착한 재영은 선미 엄마가 보내준 반찬과 함께 밥과 국을 꼭꼭 씹어 먹은 후 쿠팡에서 5만 9,900원 주고 산 튜브형 욕조에서 오랫동안 반신욕을 했다. 재영은 욕조의 물을 손으로 첨벙거리면서 물결처럼 마음이 가라앉았다 올라가는 모습을 지켜보았다. 한 시간쯤 지났을까, 재영은 식은 물속에서 억지로 일어났다. 손과 발은 이미 쪼글쪼글해져 있었다. 재영은 욕실에서 나온 후 몸을 닦으며, 휴대전화를 켰다. 구독하는 고양이 유튜브 채널을 보며 할퀴어진 마음을 위로받을 심산이었다. 그때, 알림으로 A 아버지로부터 문자가 와 있는 게 보였다.

재영은 이런 상황에도 문자를 무시하지 못하는 자신의 성격이 원망스러웠다. 재영은 지금 읽지 않으면 무슨 내용일까 밤새 상상하면서 자신을 더 괴롭히는 타입이었다. 혹시나 죄송하다는 말일지도 몰라. 재영은 실낱같은 희망을 품고 문자를 열었다.

'A는 입술이 찢어져서 여섯 바늘이나 꿰맸고 너무 많이 울어서 탈진한 상태로 잠들었습니다. 저희는 아까 선생님이 A와 같이 있는 걸 보고 안심하고 있었는데 이런 일이 생겨서 화가 나네요. A가 혼자 놀고 있는데 교사로서 걱정도 안 되셨나요. 최소한 죄송하다는 표현은 하는 게 도리라고 생각합니다. 지금까지 괜찮냐 연락 한 번 없는 게 더 황당하군요. 월요일에 봅시다.'

뭐래, 이 또라이 새끼가. 재영은 숨을 크게 몰아쉬었다. 아까 통화할 때 애가 어떻게 되든 나 몰라라 하고 술판을 벌이고 있으니 애가 다치잖아요, 라고 쏘아붙여야 했는데. 재영은 진심으로 과거의 자신을 후회했다.

_____✎

그만둬야겠어.

재영은 아침에 세면대 거울에 비친 뻑뻑한 눈을 바라보며 다짐하듯 말했다. 다행히 어린이집 교사는 이직이 쉬운 편이었다. 어린이집은 많았고, 월급이 높지 않으면서 업무가 익숙한 4호봉 교사는 어디서나 인기 있는 대상이었다.

다만 이대로 당하기만 하고 나간다는 사실만이 분했다. 어젯밤 새벽 3시까지 명예훼손과 괴롭힘, 아동방임으로 A의 부모를 신고할까 생각했지만, 원생 부모와 법적 싸움을 하는 교사를 반기는 어린이집은 없었다. 게다가 재영은 낡은 원룸에서 신공덕동 1.5룸 오피스텔 전세로 옮기기 위해서 악착같이 돈을 모으는 중이었다. 생애 처음 갖게 될 독립된 침실을 위해서는 돈이 더 필요했다.

재영은 느릿느릿 머리를 말리고 출근에 나섰다. 마포역에 내려서 어린이집으로 가는 길은 경사가 있는 편이었다. 이곳을 지날 때면 늘 숨을 헐떡이곤 했는데, 오늘따라 더 버겁게 느껴졌다. 무거운 발걸음 뒤로 차량이 다가오는 소리가 들려서 왼쪽 구석으로 피했다. 계속 걸어가고 있는데, 위협적으로 등 뒤로 달려온 차는 미처 피하기도 전에 재영의 오른쪽 다리를 강하게 치고 지나갔다.

"아악!"

재영은 외마디 비명을 지르며 주저앉았다. 재영을 친 차량은 그 사실을 모르는지 무심히 지나쳐 가고 있었다. 재영은 경황없는 와중에도 목소리를 높였다.

"도와주세요! 사람이 다쳤어요! 교통사고 났어요!"

검정색 SUV는 주춤주춤 몇 미터 더 가더니 멈췄다. 재영은 통증으로 정신없는 와중에도 차량번호를 외우려고 눈을 부릅떴다. 휴대전화는 저 앞으로 날아가버린 상태였다. 에코백에 넣은 텀블러도 가방 밖으로 데굴데굴 굴러가고 있었다. 잠시 후 운전석의 문을 열고 내리는 남자를 보자 재영은 놀라움에 눈을 크게 떴다. A 아버지였다.

"선생님, 괜찮으세요?"

"다리를 다친 것 같아요. 차에 다리를 부딪쳤어요."

"아, 아……. 아니, 어디서 갑자기 튀어나온 거야?"

A 아버지는 당황해하며 중얼거렸다. 천천히 걷고 있는데 뒤에서 들이받았잖아요! 재영은 쏘아붙이고 싶었지만, 난생처음 당하는 교통사고에 정신이 없었다. 아까 넘어지면서 쓸린 상처로 손바닥에 피가 맺혀 있었다. 가장 심각한 건 다리였는데 지금으로서는 어디가 아픈지, 안 아픈지도 정확히 말할 수가 없었다. A 아버지는 재영의 상태를 빠르게 살펴보더니 말했다.

"선생님, 정말 죄송한데 지금 제가 아침에 중요한 일정이 있어서 빨리 가봐야 하거든요. 혹시 걸을 수 있으신가요?"

"아뇨, 모르겠어요. 아파요. 다친 것 같아요."

"자, 제가 부축해줄 테니 한번 일어나봐요."

A 아버지는 재영의 한쪽 팔을 잡고 일으키려고 했다. 한

쪽 다리를 쓸 수가 없는 재영은 몸이 기우뚱할 뿐 몸에 힘이 들어가지 않았다. 오히려 통증만 심해질 뿐이었다.

"일어나봐요. 힘을 줘서."

"아악! 안 되겠어요. 잡지 마세요. 건드리지 마세요. 다리가 너무 아파요."

"계속 이렇게 길바닥에 있을 수도 없잖아요. 또 차가 올 수도 있는데."

A 아버지는 신경질적인 표정을 짓더니 갑자기 말도 없이 재영의 겨드랑이에 양팔을 쑥 넣었다. 당혹스러워하는 재영이 무슨 일인지 상황 파악하기도 전에 우악스럽게 위로 드는 힘이 느껴졌다.

"자, 제가 들어줄 테니까 서 봐요."

A 아버지가 재영의 뒤에서 겨드랑이에 팔을 넣고 들어 올리고 있었다. 하지만 둘의 키 차이가 큰 편이 아닌 데다가 재영은 다리에 힘을 줄 수 없는 상황이라 몸이 엉거주춤 땅에서 애매하게 떠 있을 뿐이었다.

"힘을 주라고요! 힘을 줘! 아이씨, 그렇게 축 처져 있으면 어떻게 합니까?"

"내려놓으세요! 내려놓으라고요!"

재영은 공포감에 소리쳤다. A 아버지가 금방이라도 재영을 놓칠 것처럼 후들거렸기 때문이다. A 아버지는 재영의 날카로운 비명에 잠시 멈칫하더니, 재영을 구석으로 끌고

갔다. 재영은 A 아버지의 배에 머리를 붙인 채로, 겨드랑이가 들린 채로 뒤로 질질 끌려갔다. 힘없이 꺾인 다리가 땅에 쓸릴 때 불에 탄 듯한 통증이 확확, 일어나고 있었다. A 아버지는 재영을 도로 구석에 있는 옷가게 앞에 앉힌 후 거친 숨을 몰아쉬었다.

"이게 무슨 짓이에요!"

"아니, 그러면 거기에 있다가 또 차에 치이면 어떻게 하라고요! 그 차는 무슨 죄입니까?"

"……."

재영은 A 아버지를 노려보며 통증으로 맺혔던 눈물을 닦았다. 말려올라간 옷을 주섬주섬 정리했다. A 아버지는 그런 재영을 내려다보며 말했다.

"휴, 미치겠네. 어떻게 하지. 저, 선생님, 제가 지금 정말 급한 일이 있어요. 국가에 중요한 일이란 말입니다. 그래서 A도 한 시간 먼저 일찍 맡긴다고 원장 선생님께 특별히 부탁드리고 급하게 온 거라고요. 진짜 큰일이네."

A 아버지는 초조해 보였다. 그러고 보니 SUV의 열린 창문으로 A가 큰 소리로 울부짖는 소리가 들렸다. A 아버지는 차량과 재영을 번갈아 보며 고민하는 기색이더니 이내 결심한 듯 말했다.

"선생님, 병원 가서 잘 치료받으세요. 보험으로 처리하면 되니까 나중에 연락해주고요. 제 연락처 아시죠?"

그러고는 A 아버지는 차로 돌아가다가 나뒹굴고 있는 재영의 휴대전화를 집어 머쓱한 표정으로 돌려줬다. 그러고는 잠시 머뭇거리더니 말했다.

"죄송하지만 혹시 지금 바로 병원에 안 가시고 좀 쉬셨다가 어린이집으로 가실 거면 A를 지금 선생님께 맡겨도 될까요? 말씀드렸다시피 제가 이미 늦어서요."

"……."

재영은 A 아버지를 몇 초간 처다봤다. 재영은 자신의 얼굴에 '뭐래, 이 미친 또라이가.'라는 문장이 새긴 듯이 떠올랐을 것이라고 확신했다. A의 아버지는 심상치 않은 재영의 기세를 보고 한숨을 푹, 쉬더니 SUV 쪽으로 갔다. 차량이 움직이면서 A의 울부짖는 소리도 점점 멀어져갔다.

재영은 막막했다. 교통사고가 나면 어떻게 하는 거지? 재영은 보험회사 콜센터 상담원으로 일하는 선미에게 전화해서 자초지종을 설명했다. 선미는 사고 얘기를 듣자마자 쌍욕을 내뱉었다.

"그 새끼가 돌았나. 야, 그거 뺑소니야."

"뺑소니? 도망간 것도 아닌데?"

"보험 콜센터 삼 년 경력인 이 언니 말을 믿어. 도로교통

법 제54조에는 구호조치 의무가 떡하니 있다고. 그 새끼는 네가 멀쩡해 보이지도 않고 분명히 아프다고 했는데, 병원에 데려가지도 않고 가버렸다며? 그걸 법적으로 도주라고 한단다, 이 멍충아."

"병원에 가면 보험 처리 다 해준다고 했어."

"얘가 이렇게 순진하다니까. 명함과 연락처까지 주더라도 나 몰라라 가버리면 도주라고요. 어디 미친 새끼가 법 무서운 줄 모르고 사람을 친 주제에 길바닥에 버리고 가?"

선미는 당장 구급차를 부르라고 재촉했다. 구급차? 구급차는 응급 환자용이잖아, 재영이 망설이며 대답하자 선미는 답답해서 죽으려고 했다.

"교통사고 뺑소니 당해서 움직이지도 못하고 길바닥에 엎어져 있는 애가 응급 환자가 아니면 뭐냐? 그럼 너는 택시 아저씨 부축받고서 병원에 가서 기어가며 접수할 생각이었니? 내가 진짜 너 때문에 답답해서 미친다."

재영은 펄펄 뛰는 선미의 말을 듣고서야 용기를 내서 119에 전화를 걸었다. 꼬꼬마 시절에 장난 전화를 걸었다가 겁이 나서 화들짝 끊은 이후로 처음 걸어보는 번호였다. 몇 분이 지나자 사이렌을 울리며 드라마에서 보던 구급 차량이 왔다. 재영은 단단하게 생긴 구급대원 두 명이 자신을 조심조심 옮겨줄 때 조금 황송한 느낌마저 들었다. 재영은 구급차 안에서 원장에게 전화를 걸어 자초지종을 설명했다. 대화를 늘은 구급대원 중의 하나가 물었다.

"뺑소니인 것 같은데 경찰 신고도 연결해드릴까요?"

재영은 잠시 고민했다. 그리고 말했다.

"아니요, 괜찮습니다. 감사해요."

잠시 후 병원에 도착하자 구급대원은 친절하지만 군더더기 없는 동작으로 재영을 응급실로 옮겨줬다. 잠시 후 삼십대 초반쯤 되었을까? 재영보다 더 침상이 필요해 보이는, 피곤함에 절어 있는 의사가 다가왔다. 재영의 말을 듣더니 발과 허리, 골반에 CT를 찍어보자고 했다. 재영은 CT를 찍는 게 처음이라 긴장했으나 생각보다 싱겁게 금방 끝나서 안도했다. 잠시 후 결과지를 보고 온 의사는 재영에게 말했다.

"지금 발목이 복합 골절 상태고, 인대도 끊어졌어요. 입원해서 수술하셔야 합니다."

"수술이요? 제가 많이 다친 건가요?"

"어려운 수술은 아니니까 걱정하지 마세요. 수술하고 한동안은 깁스하고 다니셔야 합니다."

"깁스요? 얼마나요?"

"글쎄요, 사람마다 다르지만 두 달 정도? 그리고 나서 재활도 좀 하셔야 하고요."

자세한 내용은 나중에 다시 설명해드릴 거예요. 눈 밑이 시커먼 의사는 바쁜 듯이 옆 환자에게 갔다. 옆 침상의 할머니는 복통으로 밤새 데굴데굴 구르다가 왔다며 의사에게 하소연했다. 잠시 후 간호사가 입원 절차 서류를 가져왔고, 재영은 설명에 따라 여러 군데에 사인을 했다.

수술이라니. 몇 달 동안 치료받아야 한다니. 갑자기 하루 아침에 환자가 된 자신의 처지가 당황스러웠다. 동시에 자기를 다치게 만든, 그러고도 그냥 가버린 A 아버지가 괘씸해졌다. 재영은 A 아버지 번호를 찾아 통화 버튼을 눌렀다. 연결음이 한동안 울리더니 안내음성이 들렸다.

'연결이 되지 않아 삐 소리 후 소리샘으로……'

재영은 다시 걸었다. 이번에는 몇 번 연결음이 울리기도 전에 끊겼다. A 아버지가 수신 거절 버튼을 누른 것이다. 재영은 오기가 생겼다. 여섯 번쯤 연속으로 걸었을 때 마침내 A 아버지가 받았다.

"제가 지금 전화 못 받습니다."

그리고 전화를 끊었다. 이 새끼가. 재영은 이를 악물었다. 다시 걸었다.

"지금 통화할 수 없다고요. 자꾸 왜 전화하는 겁니까?"

"A 아버님, 제가 지금 병원이에요."

"그래서요? 제가 가라고 했잖아요."

"발목이 골절되고 인대가 끊어져서 수술해야 한대요."

"뭐라고요?"

A 아버지는 당황한 듯했다. 살짝 부딪힌 것 같았는데 뭐

이렇게 일이 꼬이는 거야, 투덜대는 소리가 들렸다.

"의사 선생님이 수술 이후에도 몇 달 동안 깁스하고 재활도 해야 한다고 하셨어요."

"하세요. 보험 처리해준다고요. 지금 바쁘다고 몇 번이나 말했는데 왜 자꾸 전화하는 겁니까? 하시고 비용 청구하세요. 지금 나보고 어쩌라는 겁니까?"

A 아버지는 위협적인 말투로 이제 다시는 전화하지 말라고 했다. 끊기 전 '아, 시발. 짜증 나게.'라고 중얼거리는 소리가 들렸다. 재영은 통화가 끊긴 이후에도 전화를 귀에 댄 채로 가만히 있었다. 그리고 천천히 손을 내리고는 음성파일을 열어 방금 대화가 녹음된 소리를 다시 들어보았다. 휴대전화 강국답게 방금 전의 대화는 서늘하도록 또렷하게 녹음되어 있었다. 마지막의 그 욕설까지.

재영은 112를 누른 후 담담하게 뺑소니 신고를 했다.

수술 날짜는 다행히 이틀 후로 잡혔다. 담당 의사의 수술 일정표는 이미 꽉 차 있었기 때문에 아침 일찍이나 저녁 중에 선택하라고 했다. 재영은 아침 일찍 받겠다고 했다. 재영은 응급실에서 4인 병실로 옮겨졌다. 선미는 오늘 저녁에 옷가지며 생필품을 갖다 주고 수술 날에는 연차를

써서 함께 있어 주겠노라고 했다. 재영은 싱숭생숭한 마음
으로 임시 부목을 댄 발목과 병원에서 빌려준 휠체어를 번
갈아 쳐다보았다. 화장실은 어떻게 가지.

그때였다.

"재영 선생님?"

병실 문 앞에 A 어머니가 서 있었다. 부모 상담회 때 본
진보라색 투피스를 입고 미용실에서 막 손질한 듯한 머리
를 하고 있었다. 귀에는 화려한 드롭형 귀걸이가 달랑거리
고 있었다. A 어머니는 진하게 바른 입술을 길게 늘여 미소
지으며 말했다.

"다치셨다고 해서 놀라서 왔어요. 몸은 좀 어떠신가요?"

그러고는 손에 든 걸 내밀었다. 백화점 로고가 그려진
쇼핑백과 인삼 음료 세트였다. 재영은 담담한 표정으로 그
것들을 받은 후 보지도 않은 채 침대 옆 수납장 위에 올려
놓았다. A의 어머니는 말을 이었다.

"소식 듣고 정말 놀랐거든요. 보니까 크게 다치시지는 않
은 것 같아서 너무 다행이에요."

"크게 다쳤어요. 다리가 부서져서 수술해야 하거든요."

재영은 A 어머니의 말이 끝나자마자 말했다. 지금 이 꼴
을 보고 어디가 다행이라는 건지 실소가 나올 지경이었다.
A 어머니는 재영의 퉁명스러운 말을 듣자 잠시 표정이 굳
었지만, 이내 다시 부드러운 미소를 그렸다.

"네. 정말 너무 안타깝네요. 얼른 쾌유하시길 빌어요. 그리고 저희가 보험을 들어놨으니 병원비는 걱정하지 마세요. 참, 그런데……. 저희가 좀 당황스러운 얘기를 들어서요."

"무슨 얘기요?"

"아니, 경찰에서 연락이 와서 저희 A 아빠가 뺑소니로 신고가 됐다는 거예요. 정말 너무 당황스럽더라고요. A 아빠가 선생님 다치신 거 보자마자 달려가서 챙겼다는데 말이죠. 아마 누가 잘못 신고한 것 같은데 선생님이 경찰서에 설명하셔서 오해를 풀어주셔야 할 것 같아요."

A 어머니는 여기까지 빠르게 말하고 화사한 미소를 지었다. 재영은 그 미소를 빤히 바라보았다. 그러고는 말했다.

"그거 제가 신고한 건데요."

"아, 그럼 그렇게……. 네?"

"제가 신고한 거라고요. 그 뺑소니."

A 어머니는 미소 짓던 얼굴 그대로 굳었다. 잠시 멍한 표정으로 있더니 이내 눈빛이 표독스럽게 바뀌었다.

"뺑소니는 무슨 뺑소니예요. 무슨 말도 안 되는 소리 하고 있어. 우리 A 아빠가 모른 척 도망가기라도 했어요? 아니잖아요! 블랙박스에 다 증거 있는데 어딜 사람을 거짓말로 신고해요? 그거 무고죄로 감방 가는 일이에요!"

"제가 다쳐서 쓰러져 있는 걸 보고도 바쁘다고 그냥 버리고 가버리셨거든요. A 아버님께서. 그래서 어쩔 수 없이

237

제가 구급차 불러서 실려 왔어요."

"그래도 뺑소니는 아니죠!"

"그걸 바로 뺑소니라고 합니다."

재영은 선미에게 카톡으로 받은 법령을 읽어주었다.

도로교통법 제54조(사고발생 시의 조치)

① 차의 운전 등 교통으로 인하여 사람을 사상하거나 물건을 손괴한 경우에는 그 차의 운전자나 그 밖의 승무원은 즉시 정차하여 다음 각 호의 조치를 하여야 한다.
  1. 사상자를 구호하는 등 필요한 조치
  2. 피해자에게 인적 사항 제공

"게다가 제가 병원 응급실에서 A 아버님에게 전화했더니 욕설을 하면서 끊으시더라고요."

재영은 하얗게 질린 A 어머니를 보며 친절히 덧붙였다. A 어머니는 재영의 말을 듣는 동안 이를 악물고 있었다.

"그래서요. 그래서 어쩔 생각이에요?"

"뭐가요?"

"감히 교사가 원생 부모를 고소해서 법정 다툼이라도 하실 거예요? 우리 애 아빠가 뭐 하는 사람인지는 알죠?"

"제가 법정 다툼을 왜 해요? 병원비와 위자료는 보험에서 처리할 거고, 뺑소니는 경찰에서 처리할 텐데."

재영은 A 어머니 눈을 똑바로 보며 말했다. 왠지 자신의 목소리가 낯설었다. 상상 속에서야 A 부모를 상대로 반격하는 상황을 수백 번, 수천 번 해봤지만, 현실 세계에서 자신의 귀에 들리자 낯선 기분이었다. 평소 재영의 성격을 잘 아는 선미는 A 부모가 적반하장으로 나오면 이렇게 말하라고 미리 보내줬었다.

'야, 너 또 병신같이 입 닫고 있지 말라고 보내주는 거야. 지금 내가 보내주는 문장들 소리 나게 스무 번씩 읽어.'

선미 말대로 연습해보기를 잘했다고 생각하며 재영은 태연한 표정을 지었다. 하지만 눈치없는 손이 또 떨리려고 해서 이불 속으로 집어넣었다. 다행히 A 어머니는 재영의 손은 안중에도 없는 듯했다.

"선생님, 이건 아니죠. 앞으로 저희를 어떻게 보시려고요? 교사가 원생 부모를 고소하는 게 말이 돼요?"

"아, 저 그 어린이집 그만둬요."

"……뭐라고요?"

"이 상태로는 몇 달 동안 어린이집 수업이 무리잖아요. 제가 말씀드렸잖아요. 발목이 아작났다고."

"무슨 발목 다친 거로 몇 달이나 치료를 받아요? 그리고 그만둔다고? 하! 그러고 보니 교통사고를 빌미로 이참에 돈 뜯어서 쉬려는 생각이었나 보네. 그러니까 뺑소니로 우리를 협박하는 거지. 말도 안 되는 소리 하고 있어. 우리 A 아빠가 도망가길 했어, 병원비를 나 몰라라 하길 했어? 다 책임진다고 했잖아요!"

"A 어머니."

재영은 손을 들어서 점점 격해지는 상대방의 말을 멈췄다.

"잘 모르시는 모양인데 이런 상황에는 먼저 '죄송합니다.'라고 사과하는 거예요."

"뭐?"

"다치게 해서 죄송합니다. 앞으로 일도 못 하고 몇 달 동안 고생하시게 해서 죄송합니다. 저희 A 아빠가 선생님을 다친 걸 보고도 병원에 얼른 데려오지 않아서 죄송합니다. 그게 뺑소니인 줄 정말 몰랐습니다, 이렇게요."

"뭐라는 거야? 아까 내가 몇 번이나 말했잖아요!"

"저는 전혀 들은 적이 없는데요. A 아버님에게도 어머님에게도. 우리 달님반 어린 친구들도 잘못하면 사과해야 한다는 정도는 알아요"

재영은 사과할 거 아니면 나가라고 손짓을 한 후 자리에 누웠다. A 어머니는 분한 표정으로 파르르 떨더니 뒤돌아 나갔다. 재영은 A 어머니가 가져온 쇼핑백과 음료를 그대로 쓰레기통에 던지려다가 마음을 바꿔 쇼핑백 안을 살펴보았다. 혜라 아쿠아볼릭 에센셜 2종 화장품 세트였다. 낡은 상자의 상태를 보니 집에 묵혀 있던 걸 들고 온 듯했다. 인터넷에 검색해보니 최저가는 4만 2,970원이었다.

상품평은 좋네, 재영은 후기를 읽으며 중얼거렸다. 그러고는 마침 병실 휴지통을 교체하러 들어오신 아주머니에게 필요하신지 물어보았다. 재영은 반색하는 아주머니에게 쇼핑백을 건네다가 혹시나 하는 마음에 화장품의 사용 기간을 확인했다. 다행히 7개월 정도 남아 있었다. 글쎄, 이걸 다행이라고 말해야 할지는 모르겠지만.

수술이 끝난 다음 날, 머리가 허연 교수가 회진 차 들러서 수술이 깔끔하게 잘 되었다고 말해주었다. 수술 후 재영은 깁스를 한 채 병상에서 유튜브를 보다가 어린이집 원장이 건 전화를 받았다. 원장은 재영의 수술 결과가 어떤지 물어보았다. 그러고는 가뜩이나 다쳐서 몸이 아픈데 원생 부모와 분란까지 있으면 마음이 힘들지 않겠냐며 말하는 품이 좋게좋게 넘어가기를 바라는 눈치였다. A 부모가 원장실에 찾아가 난리를 쳤던 모양이지.

그런 원장에게 재영은 A 부모에게 제대로 법적 조치를 할까 고민 중이라는 말로 받아쳤다. 밤낮으로 연락해서 괴롭힌 것, 그리고 사적인 사진을 몰래 찍어 남들에게 배포하고 비난한 것에 대해서 말이다. 이 말을 꺼내자 원장은 빠르게 입을 다물었다. 행여나 관리자인 원장에게까지 불똥이 튈 수 있을까 염려하는 기색이 역력했다. 원장은 서둘러 화제를 바꿔서 물었다.

"재영 선생. 나으려면 얼마나 걸릴 것 같아요?"

"재활까지 생각하면 3개월 정도 걸릴 것 같아요. 어린이집 업무가 절뚝거리는 수준으로는 할 수 없으니까요."

"재영 선생이 고생이 많겠어. 그러면 개인 사정으로 퇴사하는 거로 처리하면 되겠죠?"

"원해서 퇴사하는 게 아니니까 병가 실업급여 신청을 하려고요. 서류를 보내드릴 테니까 작성해주시면 돼요."

"……그래요? 서류 보내면 처리해줄게요. 이 기회에 좀 쉬면서 재충전하는 시간 갖는 것도 좋겠네. 그동안 재영 선생이 힘들었잖아."

재영은 호들갑스럽게 걱정하는 원장의 전화를 끊은 후 미뤄뒀던 메시지를 확인했다. 수술 이후 꼭 필요한 전화가 아니면 모두 수신 거부를 했더니, A 부모는 번갈아 가면서 메시지를 무더기로 보내고 있었다. 그들은 앞으로 어린이집에서 영영 일하지 않을 거냐고, 어딜 가든지 소문이 안 날 것 같냐는 협박성 문자를 보내고 있었다.

일주일 후, 재영은 발목에 거대한 깁스를 한 채로 병원에서 퇴원할 수 있었다. 재영은 집에 돌아온 다음 날부터 차분하게 조언 받은 대로 움직였다. 먼저 A 부모가 보낸 협박성 문자와 예전에 재영과 남자친구를 몰래 찍은 후 단톡방에서 비난하던 대화 캡처본을 첨부하여(원장이 이럴 줄 모르고 그날 보내줬었다) A 어머니와 아버지 회사로 각각 내용 증명을 보냈다.

'명예훼손과 협박에 관한 내용 증명'.

재영은 갈색 대봉투 겉면에다가 굵은 고딕체, 70포인트의 큰 글씨로 출력한 종이를 꼼꼼하게 붙이고는 우체국으로 갔다. 내용 증명이란 게 변호사만 보낼 수 있는 대단한 건 줄 알았는데 우체국에 장당 1,300원만 내면 누구나 보낼 수 있다는 사실에 놀랐다. 내용을 작성하는 건 선미가 직장에서 친하게 지내는 직장 동료가 도와주었다. 그녀는 예전에 법무법인에서 서무행정 직원으로 일하면서 어깨너머로 많이 봤다고 했다.

내용 증명을 두 번째 보냈을 때 A의 부모는 장문의 문자를 보냈다.

'재영 선생님, A 아버지입니다. 저희가 첫 아이를 잘 키우고 싶은 마음에 선생님에게 오해를 사는 행동을 했던 것 같습니다. 그렇게 예민하게 받아들이실 줄 알았으면 안 그랬을 겁니다. 선생님의 마음을 상하게 해드려서 진심으로 유감입니다. 오해 푸셨으면 좋겠습니다.'

재영은 그 문자를 오랫동안 들여다보았다. 문자를 수십

번 쓰고 지우다가 보냈다.

'사과 같지 않은 사과네요. 저는 오해한 적이 없고, 예민한 사람도 아닙니다. 오해는 그쪽이 하는 것 같군요.'

그러고는 세 번째 내용 증명을 보냈다. 이번에는 갈색 대봉투 겉면에 내용을 추가하여 '성희롱과 명예훼손, 협박에 관한 내용 증명'이라고 썼다. 어린이집 교사답지 않은 야한 옷이라며, 몸매까지 비야냥거렸던 단톡방의 대화를 큼지막하게 확대하여 첨부했다.

선미는 재영의 사연을 익명으로 온라인 커뮤니티에 올렸는데, 하루 만에 오늘의 게시물이 될 정도로 반응이 뜨거웠다. 순식간에 댓글이 1,424개가 달렸는데, 그중에는 〈궁금한 이야기 Y〉, 〈실화탐사대〉 제작진도 있었다. 사연을 캡처한 내용은 인스타에도 빠르게 퍼졌다. 세부적인 디테일은 모두 빼거나 변경했음에도 불구하고, 동료 교사들은 어떻게 알았는지 링크를 보내오며 재영에게 위로를 전해왔다.

세 번째 내용 증명과 커뮤니티 글 이후로 A의 부모는 처음으로 정중하게 사과의 표시를 하면서, 직접 찾아뵙고 마음을 풀어드리고 싶다며 연락해왔다. 약점이 될까봐 재영에게 말하진 않은 모양이지만 A 아버지가 공공기관에서 일하고 있다 보니 문제가 커지거나 소문이 날까봐 전전긍긍하는 모양새였다. 안 그래도 재영은 세 번째 내용 증명을 보낸 후 A 아버지 회사에서 연락을 받은 적이 있었다. 인사팀 과장이라고 자기를 소개한 남자는 정중한 태도로 재영의 애기를 듣더니 잘 알겠다며 전화를 끊었었다.

A 어머니는 최근 A의 영상과 사진들을 하루가 멀다 하고 보내고 있었다.

"선생님 힘내세요오. 우리가 있짜나여. 선생님 힘내세요! A가 이셔요. 선생님. 사랑해여. 하트!"

영상 속의 A는 노란 옷에 파란 모자를 쓰고 카메라를 향해 열심히 노래를 부르고 있었다. A 어머니는 A를 봐서라도 합의를 좋게 해달라며 보내왔다. 같이 일했던 보조 교사 수진이 전해준 말에 따르면 A는 이미 어린이집을 그만둔 상태였다. 커뮤니티 글이 돌고 난 후 겁을 먹은 교사들이 아무도 A를 맡으려 하지 않았기 때문이다. 수진 선생은 '아마 이 동네에 소문이 다 퍼져서 웬만한 어린이집에는 들어갈 수가 없을 것'이라고 넌지시 귀띔해줬다.

재영은 낡은 원룸의 바닥에 앉아 교통사고 이후 한 달간의 일을 멍하니 떠올렸다. 아주 오래된 일 같기도 하고, 바로 어제 일어난 일 같기도 한 것이 현실감이 없었다. 그때 재영의 멍한 정신을 깨우듯이 현관문 밖에서 '배달이요.'라고 외치는 소리가 들렸다. 이상했다. 주문한 게 없는데. 께

름칙한 기분에 재영은 인기척이 없어지길 기다렸다가 천천히 목발을 짚고 나갔다.

문 앞에는 꽃바구니와 고급스러운 포장의 선물 상자가 놓여 있었다. 상자를 열어보니 신라호텔 이름이 찍힌 디저트 상자, 하늘색 티파니앤코 상자가 보였다. 맨 위에 있는 서류 봉투에는 합의서가 들어가 있었다. 그리고 장문의 사과 손편지도 함께.

재영은 병실에서 받았던 선물과 너무나도 결이 다른 내용물을 물끄러미 내려보았다. 신라호텔이라고 적힌 상자 속의 디저트는 얇게 입힌 설탕마저 고급스러워 보였다. 재영은 디저트를 일부 잘라 접시에 담은 후 한 발로 콩콩 뛰어서 소파 겸 침대로 갔다. 그러고는 예전에 파주 헤이리 마을에서 샀던 예쁜 포크로 집어 조심스레 입에 넣었다. 얼 그레이 시폰에 크림이 올라간 케이크는 다소 쌉쌀한 향과 담백하고 달콤한 맛이 잘 어울렸다.

디저트를 입에 우물거리며 재영은 장바구니에 오랫동안 담아두었던 루이스폴센 조명의 결제 버튼을 눌렀다. 재영으로서는 처음으로 하는 사치였다. 곡선이 미니멀하면서도 화려한 꽃잎 같은 그 조명은 처음 본 순간부터 재영의 마음을 사로잡았다. 분명히 새로 이사 갈 집에 잘 어울릴 터였다. 그리고 건조기도 중고로 살 계획이었다. 선미는 집이 좁을수록 건조기가 있어야 한다고, 일단 사고 나면 신세계

246

를 본다고 강조했다.

보험사는 재영의 치료비와 일을 못 한 날들의 보상비를 지급해줄 것이다. 치료가 끝나면 병가 실업급여가 나올 예정이었다. 그리고 A 부모가 약속한 형사 합의금도 있었다. 이걸 합치니 신공덕 1.5룸 전세로 옮기기 위해서 저축하던 돈의 나머지가 채워졌다. 드디어 재영에게도 독립된 침실이 생기는 날이 예상보다 빨리 온 것이다. 이사 갈 주소는 선미를 제외한 누구에게도 말하지 않을 생각이었다.

디저트를 두 입째 먹었을 때, 휴대전화에 법무사의 번호가 뜨는 게 보였다. 재영을 도와주는 이희정 법무사였는데, 그녀는 내용 증명 작성을 도와주던 선미 직장동료의 사촌 언니였다.

"재영님, 지금 통화 가능하세요?"

"그럼요. 법무사님."

"A 부모가 제안한 거 받으셨죠? 제 판단에 이 정도 합의금이면 평균보다 높은 편이니까 괜찮아 보여요. 어떠세요?"

"저는 잘 모르니까 법무사님 결정에 따를래요."

"그래요? 그러면 합의하는 걸로 진행할게요."

재영은 잠시 망설이다가 용기를 내어 물었다.

"그럼, 이제 다 끝나는 건가요?"

"뺑소니 건은 그렇죠. 하지만 지금 A 부모 잘못은 그게 다가 아니잖아요? 어때요. 더 가볼래요, 아니면 여기서 스톱할래요?"

재영은 휴대전화를 귀에 대고 입을 달싹대며 머뭇거렸다. 그러고는 수임료가 너무 적어서 계속 부탁드리기 부끄럽다고 기어들어가는 목소리로 말하자 상대방은 하하, 호탕하게 웃었다.

"재영 씨, 걱정하지 말아요. 우리 미진이가 재영 씨 친구한테 신세를 엄청 졌으니까 꼭 도와줘야 한다고 몇 번이고 나를 협박했어요. 게다가."

"……?"

"내가 강약약강형 인간에게 심각한 알레르기가 있거든요. 나도 봤어요. 재영 씨 친구가 올린 커뮤니티 글."

이희진 법무사는 합의금을 받고 재영이 이사하고 나면 바로 다음 건의 고소를 진행하겠다고 했다. 고소 결과는 기껏해야 벌금 정도 수준이고, 어쩌면 기소 유예가 될 수도 있다고 말했지만, 재영은 상관없었다.

재영은 통화를 마친 후 아까의 루이스폴센 구매 사이트에 다시 들어갔다. 진행 상태가 '결제 완료'에서 '상품 준비 중'이라는 설레는 문구로 바뀌어 있었다. 재영은 자기도 모르게 '예에!' 환호성을 지른 후 직방에 올라온 이사갈 집의 구조를 열심히 보면서 배치를 고민했다. 십 분쯤 행복한 고민을 하다가 휴대전화를 내려놓고, 다시 침대에 기대어 아침부터 보던 넷플릭스 미드 〈기묘한 이야기〉 시리즈를 마저 보기 위해서 재생 버튼을 눌렀다.

카톡. 아마도 A의 어머니일 것이라 짐작되는 문자 알림
음이 들렸지만 재영은 눈길조차 주지 않았다. 재영은 5분
도 되지 않아 화면 속 인물들의 흥미진진한 얘기에 다시
빠져들었다. 접시에 남은 디저트를 포크로 살뜰하게 긁어
와앙, 입을 크게 벌렸다. 예전에 먹었던 치즈 플레인 케이
크인지, 플레인 치즈 케이크인지보다 열 배는 달콤한 맛이
었다.

※　어린이집 교사들은 교사와 서비스직 사이의 애매한 경계에 있는 듯하다. 교
　사의 사명감을 가지고 처우보다 더 열심히 하는 것을 원하면서도, 서비스직
　처럼 상냥하게 민원을 응대하기를 바라는 것이다. 그런데 만약 직장 상사가
　누군가의 SNS를 염탐하면서 혹시 고객이 볼 수 있으니 남자친구와 찍은
　사진을 지우라고 하고, 인조 속눈썹을 떼라고 하고, 뚱뚱해서 보기 불편하
　니 다른 부서로 옮겨달라고 인사팀에 얘기하는 걸 목격한다면 우리는 어떤
　기분이 들까. (참고: 〈서울신문〉 '툭하면 욕설, 범죄자 취급… 인권 사라진 보육교사',
　2020.10.6., 〈베이비신문〉 '선생님 속눈썹 떼세요', 2020.11.10.)

노령 반려견
코코

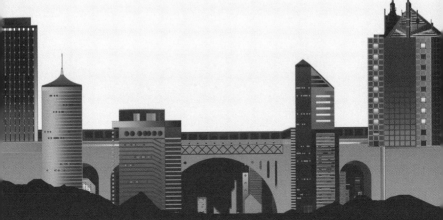

아쉬운 건 하나뿐이에요.

호도가 너무 빨리 태어난 거.

지금 태어났으면 얼마나 좋았을까,

라고 몇 번이나 생각해요.

온갖 좋은 것들이 나오고,

어떻게 제대로 사랑해줘야 하는지 배웠을 때는

이미 호도가 너무 나이 들어버렸어요.

"팀장님, 저, 가족 돌봄 휴가를 쓰고 싶습니다."

"왜요? 부모님이 어디 안 좋으신가?"

"아니요. 제 반려견이 아픕니다."

걱정하는 기색이던 팀장 얼굴이 순식간에 굳어버리는 것을 보며 선우는 자기도 모르게 발목 쪽으로 시선을 내리깔았다. 그 와중에 선우는 '눈으로 욕한다는 표현이 은유가 아니구나.' 깨달았다. 직접 겪어보니 아주 사실적인 묘사였다. 선우가 간신히 용기를 끌어올려 얼굴을 들자, 진심인지 농담인지 혼란스러워하는 팀장의 얼굴이 보였다.

"개? 예전부터 키웠다는 그, 뭐더라, 코코라는 개?"

"네. 맞습니다."

"키우는 개 때문에 가족 돌봄 휴가를 쓴다고?"

"네."

"하……. 그 개가 왜?"

"굉장히 안 좋습니다. 의사가 마음의 준비를 하라고 한 상태인데, 최근 분리불안 증세가 심해졌어요. 쉬지 않고 계속 울고 짖어서 신고가 몇 번이나 들어왔습니다. 팀장님과 우리 팀에는 죄송하지만 이대로는 안 될 것 같아서요."

선우는 피곤으로 벌게진 눈을 껌벅이며 말했다. 팀장은 그제야 초췌해진 선우의 얼굴을 눈치챈 듯했다. 잠시 무거운 침묵이 흐른 후 팀장은 확인하듯이 물었다.

"그런 타입이 아니라는 건 알고 있는데 혹시나 해서 물어보는 거야. 지금 농담하는 게 아니고 진심인 거지?"

"⋯⋯네."

"그럼 지금 하는 말이 얼마나 빌어먹게 황당한 얘기인지도 알고 있는 거지? 우리 회사에서 주는 가족 돌봄 휴가는 가족에게 큰일이 생겼을 때 쓰라고 배려해주는 거야. 키우는 개랑 고양이 새끼 돌보라고 주는 게 아니라."

"네, 알고 있습니다. 죄송합니다."

선우는 어제 하루 몇 번이나 반복해서 읽었던 사내 규정을 떠올리며 고개를 숙였다.

제 9조: 가족 돌봄 휴가

1. 임직원은 가족이 사고, 질병 등으로 돌봄이 필요한 경우 부서장 결재를 득하여 최대 3개월(시작일부터

계산. 휴무일 포함)까지 특별휴가를 신청할 수 있다.

2. 가족의 범위는 직계에 한정한다. 즉, 부모, 자녀가 대상이며 특별한 사정이 인정되는 경우 조부모와 형제자매까지 가능하다.

3. 신청자는 전문적인 의료기관의 소견서, 신청 사유서를 작성하여 부서장 결재를 득한 후 조직문화팀에 제출한다.

4. 무급휴가이므로 해당 기간 급여는 지급되지 않는다.

5. 회사 판단에 따라 신청은 반려될 수 있다.

(※'H 벤처스 사내 규정' 특별휴가 항목 중 일부)

"그래, 그렇겠지. 그러니까 지금 회사 규정에도 없는 휴가를 달라고 우기고 있는 거라고요. 생각 없는 사람이 아닌 줄 알았는데 왜 이래? 연차로는 부족해? 도대체 휴가를 얼마나 쓸 생각인데 그래."

선우는 잠시 고민했다. 코코에게 시간이 얼마나 남아 있을까. 선우는 2주와 3개월 사이를 저울질했다. 선우의 남은 일 년 연차를 죄다 끌어 모으면 2주였다. 그리고 회사에서 허용하는 가족 돌봄 휴가는 최대 3개월이었다. 어느 정도를 말해야 통과될 확률이 높을까.

"한 달이요, 팀장님."

"한 달?"

"네. 한 달 쓰고 싶습니다. 제 연차로는 어림도 없어요."

"의사가 한 달 남았대?"

"의사는 치료가 의미 없으니 준비하라는 말만 했어요. 그런데…… 한 달이면 될 것 같아요, 팀장님."

선우는 그 이상은 얘기하지 않고 고개를 숙였다. 한 달 안에 코코가 무지개다리를 건너지 않는다면 선우는 모아둔 돈으로 병원 입원비를 감당할 수준까지 버티다가 안락사를 선택할 테니 말이다. 의사는 코코가 힘들어 한다면 안락사도 방법이라고, 오히려 코코를 위한 일일 수도 있다고 권했다. 선우 역시 고개를 끄덕이긴 했다. 하지만 아직은 아니었다. 코코는 원래도 얄팍했던 참을성이 죄다 사라진 듯 까칠함이 폭발하긴 했어도 특별히 통증이 심해 보이지는 않았기 때문이다. 인상을 찌푸리고 있던 팀장은 한 달이라는 말을 듣자 까칠한 기색이 약간 풀렸다.

"지금 맡은 업무가 뭐였지?"

"다음 주에 진행하는 SNS 홍보 시리즈는 이미 다 마무리가 돼서 게시만 하면 됩니다. 자잘한 업무 빼고 큰 프로젝트는 9월에 출시하는 제휴 서비스 마케팅들인데, 한 달 후 복귀해서 진행해도 충분할 것 같아요."

"휴……. 알다시피 우리 회사가 복지가 좋은 걸로 유명하잖아. 그래도 반려동물로 가족 돌봄 휴가를 주는 건 있을 수도 없는 일이야. 우리나라를 통틀어도 전례가 없는 일이잖아. 솔직히 뉴스에 나올 일이잖아? 사실 가족 돌봄 휴가 자체가 없는 회사가 대부분이라고. 알지? 조직문화팀에서 결재해주지 않을 거야."

"저, 혹시, 팀장님. 그럼 만약에 조직문화팀에서 휴가를 승인해준다고 하면 팀장님은 결재해주실 수 있으신가요?"

"아휴, 가서 말해봐요. 그게 되나. 그럼 일단 말이라도 해봐. 그쪽의 허락을 받으면 나도 결재는 해줄 테니까."

선우는 팀장이 이 정도 협조적인 태도를 보여주는 것만 해도 고마웠다. 덕분에 인사 담당 부서인 조직문화팀에 신청할 때 '부서장도 승낙한 사안'이라는 카드를 쓸 수 있게 되었으니 말이다. 물론 거의 엎드려 절받기 수준이었지만. 선우는 팀장에게 고개를 깊이 숙인 후 자리에 돌아왔다. 한 고비 넘겼다는 안도감이 들긴 했지만, 마음이 다시 초조해 졌다. 선우에게 남은 시간이 너무 없었다.

코코는 열일곱 살이 된 몰티즈 믹스견이다. 선우가 중학교 1학년이던 어느 날 아버지가 품에 군밤 봉지 같은 걸 안고 오셨는데, 펼쳐 보니 담요에 싼 강아지였다. 어머니는 강아지를 보자마자 '갑자기 말도 없이 개를 데려오면 어떻게 해!'라며 화냈다. 술 기운이 불콰하게 오른 아버지는 지인의 개가 새끼를 세 마리나 낳았는데 도저히 다 키울 수가 없다고 하길래 소줏값만 주고 데려왔다고 했다. 그러면서 아버지는 쟤도 예전부터 강아지 키우고 싶어 하지 않았냐며 선우를 가리켰다. 아니, 아버지, 그건 제가 일곱 살 때 일이잖아요. 하지만 부모님 사이에서 선우는 현명하게 입을 닫고 어색하게 눈만 굴리는 걸 선택했다.

의기양양해진 아버지는 조그마한 생명체를 조심스럽게 거실에 내려놓았다. 2개월이 막 넘었다는 강아지는 경계심으로 떨며 다시 이불 속을 파고들었다. 아버지가 살살 달래며 지인에게 얻어 온 간식을 내주자 조심스럽게 코를 내밀고 먹었다. 시간이 지나자 긴장이 풀렸는지 그 짧은 다리로 거실 여기저기를 부지런히 다녔다. 아버지는 강아지의 하얀 털, 까만 눈과 코, 그리고 짧은 다리와 통통한 엉덩이에 눈을 떼지 못하고 껄껄 웃었다. 아버지는 자기가 산책도 시키고, 똥오줌도 치우고, 병원도 데려가는 등 모든 뒤치다꺼리를 다 하겠노라며 호언장담했다. 어머니는 못마땅한 기색을 감추지 못했지만, 거실 한편에 강아지가 누울 이불을 깔아주었다. 무언의 허락이었다.

강아지 이름은 어머니가 좋아하는 코코호도 과자 이름을 따서 코코라고 지었다. 코코는 처음에 어머니의 눈치를 보며 조심하는 듯했지만 불과 일주일이 지나자 제 세상인 듯 의기양양해졌다. 자기가 귀엽고 예쁘게 생겼다는 사실을 어느 순간 눈치챈 듯했다. 코코는 사고를 쳐서 혼날 때도 특유의 고개를 갸웃거리는 애교로 어머니의 마음을 녹였다. 한번은 산책길에서 어떤 개가 짖으며 어머니를 위협하자 자기 덩치의 열 배가 되는 상대 개에게 앙칼지게 달려들어서 혼비백산 도망가게 만든 적이 있었는데, 그 이후로 코코는 어머니의 총애를 한 몸에 받았다.

코코는 아버지가 퇴근할 때 가장 열렬하게 맞아주는 존재기도 했다. 엘리베이터 소리가 날 때부터 이미 문 앞에서 대기하고 있다가 아버지가 '코코야 아빠 왔다!'라고 말하면서 문을 열면 흥분 상태로 다리를 든 채 펄쩍펄쩍 뛰었다. 아버지는 그런 코코를 안고 뽀뽀를 몇 번이고 했고, 어머니는 손도 안 씻고 코코를 만진다며 면박을 주었다. 코코는 눈치가 빠른 편이었다. 가끔 아버지가 유난히 지친 얼굴로 텔레비전 앞에 술상을 펴고 앉는 날이면 코코 역시 곁에 앉았다. 그러면 아버지는 소주 한 잔을 마실 때마다 코코를 쓰다듬고 어머니 눈을 피해 간식을 하나씩 몰래 주곤 했다.

코코와 부모님의 관계가 애틋 그 자체였다면, 코코와 선우의 사이는 좀 달랐다. 팽팽한 기싸움과 투덕거림의 연속이랄까? 둘 사이에는 고함과 추격전이 자주 벌어졌다.

"악! 이게 뭐야. 저 미친 코코 새끼가. 진짜."

선우가 축축하게 젖은 양말을 든 채 소리를 지르자 주방에 있던 어머니가 달려왔다.

"선우야, 왜? 무슨 일이야?"

"코코가 책상 밑에 오줌 싸 놨어! 일부러!"

"어머! 그런 실수를 하는 애가 아닌데 무슨 일이지?"

"코코, 이리 와! 야! 너 일부러 그랬지!"

선우가 씩씩거리자 코코는 겁에 질린 척 어머니 뒤에 몸을 붙인 후 고개를 수그렸다. 어머니는 그런 코코에게 몇 마디 잔소리를 하더니 걸레로 책상 밑을 벅벅 닦았다.

"엄마, 쟤가 일부러 그런 거야."

"너는 무슨 코코가 일부러 그랬다고 그래."

"간식 안 준다고 일부러 저런 거라니까?"

코코는 몰티즈 종답게 머리가 좋았다. 자기에게 유리한 쪽으로만 말이다. 배변패드에 오줌이나 똥을 쌀 때마다 간식을 보상으로 준다는 걸 학습한 다음부터는 일부러 몇 번에 나눠서 쌌다. 평소에는 어머니가 간식을 줬는데 외출하는 날이면 선우가 그 역할을 맡았다. 그런데 코코가 그날따라 배변패드에 너무 자주 가는 것이었다.

"연기하고 있네. 간식 맡겨놨냐?"

나오지도 않는 오줌 몇 방울을 떨구고 맡겨놓은 듯 간식을 요구하는 코코를 보며 선우가 코웃음을 쳤다. 간식은 무슨 간식. 저 영악한 것. 선우가 몇 번 더 간식을 주는 타이밍을 무시하자 코코는 선우 책상 밑에 오줌을 흥건하게 싸 놓은 것이었다. 의자에 앉으면 닿을 정확한 그 위치에. 선우가 양말을 갈아 신고 코코를 노려보자 코코는 흥, 하는 표정으로 고개를 돌렸다.

코코는 늘 그런 식이었다. 선우를 자기와 동급 또는 아래로 보는 주제에 필요한 일이 생기면 온갖 애교를 부려 원하는 걸 얻어내고, 마음에 안 들면 유치한 복수를 했다. 그러다 보니 선우의 청소년 시절은 코코와 투닥거리거나, 약 올리거나, 강제로 산책하러 나간 기억들의 연속이었다. 중요한 순간마다 꼭 감초처럼 끼는 버릇은 수능 시험날도 마찬가지였다.

"코코야, 오빠 시험 잘 보고 오세요, 해."

어머니는 코코의 발을 잡고 흔들었다. 빨간 패딩을 입은 코코는 교문에서 선우를 향해 왕, 하고 짖었다. 코코의 입에서 하얀 입김이 새어 나왔다. 부모님의 응원이 무색하게도 선우가 시험을 보던 해는 하필 불수능으로 악명이 높던 때였다. 1교시 시험이 끝나자마자 교실에는 여기저기서 훌쩍이는 소리가 들렸고, 재수생 형들은 씨발, 이라면서 욕을 했다. 선우 역시 수능을 보는 내내 당혹감에 어쩔 줄 몰랐다. 시험이 끝나고 터덜터덜 걸어 나온 교문 앞에는 아침과 똑같은 모습으로 부모님과 코코가 기다리고 있었다.

선우는 집에 오자마자 방에 들어가서 방문을 굳게 잠갔다. 부모님이 문 앞에서 서성거리는 게 느껴졌지만 이내 기척이 사라졌다. 잠시 후 문을 다다다닥 긁는 소리가 들렸다. 보나마나 코코였다. 세운 무릎 사이에 머리를 박고 있던 선우는 그 소리를 무시하려고 했지만, 부모님이 조그맣게 말리는 소리에도 불구하고 코코는 막무가내였다. 선우는 무거운 몸을 일으키고 문을 조금 열었다. 선우가 다시 원래 자세대로 쭈그려 앉자 코코는 다리 사이로 들어와서 얼굴을 비볐다. 그리고 안아달라고 보챘다. 선우는 한숨을 쉰 후 코코를 안았다. 코코는 선우의 눈을 빤히 쳐다보다가 할짝, 눈가를 핥았다. 선우가 '왜 이래, 얼굴에다가 더럽게.' 질색하며 코코를 밀자, 그 손도 할짝, 핥은 후 선우의 품에 고개를 묻고 오랫동안 가만히 있었다.

코코는 그 후에도 꾸준히 싹수없었지만, 어쨌거나 선우와 늘 함께였다. 선우가 군대에 갈 때도 훈련소 앞에서 그 빨간 패딩을 입고 어머니가 '코코야, 오빠 건강하게 잘 다녀오세요, 해.'라는 말에 왕, 하고 짖었다. 그리고 여자친구와 헤어진 날에도, '아쉽게도 이번에는 귀하와 함께할 수 없게 되었습니다.'라는 메일을 62통째 받던 날에도, 우주의 먼지가 되어 녹아버리고 싶은 날에도 함께였다.

그런 날이면 코코는 선우의 품에 안겨서 손과 눈가를 핥곤 했다. 가끔 아끼는 장난감도 선심 쓰듯 건네주었다. 선우는 품속의 그 적당한 무게와 따뜻한 온도에 마음이 조금씩 가라앉으면서도, 자신이 위로하면 반드시 기분이 풀릴 거라고 자신하는 코코의 태도가 어이없어 웃기도 했다.

그런데 그 아이가 지금 많이 아팠다.

그리고 그 싸가지 없는 성격답게 선우가 잠시라도 눈에 보이지 않으면 화를 냈다.

선우는 자꾸만 꼬리를 물고 떠오르는 생각들을 누르며 노트북 모니터로 시선을 돌렸다. '가족 돌봄 휴가 신청 사유'라고 제목을 쓴 이후 모니터 커서만 깜박이고 있었다. 그때 휴대전화 진동이 울렸다. 어머니였다. 선우는 전화기를 들고 빈 회의실로 들어갔다.

"네, 어머니."

"그래. 선우야. 지금 통화 괜찮니?"

"괜찮아요. 할머니한테 무슨 일 있어요?"

"할머니야 늘 비슷하시지 뭐. 코코 때문에 걱정이 돼서 걸었어. 지금 많이 안 좋니? 병원에서는 뭐래?"

"병원에서는 더 이상 해줄 수 있는 게 없대요. 그냥 나이를 많이 먹어서 그런 거라고."

"계속 짖고 우는 건 어떻게 됐어?"

"여전해요. 더 심해진 것 같아. 오늘도 관리실 전화를 두 번이나 받았어요."

전화기 너머로 한숨이 들렸다. 딱히 할 말이 없는 선우도 침묵하고 있자 이내 어머니가 결심한 듯이 말했다.

"코코가 아프니까 혼자 있는 게 무섭고 외로워서 그래. 정말 그 조그만 게 안쓰러워서 너무 눈물이 난다. 아무래도 네 아버지라도 올라가시라고 해야겠어."

"할머니는 그럼 어떻게 해요?"

"나 혼자서도 충분하다. 요즘 할머니가 많이 좋아지셨거든. 걱정하지 말아."

"할머니 지금 허리 다치셔서 잘 걷지도 못하시는데 어머니 혼자 어떻게 하려고. 지금 회사에 휴가를 상의하는 중이니까 기다려봐요."

선우의 말에 어머니는 울먹거렸다. 정 안되면 통영의 지인 집에 코코를 데려다 놓고 매일 돌봐주러 가겠다고 하셨다. 부모님이 할머니 때문에 통영에 내려가신 건 이 년 전이었다. 서울 집은 선우와 코코가 살도록 남겨두었다. 외동딸인 어머니는 홀로 되신 할머니가 갈수록 살이 빠져 몸무게가 39kg이 된 것을 알게 되자 이사를 결심했다. 통영집이 2층 단독주택이어서 당연히 코코를 데려갈 수 있다고 생각했지만, 면역력이 약해진 할머니가 개 알레르기로 온몸에 두드러기가 나는 걸 보고는 포기했다.

선우는 자리로 돌아온 후 제목 외에는 아무것도 쓰지 못한 모니터를 흘깃 쳐다보았다. 안 되겠어. 시간이 빠르게 말라붙고 있었다. 선우는 일단 조직문화팀에 무작정 찾아가기로 했다. 조직도를 검색하자 휴가 신청 담당자는 최경아 매니저라고 나왔다. 두 층 아래인 조직문화팀에 가서 담당자를 찾았더니 동그란 안경에 단발머리를 한 여자가 손을 들어 올려 보였다. 깐깐하고 빈틈없어 보이는 인상이라 선우는 말을 꺼내기도 전에 기가 죽었다.

"네, 제가 최경아예요. 무슨 일이신가요?"

"안녕하세요. 마케팅팀의 강선우입니다. 가족 돌봄 휴가를 신청하고 싶어서 왔습니다."

"그러시군요. 필요 서류와 절차 알려드릴게요."

"아, 그런데⋯⋯. 사실 제가 좀 예외적인 사례라⋯⋯."

"예외요?"

"반려동물이 많이 아파서요."

선우는 자기도 모르게 목소리가 기어들어 가는 것을 느꼈다. 경아라는 담당자는 동그란 안경 속에서 눈을 더 동그랗게 떴다. 입도 살짝 벌어졌다. 잠시 후 자신의 표정이 프로답지 못하다고 느꼈는지 재빠르게 입을 닫았다.

"제가 판교에서 인사업무를 팔 년째 담당하면서 정말 웬만한 건 다 겪었다고 생각했는데 이번에는 좀 세네요. 우리가 친한 사이도 아닌데 선우님이 농담하시는 건 물론 아니시겠죠. 혹시 반려동물이 어떤 종류죠?"

"개입니다. 몰티즈예요."

"큰 사고를 당했거나 수술을 하는 건가요?"

"열일곱 살이라서 나이가 많아요. 발작이 심해지고 하울링과 짖는 행동이 도저히 제어가 안 되어서 집에 혼자 둘 수가 없습니다. 돌봄 휴가를 주시면 정말 큰 도움이 될 겁니다."

"……."

선우는 목이 바싹 탔다. 그리고 담당자를 간절한 표정으로 쳐다봤다. 경아는 선우의 얼굴을 물끄러미 쳐다보다가 손으로 시선을 옮겼다. 지금 선우의 손은 엉망이었다. 코코가 발작할 때면 선우가 품에 안아줘서 달래곤 했는데, 최근에 공격적으로 변해서 입질하는 경우가 잦아졌기 때문이다.

"규정상 가족 돌봄 휴가는 직계 존비속 가족에게만 쓸 수 있어요. 즉, 부모님과 자녀의 경우에만 가능하죠. 물론 그건 이미 아시겠지만. 그런데 혹시 얼마 동안 휴가를 쓰실 생각인가요?"

"한 달입니다."

"부서장님께 말씀은 드리셨어요?"

"네. 팀장님은 조직문화팀에서 휴가를 승인하기만 하면 결재해주신다고 하셨어요."

어쨌든, 거짓말은 아니니까. 선우는 생각했다.

"……그래요? 후우, 알겠습니다. 정말 당황스럽긴 하지만 선우님이 정식으로 요청을 하셨으니 저도 한번 보고드려볼 게요. 그런데 꼭 휴가를 쓰셔야 하는 거예요? 재택근무를 신청하실 수도 있는데."

재택근무는 선우도 생각했던 방법이었다. 그런데 코코가 발작하고 병원에 달려가는 일이 잦아지면 일을 제대로 할 수가 없을 것 같았다. 특히 마케팅팀의 업무는 빠르게 처리 하고 피드백해야 하는 업무가 대부분이라 나중에 미뤘다가 한꺼번에 할 수 있는 성격이 아니었다. 결국 동동거리면서 죄송하다는 말을 반복하고 팀에도 피해를 줄 가능성이 컸 다. 상황을 설명하자 경아는 고개를 끄덕였다.

"일단 저도 보고드려보고 연락드릴게요. 개가 많이 아프 다니 되든 안 되든 빨리 결론이 나야겠죠."

선우는 고맙다고 말하며 인사를 한 후 나가려고 몸을 돌 렸다. 그때 등 뒤에서 경아가 물었다.

"개 이름이 뭐예요?"

"코코요. 코코호도에서 따서 코코라고 지었어요."

경아는 잠시 눈이 휘둥그레 커지더니 서둘러 고개를 숙 였다. 그 상태로 '예쁜 이름이네요. 그럼 결과는 빨리 알려 드릴게요.'라고 말했다. 선우는 고맙다며 다시 한번 인사를 꾸벅하고 나왔다. 자리로 돌아가면서 경아의 둥근 안경 너 머의 얼굴이 붉어진 걸 본 것 같다는 생각을 했다.

"반려동물로 가족 돌봄 휴가를 신청한다고요? 경아님. 지금 내가 정확하게 들은 건가요?"

"네. 반려견이 시한부라서 많이 아프다고 하네요."

"그러니까 키우던 개가 아파서 휴가를 신청해야겠다? 그것도 가족 돌봄 휴가를?"

"어떤 사람들에게는 개가 가족보다 더 가족 같은 존재이기도 하잖아요."

"참나. 개나 고양이를 부모 자식보다 더 극진히 여기는 사람이 있다는 얘기는 나도 들어봤죠. 그런데 신청한 사람이 누구라고요?"

"마케팅팀 강선우님이요."

"신입인가요?"

"아니요. 입사 삼 년 차입니다."

"경아님. 아무래도 내가 회사를 너무 오래 다녔나봐요. 나도 어쩔 수 없는 꼰대인가봐. 지금 내가 충격받는 게 이상한 거죠? 그런 거죠? 아니야, 아니지. 자기 혼자서 개를 가족이라고 여기는 건 자유지만, 회사에 이런 휴가를 신청하는 건 선 넘은 거 아니에요?"

경아는 신세 한탄과 흥분을 오르내리는 팀장의 넋두리를 듣다가 동그란 안경을 고쳐 쓰며 제안했다.

"팀장님, 반려동물로 가족 돌봄 휴가를 쓰는 건 ㅠ정상 말이 안 되죠. 그런데 선우님이 신청하는 기간은 한 달 정도이고 부서장도 허락했다고 하니, 업무에 지장은 없는 것 같아요. 어차피 무급휴가라서 회사에 비용 부담도 없으니 홍보성 사업으로 한번 해보는 건 어떨까요?"

"홍보성 사업? 무슨?"

"그동안 저희가 워낙 앞서가는 복지 제도로 유명했잖아요. 그런데 요즘은 다들 그 정도는 하다 보니까 차별성이 없어졌어요. 팀장님도 아시다시피 다음 달에 저희가 '지속 가능 경영 리포트' 발행하잖아요. 그때 사내 복지 제도 중에서 가족 돌봄 휴가 제도를 강조해서 내세우면 어떨까요? 작년에 큰 수술을 한 아버지를 돌봤던 개발팀 최진혁님 사례와 아이의 학교 왕따 문제로 가족 돌봄 휴가를 썼던 소비자데이터분석팀 이영미님 사례 같은 걸 넣어서요. 참, 영미님 아들은 올해 반에서 회장 됐대요. 저번 주에 밥 사주면서 자랑하더라고요. 아마 인터뷰도 해줄 거예요."

"음. 거기에 반려동물 사례까지 넣자?"

"기업 문화가 완전 힙하게 보이지 않겠어요?"

아까까지 흥분하던 팀장은 잠시 생각에 빠졌다. 머릿속에서 이득과 실을 빠르게 계산하는 듯했다.

"그런데 가족 돌봄 휴가에 반려동물도 넣었다가 사람들이 마구잡이로 신청하면 어떻게 하죠? 휴가를 길게 쓰고 싶거나 이직 준비하는 사람들이 햄스터, 이구아나, 너구리, 아니 귀뚜라미까지 가족이라면서 핑계를 대고 휴가를 신청하면 어떻게 해요?"

"팀장님, 너구리는 불법이에요."

"아니, 말이 그렇다는 거죠. 우리 집 꼬맹이는 개미 키우는데. 나중에 우리 애가 흥미를 잃어서 불쌍한 개미들이 몰살하면 우리 집에 조문 와요. 나도 요즘 힘들어 죽겠는데 그걸로 휴가나 쓸까 보다."

"무급휴가라서 와이프분에게 혼나실 테니 꿈도 꾸지 마세요. 그런데 제 생각에 휴가 남용은 없을 것 같아요. 우리 회사는 연차를 무조건 쓰게 하는 문화인데도 유급 연차는 안 쓰는 사람들이 대부분이잖아요. 그리고 햄스터, 귀뚜라미 핑계 대고 이직 준비할 사람이 있다면 차라리 하루라도 빨리 다른 회사 가주는 게 낫죠. 기존과 동일하게 공식적인 의사 진단서와 돌봄 사유를 적어서 내라고 하면 부작용을 줄일 수 있을 것 같아요."

"흠, 그런가."

경아는 팀장의 얼굴을 보며 마지막 무기를 꺼냈다.

"대표님이 매월 하는 타운홀 미팅이 다음 주 월요일이잖아요? 그때 선우님이 건의한 내용을 공개적으로 들어주는 모양새로 가는 건 어때요? 요즘 올라오는 건의라고는 커피 원두 바꿔줘요, 명함 디자인이 별로예요, 같은 자잘한 것밖에 없잖아요. 대표님도 저번 수에 뭐라고 하셨다면서요."

"대표님이 타운홀 미팅에서 건의를 들어주는 형식으로?"

"네. 어떠세요? 저는 괜찮아 보이는데."

팀장은 잠시 고민하더니 천천히 고개를 끄덕였다.

"확실히 그림은 나쁘지 않네. 그럼 대표님께 한번 말씀드리고 와볼게요. 그, 아까 사례가 누구누구 있다고 했죠? 그것만 좀 메모지에 적어줘요."

팀장은 경아가 적어준 메모지를 들더니 서둘러 대표에게 보고하러 갔다.

———✎

선우는 지금 코코의 사진 중에서 잘 나온 걸 고르고 있는 중이었다. 방금 전에 경아는 선우를 부르더니 가족 돌봄 휴가 얘기가 잘 되고 있다는 소식을 귀띔해주었다. 그러면서 선우가 타운홀 미팅 때 대표에게 건의하고 그 자리에서 들어주는 모양새로 할 계획이니, 코코의 사진 열 장이 필요하다고 했다. 사연을 소개할 때 보여줄 용도이니 최대한 귀엽고 사랑스럽게 나온 것으로 말이다.

"전 직원에게 꼭 공개해야 할까요?"

선우의 망설이는 태도에 경아는 안경을 고쳐 쓰며 난처한 표정을 지었지만, 곧 달래듯이 말했다.

"반려동물로 가족 돌봄 휴가는 원래 불가예요. 아시잖아요. 그나마 이런 형식으로 겨우 허락받았어요."

"그래도 좀……."

"어차피 반려견으로 가족 돌봄 휴가 갔다는 사실은 회사에 소문이 쫙 퍼질 거예요. 다들 수군거리겠죠. 소문의 대상이 되는 걸 피할 수 없다면 차라리 공개적으로 하는 게 좋아요."

선우는 마지못해 고개를 끄덕였다. 그리고 'CEO에게 건의합니다' 게시판에 글을 올린 후 경아에게 보낼 사진을 골랐다. 열 장만 고르는 건 생각보다 어려웠다.

'전 여친도 코코 사진을 보내 달라고 한 적이 있는데.'

선우는 묘한 기시감에 웃었다. 이 년을 사귀었다가 서로 밑바닥까지 보여주며 헤어진 여자친구가 석 달 만에 연락을 한 것도 코코 때문이었다. 그녀는 연인 간의 마음은 정리했지만, 코코는 아무래도 잊히지 않는다고, 최근 사진 몇 장만 보내주면 마음이 나아질 것 같다고 말했다. 선우는 황당했지만 이해 못 할 일도 아니라고 이내 납득했었다. 영악한 코코는 필요에 따라 무척이나 사랑스럽게 굴었고, 볼 때마다 비싼 수제 간식을 사 오는 전 여친은 코코가 잘 보여야 할 대상이었기 때문이다.

선우는 그때와 비슷한 마음으로 사진 열 장을 골라 경아에게 보낸 후 회사를 나섰다. 다행히 이제 주말이었다. 집에는 인내심이 얄팍한 동서인이 노한 채로 기다리고 계셨다.

"코코야. 오라버니 오셨다."

선우가 문을 열고 들어서자 코코는 낑낑거리면서 이미 문 앞에 와 있었다. 슬개골 수술을 두 번이라 한 터라 무리하면 안 되는데, 안아달라고 자꾸 두 다리로 서서 뛰는 바람에 선우는 기겁했다.

"뛰지 말라니까."

선우가 안아 들면서 나무라듯 타이르자 코코는 특유의 흥, 하는 태도로 선우 품에 고개를 묻었다.

"코코야. 혼자 있기 싫다고 그렇게 땡깡 부렸다며? 너 여기에 소문 다 났어. 어떻게 할 거야? 다른 동네 개들에게 창피하지도 않아? 응?"

귀가 잘 들리지도 않는 코코는 평소처럼 뻔뻔한 표정이었다. 선우는 코코를 안은 채로 사료가 절반 가까이 남아 있는 그릇을 근심스럽게 살펴보았다.

"이렇게 밥 잘 안 먹으면 큰일 나. 너 좋아하는 비싼 거로 사 놨는데 왜 그래."

코코는 입맛이 까다로운 편이었다. 예전에 돈을 절약한답시고 고기 맛이 첨가된 곡물 사료를 샀더니 코코가 먹자마자 퉤, 하고 뱉은 후 단식 투쟁을 했다. 코코가 좋아하는 사료는 시중에 나와 있는 것 중 가장 비싼 편이라 선우는 결제할 때마다 살짝 손이 떨렸다. 선우가 남은 사료를 손에

273

올려서 코코의 입에 대주자 그때야 힘겹게 먹기 시작했다.

"하여간 오냐오냐 커서 큰일이다, 꼭 이렇게 먹여줘야 드시겠어요? 응? 아냐, 너한테 한 얘기 아니야. 먹어. 죄송해요. 드세요오."

선우는 치켜뜨는 코코의 눈을 보며 바로 태세를 전환했다. 밥을 먹는 코코의 숨소리가 거칠었다. 회사에서 틈틈이 CCTV로 지켜 본 코코는 거의 움직이지 않은 채 자꾸만 짖거나 울고, 한 번씩 발작성 경련을 하곤 했다. 코코가 경련하는 모습을 볼 때마다 금방이라도 죽을 것 같아서 선우의 심장은 오그라들었다. 안 되겠어. 가족 돌봄 휴가 승인이 안 나더라도 화요일부터 연차 휴가를 그냥 써야겠어, 선우는 결심했다. 그리고 손에 닿는 코코의 건조한 코를 조심스럽게 어루만졌다.

"코코야. 내가 너 때문에 회사에서 엄청나게 망신당하고 있는 거 알아야 한다, 진짜. 요즘은 개들이 스무 살 넘어도 잘 산다는데 너는 왜 이렇게 벌써 비리비리해? 내가 뭐라디? 맨날 사료 대신 간식만 먹으려고 하고 산책도 하기 귀찮아 하니까 이런 거 아니야."

코코는 듣기 싫은지 왕, 하고 짖었다. 귀가 잘 안 들려도 자기에게 싫은 소리 하는 건 기가 막히게 아는 녀석이었다.

"이거 봐. 그렇게 성질내니까 자꾸 아픈 거라고. 지금이라도 밥 잘 먹고, 약 잘 먹고, 산책도 요령 안 피우고 잘 해

274

봐라. 금방 건강해지지. 스무 살은 넘어야 할 거 아니야."

미성년자로 죽을 셈이야? 응? 코코?

———/

월요일이 되자 선우는 코코를 병원에 입원시킨 후 서둘러 출근했다. 코코는 병원을 유난히 싫어해서 병원에만 입원하면 단식 투쟁을 벌였고, 수액으로 영양분을 공급받아야 했다. 하지만 코코는 선우가 눈에 보이지 않으면 짖고 울어대는 터라 도저히 집에 혼자 놔둘 수가 없었다. 하루만 참아달라고 코코에게 통사정을 한 후 나섰다.

한 달에 한 번 열리는 대표와의 타운홀 미팅 장소에는 평소처럼 사람들이 와글대면서 앉아 있었다. 잠시 후 연단에 올라온 대표는 여느 때처럼 회사의 성장과 비전을 열정적으로 얘기하고, 직원들의 질문에도 대답했다. 미팅 시간이 끝나갈 무렵이 되자 대표는 특별히 소개하고 싶은 사연이 있다며 말을 꺼냈다. 그리고 큼큼, 하며 목소리를 가다듬더니 선우가 게시판에 올린 사연을 읽었다.

대표가 낭독하는 동안 서 있는 뒤편의 커다란 스크린에는 코코의 사진들이 차례대로 띄워졌다. 강아지 시절부터 지금까지. 배경음악으로 디즈니 영화 〈코코〉의 'Remember

275

me'가 흘러나왔다. 사람들은 코코가 패딩을 입은 채 학교 교문 사이로 고개를 내밀고 있는 사진을 특히 좋아했다. 사진 밑에는 '주인님, 수능시험 잘 보고 오세요.'라고 쓰여 있었다. 아마 경아의 아이디어였겠지. 코코는 나를 주인님으로는커녕 자기 밑으로 아는데. 선우는 속으로 투덜거렸지만 사진 속 코코는 추운 날씨에 입김을 내뿜으면서도 눈을 똥그랗게 뜨고 있어 꽤 귀여웠다. 마지막 사진은 병원에서 링거를 맞는 모습이었다. 슬라이드쇼가 끝나자 대표가 좌중을 바라보며 미소를 지었다.

"선우님은 반려동물 코코의 마지막 순간을 함께하고 싶어서 가족 돌봄 휴가를 요청하셨습니다. 원래는 규정상 불가능하지만, 아시다시피 우리 회사는 직원들의 일과 삶 모두를 응원하는 걸 자랑으로 삼고 있습니다. 그래서 선우님의 건의를 받아들여 휴가를 승인하고, 코코를 위한 작은 선물도 드리고자 합니다."

대표의 말이 끝나자 경아가 강아지 그림이 그려진 커다란 상자를 가지고 올라왔고, 대표는 선우에게 선물을 전달했다. 사람들은 환호성을 지르며 손뼉을 쳤고, 대표는 뿌듯한 표정으로 주위를 바라보았다. 사람들은 선우의 어깨를 두드리며 격려해줬다. 물론 비아냥거리는 사람도 있었지만 다른 사람들이 빠르게 옆구리를 찌르는 순간 조용히 입을 다물었다.

선우는 자리로 돌아가자마자 인수인계할 내용을 빠르게 정리해서 팀장에게 보고했다. 그리고 한 달짜리 가족 돌봄 휴가 결재를 인트라넷에 올렸다. 연차까지 써서 6주를 신청할까도 고민했지만, 일단은 한 달만 쓰기로 했다. 코코가 만약 이번 고비를 넘기면 앞으로 중요한 병원 치료를 받을 때 연차 휴가가 필요할 테니 말이다.

퇴근 시간이 되자마자 떠나는 선우 뒤로 '코코에게 안부 전해줘요!'라는 사람들의 응원 섞인 소리가 들렸다. 선우는 고맙다는 표시로 뒤돌아 꾸벅 인사했다. 슬리퍼, 쿠션, 먹다 남은 간식 등의 한 보따리 짐을 들고 엘리베이터를 기다리고 있으려니 누군가 다가왔다. 경아였다. 선우는 진심을 담아 고마움을 표현했다.

"경아님. 정말 고마워요. 그 부서에 있는 동기가 알려줬는데 이번 휴가 승인은 경아님 덕분이었다고 들었어요."

"뭐, 윗사람들이 좋아할 만한 몇 가지를 얘기했을 뿐인데요. 코코 사진이 큰 역할을 했어요. 참, 코코의 사례는 저희 홍보 자료에 가끔 소개될 거예요. 저희도 그래야 할 사정이 있어서요. 사적인 영역인데 미안해요."

선우는 자기 얼굴이 나오지만 않으면 괜찮다고 말하며 웃었다. 경아도 웃으며 고개를 끄덕였다. 그리고 잠시 후 경아는 입술을 꽉 다물고, 무엇인가를 망설이는 듯 초조한 기색이었다. 그러다 간신히 용기를 냈는지 벌게진 얼굴로 조그맣게 목소리를 냈다.

"저, 혹시, 괜찮으시다면."

"네? 뭐라고 하셨죠? 못 들었어요."

"저, 혹시 괜찮으시다면 주말에 코코를 한 번 보러 갈 수 있을까요?"

"⋯⋯네?"

선우의 당황한 얼굴을 보자 경아는 귀까지 빨개지더니 고개를 저으며 빠르게 말했다.

"저희가 잘 아는 사이도 아닌데 이상하게 들리는 것 알아요. 그런데 저희 개도 삼 년 전에 무지개 다리를 건넜거든요. 저희 강아지는 푸들인데 코코호도를 따서 호도라고 지었어요. 코코처럼. 그래서⋯⋯, 저⋯⋯, 실례가 안 된다면."

경아는 침을 꿀꺽 삼킨 후 고개를 들어 선우를 똑바로 봤다. 목소리가 조금 흔들렸다.

"코코를 한 번 보고 싶어요. 그냥 한 번만. 그거면 돼요."

선우는 동그란 안경 속에 붉어진 경아의 눈을 보며 그때 본 게 착각이 아니었구나, 라고 생각했다. 그럼요. 괜찮아요. 오세요. 같이 산책해요. 코코도 좋아할 거예요.

선우는 아픈 개를 위해 어마어마하게 정성스러운 식단을

만드는 블로거의 게시물을 읽다가 고개를 절레절레 저었다. 그중 가장 쉬워 보이는 조리법으로 시도해봤지만, 코코의 반응은 영 떨떠름했다. 오히려 자기를 내버려 둔 채 주방에서 몇 시간째 부산을 떠는 선우에게 노여운 눈길을 줄 뿐이었다. 몇 번의 시도 후에 선우는 깔끔하게 포기했다. 그냥 그동안 비싼 가격 때문에 어쩌다 한번 사던 좋아하는 간식들을 왕창 사는 쪽으로 타협하기로 했다.

코코야. 뭐, 그냥 이렇게 지내면 되지. 평범하긴 하지만 너랑 내가 좋아하는 주말이 매일매일인 셈이잖아, 라고 속삭이니 코코는 특유의 흥, 하는 표정으로 선우의 품에 안겼다. 그러고는 하루에 세 번 약을 먹고, 좋아하는 사료와 간식을 먹고, 하루에 두 번 30분씩 산책했다. 지금까지 했던 평범한 일상처럼 말이다.

발작성 경련은 여전했지만, 선우가 쓰다듬으면서 '코코야, 코코야, 떼쟁이 코코야.'로 시작하는 제멋대로 자작곡을 부르다 보면 어느새 진정이 되곤 했다. 싹수없는 응석은 더 심해져서 밤에는 자기가 잠들 때까지 등을 토닥이라고 눈을 부릅떴다. 선우가 '주인님 손목이 나갈 지경이야.'라고 투덜대도 막무가내였다. 어쩔 수 있겠어. 결국, 선우는 한 손으로 휴대전화 게임을 하면서 다른 한 손으로는 코코를 토닥이는 기술을 익히게 되었다.

어느덧 주말이 되자, 토요일에 경아가 코코를 보러 왔다.

선우는 경아가 집 앞에 도착했다는 메시지를 받자 코코를 데리고 나갔다. 코코는 낯선 사람을 보자 습관처럼 경계했지만, 경아가 코코가 특히 좋아하는 간식을 내밀자 태도가 금세 바뀌었다. 경아는 개를 기분 좋게 만드는 법을 잘 아는 사람이었다. 코코의 배 부위를 거리낌 없이 어루만지는 경아를 보면서 선우는 반성했다. 코코가 나이가 들면서 배에 진물이 난 이후로는 배를 만지는 걸 피한 지 오래였기 때문이다.

선우는 기분 좋아 보이는 코코를 안고 경아와 함께 공원을 향해 천천히 걸어갔다. 코코가 편안하게 걸을 수 있는 시간은 30분 정도라서 공원에 도착할 때까지는 안고 가야 했다. 둘은 한동안 아무 말도 없이 조용히 걸었다. 경아는 딴생각에 잠긴 듯했다. 선우가 먼저 말을 꺼냈다.

"개 이름이 호도라고 했죠? 어디가 아팠어요?"

"나이가 많았어요. 열여덟 살이었거든요. 아픈 곳은 뭐, 많았죠. 자궁 수술도 하고, 다리 수술도 하고. 나중에는 폐렴이 너무 심해져서 손을 쓸 수가 없었어요."

힘드셨겠네요, 라고 선우가 말하자 경아가 고개를 저었다.

"그렇게 힘들진 않았어요. 호도가 워낙 의젓하고 약도 잘 먹고, 재활도 열심히 했거든요. 아쉬운 건 하나뿐이에요. 호도가 너무 빨리 태어난 거. 지금 태어났으면 얼마나 좋았을까, 라고 몇 번이나 생각해요. 예전에는 지금처럼 간식이나 장난감이 많지 않았잖아요, 상형욱님 같이 제대로 알려주는 사람도 없었고. 온갖 좋은 것들이 나오고, 어떻게 제대로 사랑해줘야 하는지 배웠을 때는 이미 호도가 너무 나이 들어버렸어요."

"예전에는 통조림 간식 정도가 최고였죠. 그래도 그거 하나면 코코가 그렇게 빨리 돌 수 없을 정도로 돌면서 좋아했어요."

"호도도 그랬어요. 있잖아요, 저는 지금까지 잊히지 않는 날이 있어요. 호도를 애견 리조트에 데려간 적이 있거든요. 그 전까지는 한 번도 가본 적이 없는데, 친구 인스타에 올라온 사진을 보니까 너무 부러운 거예요. 그래서 무작정 신청해서 데리고 갔죠. 그런데 호도가 다른 개들이 커다란 수영장에서 수영하고 바비큐를 먹는 모습을 보더니 눈이 휘둥그레지는 거예요. 생전 그렇게 좋은 건 처음 본 것처럼. 엄마, 이게 다 뭐야? 엄마, 나 뭐 잘해서 상 주는 거야? 라는 표정으로 진짜 행복해했어요. 절뚝이면서도 다른 강아지들 엄청나게 따라다니고."

경아는 쓸쓸하게 웃었다. 공원에 도착하자 선우는 코코를 바닥에 내려놨다. 코코는 풀 사이를 콩콩대며 분주하게 돌아다니기 시작했다. 경아는 그런 코코의 모습을 지켜보다가 조심스럽게 선우에게 제안했다.

"제가 잠깐 산책시키고 와도 될까요? 멀리 안 가고 지금 보이는 저기까지 갔다가 바로 돌아올게요."

"그럼요. 다녀오세요."

선우는 선선히 줄을 건네줬다. 경아는 줄을 조심스럽게
잡고 코코야 가자, 라며 부드럽게 말을 걸었다. 선우는 벤
치에 앉으며 코코에게 손을 흔들었다. 코코는 선우를 흘깃
쳐다봤다가 경아가 주는 간식을 받아먹고 나서 순순히 산
책을 나섰다. 경아는 천천히 줄을 리드했다. 코코가 냄새를
맡고 싶어 하면 재촉하지 않고 기다렸다. 둘이 조그마한 점
이 되었다가 다시 돌아오는 동안 선우는 가만히 앉아 눈을
감았다. 바람결에 견주들의 웃음소리, 혼내는 소리, 개들이
컹컹 또는 캉캉 짖는 소리가 들려왔다.

시간이 얼마나 지났을까? 누군가 벤치 옆에 조심스레 앉
는 기척이 느껴졌다. 눈을 뜨니 코코가 머리에 풀을 붙이고
의기양양해져 있는 모습이 보였다.

"여기 줄이요. 감사해요. 코코가 아주 의젓하던데요."

"원래 집에서는 자기 멋대로인데 밖에 나와서 저래요."

선우는 코코의 새침한 얼굴을 보고 비웃자 코코가 왕,
하고 짖었다. 경아는 웃었다. 아까보다 표정이 한결 편안해
보였다. 오늘 정말 감사해요. 저는 이만 가볼게요, 라고 말
하는 경아를 보며 선우는 충동적으로 제안했다.

"코코를 안아보실래요?"

"네?"

"안아보셔도 돼요."

"⋯⋯그래도 될까요?"

"그럼요."

경아는 손을 뻗어 조심스럽게 코코를 안았다. 선우는 경아가 코코를 품에 안을 때 눈이 살짝 떨리는 걸 보았다. 선우는 경아가 울음을 터트릴 거라고 염려했다. 하지만 경아는 울지 않았다. 코코의 냄새를 그리운 듯 맡고 있을 뿐이었다. 잠시 후 경아는 코코를 조심스럽게 내려놓았다.

"감사해요. 사실 그리웠거든요. 이 느낌이."

"다시 키울 생각은 없으세요?"

"아뇨. 다시는 안 키워요. 너무 후회해요. 그렇게 금방 죽는 존재에게 말도 안 되는 사랑을 받고, 마음을 주는 게 어떤 의미인지 몰랐거든요. 알았으면 시작도 안 했을 텐데."

선우가 그럼 오래 살기로 유명한 거북이나 앵무새를 기르면 어떠냐고 묻자 경아는 어이없다는 듯이 웃음을 터트렸다. 안 돼요. 나 없이 혼자 남겨질 걸 생각하면 더 미칠걸요, 라고 말한 후 이제 정말 가봐야겠다며 인사를 했다.

선우는 경아의 멀어지는 뒷모습을 한동안 지켜보다가 코코를 안고 천천히 집으로 향했다. 손바닥에 코코의 온기와 심장박동이 미세하게 느껴졌다. 코코는 하품을 크게 하더니 갑자기 동그랗게 몸을 만 후 떨었다. 발작의 전조 증상이었다. 어젯밤 데려간 병원 응급실의 의사는 한 번만 더

쇼크가 온다면 그때가 마지막일 거라는 말을 했다. 선우는 코코가 좋아하는 방식대로 등을 토닥이며 부드럽게 말을 걸었다.

"코코야. 다음 주에는 통영에 계신 엄마 아빠 보러 가자. 두 분 다 코코가 너무 보고 싶대. 할머니 때문에 집으로는 못가지만 근처에 숙소가 있어. 다 같이 바다도 보러 가자."

선우는 휴가가 고작 3주 남았다는 사실을 잊으려고 애썼다. 좋은 말이라곤 하나도 안 해주던 의사의 말도 무시하려고 노력했다. 누가 미래를 알겠어? 진짜 기적처럼 좋아질 수도 있지. 어쩌면 스무 살 넘게 살 수도 있지. 그래서 더럽게 오래 산다고 맨날 구박할 수도 있지. 안 그래?

코코야.
조금만 더 힘내보자.
아직 엄마 아빠에게 안녕, 인사도 못 했잖아.

코코야.
조금만 더 버텨보자.
아직 바다도 못 봤잖아, 너.
파도가 하얗게 부서지는 게 얼마나 근사한지 모르지.

코코야, 코코야.

조금만 더 살아보자.

너 주려고 산 간식이 지금 옥천 hub까지 왔대.

내일이면 택배 아저씨가 꼭 갖다 줄 거야.

선우는 천천히 걸으면서 자기가 생각해낼 수 있는 좋은
것들을 모조리 약속했다. 자꾸만 겁이 나서 토닥이는 손에
힘이 들어갔지만, 다행히 집에 도착할 무렵이 되자 발작까
지 진행되지 않고 진정되었다. 선우는 겁을 먹어 흔들리는
코코의 눈을 보며 일부러 놀리듯이 우스꽝스러운 표정을
지었다. 약이 오른 코코는 금세 눈을 치켜떴다.

아마 오늘 선우는 가장 방심하고 있을 때 축축한 양말을
만나게 될 것이다.

언성 히어로즈 Unsung Heroes
(보이지 않는 영웅들)

결초보은

: 이 은혜 잊지 않고 다음 초보에게 갚겠습니다.

첫 번째 이야기 **민은비**

언성 히어로*요? 보이지 않는 영웅이라는 뜻이라고요. 글쎄요. 제 삶은 그다지 스펙터클한 편이 아니라서 특별한 경험이 없는데요. 아, 소소할수록 좋다고요?

그렇다면……. 하나 있어요.

제 회사는 우리나라에서 가장 큰 여행사 중의 하나예요. 저는 서울 중구에 있는 본사 마케팅팀에 있고요. 원래는 부산경상대 항공관광영어과를 졸업하고 부산 지사에서 일하고 있었는데, 같이 일하던 팀장님이 서울로 인사이동하면서 저를 데리고 와줬어요. 처음에는 그 팀장님과 국내 여행팀에 있었는데 이 년쯤 후에 마케팅팀으로 옮기게 되었답

※   'unsung hero'는 '무명의 영웅, 제대로 조명받지 못한 영웅'을 뜻한다. 'unsung'
    은 '시가詩歌로 읊어지지 않은, 시가에 의해 찬미되지 않은, 무명의'란 뜻이
    다.(『교양영어사전1』, 강준만, 인물과사상사, 2012년, 363쪽.)

니다. 그전부터 꼭 일하고 싶던 부서였고, 다행히 동료들도 좋아서 행운이라고 생각했는데 딱 한 가지가 스트레스였어요. 새 부서의 팀장님이 자꾸만 다른 부서의 남자 동료와 저를 엮고 싶어 했거든요.

"민 대리. 회계팀의 김 과장 어때? 둘이 나란히 서봐. 이야, 둘이 진짜 잘 어울리네."

"민 대리. 내가 보증할 테니 긍정적으로 생각해봐. 김 과장은 진짜 진국이거든. 남자는 남자가 볼 줄 알잖아."

그때마다 저는 예의 바르게 웃기만 할 뿐 아무 말도 하지 않았어요. 김 과장이라는 분은 저보다 나이가 여덟 살이나 많은 데다가 전체적으로 호리호리해서 제 취향이 아니었거든요. 저는 곰돌이처럼 몸집이 있어서 푹 안기고 싶은 남자가 좋아요. 그런데 당사자를 앞에 두고 '저는 전혀 생각이 없는데요.'라고 급발진할 수도 없잖아요. 게다가 상대편 남자분 역시 귓등으로 들으며 무시하는 걸 보면 저 역시 그분의 취향이 영 아닌 듯한데 말이죠. 그러면 팀장은 더 호들갑을 떨어댑니다.

"오올, 민 대리 표정 보니까 마음이 좀 있는 것 같은데? 김 과장도 싫지 않은 눈치고. 이야, 봄이구나 봄이야."

도대체 제 표정 어디에서 그런 낌새가 있다는 걸까요. 진짜 스트레스였습니다. 그 남자 동료와 저는 일로만 엮인 담백한 사이였거든요. 개인적인 연락을 한 적도 없어요. 그런데 협업 프로젝트 때문에 둘이 회의하는 걸 팀장이 보기라도 하는 날에는 꼭 '둘이 잘 어울리니 어쩌니'를 늘어놓습니다. 한번은 둘이 같이 있는 사진을 찍어서 '현장 특종! 잘 어울리는 선남선녀의 만남!'이라며 팀 카톡방에 올리기도 했어요. 처음에는 재미있어 하던 팀 동료들도 점차 'ㅋㅋ' 정도의 리액션만 하다가 나중에는 귀찮은 듯 아무 반응이 없더라고요. 제 얼굴이 다 화끈화끈했습니다.

불편하니까 그만하라고 팀장에게 말하지 그랬냐고요? 왜 안 했겠어요. 당연히 몇 번이나 했죠. 그런데 부끄러워서 앙탈을 부리는 사람처럼 취급하더라고요. 이런 날들이 쌓이자 점점 회사 가기가 싫어졌어요. 남자친구 생겼다고 거짓말할까도 생각해봤는데 왜 내가 그렇게까지 해야 하나 싶어 화가 나더라고요. 거짓말도 에너지가 무척이나 필요한 일이잖아요. 디테일한 설정도 필요하고요.

그러던 어느 더운 여름 날이었어요. 그날도 팀장은 업무 요청을 하러 온 그 남자 동료를 보자마자 비슷한 레퍼토리를 읊던 중이었죠. 김 과장은 아직도 고백 안 했냐 어쨌냐. 민 대리가 여지를 좀 줘라. 뭐 이런 식으로요. 그런데 마침 옆 부서 여자 차장님이 팀장에게 공문 전달하러 왔다가 그 얘기를 들은 거예요.

그분은 우리 팀장과 비슷한 연배였는데, 키가 170센티는 넘고 호리호리한 체격이다보니 모델 같은 분이었어요. 중학교 때는 배구선수로 전국체전 지역 우승까지 올라간 적도 있대요. 묘하게 카리스마 있고 차가운 인상이라 평소에는 인사만 공손하게 했지 말을 감히 걸어보진 못했어요. 그 차장님은 팀장의 말을 듣더니 저와 남자 동료를 한동안 번갈아 보더라고요. 그러더니 한마디 하는 거 아니겠어요?

"둘이 서로 좋아하는데 용기가 없어서 팀장님에게 다리를 놔달라고 부탁했어요?"

"아, 아직 그건 아니지. 그런데 내가 딱 보아하니."

"내가 딱 보아하니 둘이 아주 담백한 동료로 보이는데. 풋풋한 대학교 동아리도 아닌데 그렇게 옆에서 억지로 엮는 거 하지 맙시다. 당하는 사람들은 재미 하나도 없다고요. 요즘은 이것도 직장 내 괴롭힘에 들어가는 거 몰라요?"

"아니, 선남선녀 둘이 잘 어울려서 응원 좀 한 게 무슨 괴롭힘이에요? 민 대리, 그래요? 이게 괴롭히는 거라고?"

팀장은 제가 '에이, 아니에요.'라고 말해줄 줄 알았나봐요. 저는 아무 말도 하지 않고 고개를 숙인 채 입을 꾹 닫고 있었어요. 남자분 역시 침묵하고 있다가 '저는 이만 가보겠습니다.'라며 자리를 떴죠. 분위기가…… 그 뭐랄까. 굉장히 애매해졌어요. 그러자 차장이 피식 웃더니, 무척 의미심장한 어조로 얘기하는 거예요.

"지금 대표님 직속으로 '기업문화개선 T/F' 생긴 거 알죠? 팀장님같이 젠틀한 분이 잘못하면 거기 오르내리게 생겼으니 조심합시다. 자, 청춘들은 알아서 하라고 내버려 두시고 우리는 우리끼리 놀자고요. 정 심심하시면 저한테 메신저로 연락하시고."

그러면서 쿨하게 자리를 뜨는데 뒷모습에 정말 후광이 펼쳐지는 것 같았어요. 제 자리를 지날 때 조그마하게 '고맙습니다.'리고 말했더니 뒤도 안 돌아보고 손을 팔랑팔랑 흔들더라고요.

두 번째 이야기 강성준

저는 군대에서도 운 적이 없습니다. 제 부대는 강원도 양구에 있었는데 힘들기로 악명 높은 곳이었죠. 물론 군대 다녀온 모든 남자라면 모두 그렇게 말하겠지만 말입니다. 제 키가 187센티, 몸무게는 90킬로가 넘다 보니 선임들이 기선을 제압한답시고 얼차려도 많이 주고 괴롭혔습니다. 메뚜기를 입안에 넣고 가만히 있으라는 식의 치졸한 괴롭힘도 있었습니다. 그러다 보니 열 받아서 화장실 벽을 치는 바람에 손을 다섯 바늘이나 꿰맨 적도 있었습니다. 하지만 맹세코 운 적은 없었습니다.

그러니 회사에서 우는 건 정말 지질한 사람이나 하는 줄 알았습니다. 또는 인신공격과 무례가 난무하던 80년대에서

나 있을 법한 사건이라고 생각했죠. 그런데 제가 바로 그런 사람이 되고 말았습니다. 전날부터 불길한 징조가 있긴 했습니다. 별로 슬프지도 않은 드라마를 보면서 꺽꺽 울어대는 제 모습이 좀 이상하다 싶긴 했죠. 아니나 다를까, 다음 날 회사 선배의 핀잔을 듣는데 눈시울이 확 뜨거워지는 겁니다.

그 자리에서 울면 퇴사할 때까지 두고두고 놀림감일 테죠. 그래서 알겠다고 대답한 후 서둘러 화장실의 빈칸으로 들어가서 앉았습니다. 무릎에 눈물이 두어 방울 떨어지더라고요. 당황스러운 마음에 얼른 닦은 후 밖에 나가서 한동안 바람을 쐬고 왔습니다. 발개진 눈가로 들어가기는 너무 자존심이 상했으니까요. 잠시 후 사무실에 들어가서는 누가 말을 걸세라 얼른 자리에 앉아 키보드를 빠르게 치며 바쁜 듯이 부산하게 굴었습니다.

3개월 전, 고단한 취준생 생활을 드디어 끝내고 이 회사에 입사했을 때는 모든 것이 신기하고, 행복했습니다. 우리 회사는 부품 소재 중견 기업 중에서도 연봉과 복지가 좋은 편이고 업계 전망도 괜찮았거든요. 부모님은 당연히 무척이나 좋아하셨고, 취업 스터디 그룹의 멤버들도 축하해줬습니다. 이 주일의 연수기간이 끝나자 저는 기능성 복합소재 연구부서에 배치받았습니다.

하지만 설렘으로 가득 차서 붕붕 떠 있던 기분은 불과 한 달 만에 흔적도 없이 가라앉고 말았습니다. 회사에서의 일상이 혼돈 그 자체였기 때문이죠.

"강 연구원. 이거 내일 3시까지 처리 좀 해줘요."

"네? 넵! 알겠습니다. 그런데 혹시……."

"응? 무슨 일이죠?"

"제가 처음 해보는 업무인데 간단히 설명해주시면……."

그러면 선배들은 당황합니다. 어디부터 설명해야 하는지 몰라 난감해하는 표정을 지어요. 여기에 일차로 제 자존감이 하락합니다. 그래도 어찌어찌 설명을 해주기는 하는데 너무 많은 걸 빠르게 전달합니다. '이해했어요?'라는 질문을 받으면 저는 일단 알았다고 합니다. 사실 반도 못 알아들었지만 말입니다. 그다음부터는 맨땅에 헤딩이죠. 인터넷에 찾아보기도 하고, 부서 폴더 파일을 뒤적이면서 꾸역꾸역 만듭니다. 사실 자신은 없죠. 아니나 다를까 이런 소리를 듣습니다.

"아니, 누가 이렇게 하라고 했어요? 아까 분명히 그려서 하나하나 말해줬잖아요!"

"강 연구원. 이렇게 하는 게 아닌데? 이거 전공 시간에 배웠을 거 아니에요. 완전 기초 지식인데."

"강 연구원. 이건 재작년 거예요. 올해는 바뀌었어요."

제일 모욕적일 때는 그냥 한숨만 쉰 후 제 결과물을 받지도 않고 조용히 돌아서는 경우입니다. 다시 설명할 에너지도 아깝다는 태도로요. 제가 막내다 보니 시간을 잡아먹는 자잘한 업무가 모조리 저에게 배정됐는데, 어떻게 처리하는지 몰라 허둥거렸습니다. 친절하게 가르쳐주는 사람이 하나도 없으니 환장할 지경이었어요. 그런데 다들 이제 네 업무니까 알아서 잘하라는 식으로 모른 척하고 있었죠. 가슴이 터질 것 같았습니다.

매일이 고통이었습니다. 평소에 제가 뛰어난 사람은 아니어도, 멍청이까지는 아니라고 생각했는데 아예 쓸모없는 사람이 된 기분이었습니다. 군대에서는 괴롭히는 선임들이 짜증 났고, 시간이 안 가는 게 힘들었을 뿐 자학적인 생각들로 자신을 갉아먹을 일은 없었는데 말이죠. 저는 기상 알람을 새벽 4시에 맞췄습니다. 눈을 뜨자마자 아침이고, 바로 출근해야 한다는 현실이 너무 끔찍했으니까요. 아직 출근하려면 몇 시간 남았다는 사실만이 유일하게 위안이 되었습니다. 불과 입사 석 달 만에 말입니다.

화장실에서 우는 충격적인 경험을 하고 나자 이대로는 안 되겠다 싶었습니다. 그다음 날 바로 팀장에게 면담을 신청했죠. 팀장은 그동안 다른 선배들 하는 것 배우며 차차 적응하라고 할 뿐 딱히 업무를 준 적이 없었고, 가끔 마주칠 때면 '성준 씨, 잘 지내고 있죠?'라고 안부만 묻는 정도였습니다. 팀원이 서른 명 정도 되는 데다 핵심 부서를 맡고 있어 늘 바쁜 분이었죠.

팀장은 키가 작은 편이었는데 셔츠와 청바지 차림에 긴 머리를 질끈 묶은 채 뛰듯이 걷는 분이었습니다. 화장은 거의 하지 않았지만, 클라이언트와의 미팅 때는 풀메이크업을 하곤 했는데 거의 변신 수준이라서 흠칫 놀란 적이 있습니다. 부서원들이 놀리면 '나도 안다. 입 닫아라.'라고 살벌하게 말했지만, 벌게진 귀까지 감추지는 못했습니다.

회의실에서 팀장과 단둘이 앉자 저는 어렵게 말을 꺼냈습니다. 분명히 어려운 업무는 아니라는 걸 안다, 그런데 어떻게 하는지 전혀 모르는 상태에서 진행하려니 힘들다, 하면서도 잘하는 건지 못하는 건지도 모르고 그냥 한다, 이번 업무 다음에 어떤 업무가 있는지 모르니 혼란 속에서 일하게 된다, 같은 하소연이었죠.

솔직히 부끄러웠습니다. 군대 맞선임에게 늘어놨던 하소연이 인생의 마지막 흑역사인 줄 알았는데 직장에 들어와서까지 루저처럼 이럴 줄은 몰랐죠. 목소리를 떨지 않으려고 노력했지만, 끝이 자꾸만 갈라지는 것까지는 막지 못했습니다. 저의 횡설수설 하소연을 한참 동안 묵묵하게 듣고 있던 팀장이 마침내 입을 열었어요.

"당연히 힘들었겠네! 말도 못하고 어떻게 참았대?"

갑자기 눈물이 쏟아졌습니다. 진짜 쪽팔린 짓이죠. 등치 좋고 거구인 제가 키가 160센티도 안 되는 조그마한 팀장 앞에서 훌쩍이는 모습은 진짜 가관이었을 겁니다.

"죄송합니다. 제가 잘했으면 좋았을 텐데……."

"입사 석 달 차에게 알려주지도 않고 삼 년 차 업무를 시키는데 어떻게 잘해? 판타지 소설이야 뭐야. 나랑 선배들 잘못이지 강 연구원은 잘못한 거 없으니까 그런 쓸데없는 생각하지 말아요!"

더 눈물이 났습니다. 껵껵대고 울고 있으려니 팀장이 당황하더군요. 큼큼, 헛기침하더니 회의 테이블에 굴러다니던 휴지를 어색하게 건네주었습니다. 잠시 후 제가 좀 진정이 되자 팀장은 일어나서 회의장의 화이트보드로 걸어갔어요.

그러고는 스파르타 수업이 진행되었습니다. 팀장은 보드에 회사의 전체 프로세스를 그리기 시작했습니다. 외울 필요 없으니 그냥 흐름만 보라고 하더군요. 개발 연구부터 시작해서 프로토 타입 제작, 타 부서와의 협업, 마케팅 및 출시 과정까지 세세하게 설명해주었습니다. 보드가 가득 차면 사진으로 찍으라고 잠시 기다린 후 다시 지우고 설명을 시작했습니다. 그러고는 우리 부서의 주요 업무 덩어리별로 프로세스를 설명해줬어요. 프로젝트별로 어떻게 업무를 진행해야 하는지 도식으로 그려줬습니다.

설명이 끝나니 세 시간이 훌쩍 지나 있었습니다. 매번 전체 그림을 모른 채 조각 하나씩 받아서 혼란스러워 하던 저로서는 눈이 떠지더군요. 팀장은 앞으로 자기가 신경 쓸 테니 걱정하지 말라면서 마블 시리즈의 캡틴 아메리카처럼 회의실을 씩씩하게 나갔습니다.

그날 밤 잠을 자려고 누웠는데, 이상하게 마음이 괜찮았습니다. 상황은 아직 아무것도 바뀐 게 없었는데 말이죠. 저는 침대에서 벌떡 일어나서 새벽 4시로 맞춰놓은 알람을 7시로 바꿨습니다.

팀장은 약속을 지켰습니다. 그 이후로도 비슷한 설명을 두 번 더 해줬고, 마지막에는 제가 직접 그리며 설명하도록 한 후 빈 곳을 틈틈이 채워줬습니다. 그리고 베테랑 선배 한 명을 제 보조로(네, 선배가 제 보조였습니다) 붙여서 굵직한 업무를 처음부터 끝까지 직접 해보도록 했죠. 그러다 보니 자신도 붙고 일이 재미있어졌습니다. 그게 벌써 오래전 추억이 되었네요.

그런데, 박 팀장님, 아니 이제 박 상무님이시죠. 회의실에서 울던 그 흑역사를 제 팀원들에게 폭로하셨다죠. 제가 나름대로 카리스마 있는 리더였는데 상무님 때문에 엉망이 되었습니다. 저 역시 상무님의 흑역사 자료를 만만치 않게 가진 거 아시죠? 저번에 보니 남편분은 상무님에 관해 모르시는 게 많더군요. 조만간 복수할 예정입니다.

저는 우리나라에서 유명한 IT 회사에 다녀요. 회사 이름을 말하면 다들 와 하면서 감탄하시는데 저는 그냥 파견 직원일 뿐이거든요. 그래서 웬만하면 밖에서는 회사 얘기를 하지 않아요.

제가 맡은 업무들은 부서가 요청하는 비품을 구매하고, 자료들을 준비하고, 비용을 처리하는 등의 간단한 행정 업무예요. 자잘하지만, 시간은 많이 잡아먹는 것들이죠. 월급이 많다던가, 일을 통해 성장한다던가 하는 점은 별로 없지만, 스트레스가 별로 없고 출퇴근이 정확해서 좋아요. 다들 잘해주시기도 하고요. 다만 스물네 살인 지금 나이가 나중에 서른 살이 되고, 서른다섯 살이 됐을 때를 떠올리면, 좀 막막하고 두렵기는 해요. 정규직이 아니라 파견 직원이다 보니 이 년에 한 번씩 여기저기 옮기는 신세거든요.

취합 업무도 제 담당이에요. 명절을 앞두면 으레 총무팀에서는 본부별 품목 취합을 요청하는 메일을 저 같은 서무 직원에게 보냅니다. 명절이 되면 직원들에게 꽤 큰 보너스가 나가는데, 분위기 차원에서 20만 원 정도의 선물도 함께 주거든요. 보통 세 가지 선물 후보를 주고, 하나를 고르라는 식입니다. 이걸 취합하는 업무는 생각보다 성가셔요. 메일로 보내면 다들 바쁘다 보니 까먹고 있다가 몇 번이나 재촉해야 간신히 주거든요. 그래서 저는 아예 선택지를 출력해서 자리마다 돌아다니면서 그 자리에서 대답을 받는 게 효율적이라는 걸 알았어요. 선택지가 반쯤 채워졌을 때, 개발팀의 박규명 PL(project leader)님에게 갔습니다.

"박규명님, 명절 선물 뭐로 하시겠어요?"

모니터를 잔뜩 찌푸린 얼굴로 노려보고 있던 그분은 제 목소리에 화들짝 놀라더라고요. 일하다가 머리를 쥐어뜯었는지 한쪽이 삐죽 위로 솟아 있었습니다. 그분과는 거의 대화해본 적이 없어요. 본부 회식을 할 때도 나온 적이 없거든요. 약간 괴짜 같은 분이랄까요. 온종일 한마디도 없이 일하다가 갑자기 '어?! 어?!'라고 소리를 질러서 주변을 깜짝 놀라게 하는 분으로 유명하다는 얘기는 들었어요. 시달리던 동료들이 '별것 아닌 일에 어?! 금지'라는 문구를 크게 써서 모니터 옆에 붙여줬대요. 친한 동료들은 별로 없어 보였지만, 이쪽 분야에서 워낙 유명한 분이라 본부장님이 삼고초려를 해서 모셔왔다고 들었어요. 그분은 왜 자기 옆에 제가 서 있는지 몰라서 당황하며 인상을 찌푸리다가 종이를 보여주자 그때야 정신을 차리더라고요.

"이게 뭐죠? 아, 명절 선물. 왜 이걸? 아, 고르라고요."

명절 선물 후보지는 세 개였는데 설화수 화장품 세트, 제주 생선 세트(옥돔, 갈치), 정관장 홍삼이었어요. 그분은 누가 이딴 걸 골라놨어, 라면서 작게 총무팀을 욕하더라고요. 저는 예의 바르게 못 들은 척했어요. 한참 고민하는 기색이더니 저에게 물어봤어요.

"그쪽은 뭐 골랐어요?"

"저요? 아, 저는 해당이 아니에요."

"뭔 소리예요? 해당이 아니라니."

"파견 직원들은 다른 게 나오거든요."

그분은 아주 이상한 얘기를 들었다는 듯이 표정이 묘해졌어요. 한쪽 눈썹을 못마땅하다는 듯이 치켜들며 다른 거? 라고 제 말을 따라 했지만, 저는 그냥 웃으면서 실용적인 선물이라고 대답했어요. 아무 말 없이 가만히 있길래 '제가 다른 분들에게도 여쭤봐야 해서요. 이따 다시 올까요?'라고 물었더니, 손사래를 치면서 서둘러 제주 생선 세트에 동그라미를 친 후 돌려줬어요.

사실 파견 직원에게는 명절 선물이 좀 달라요. 명절 보너스 대신에 10만 원 백화점 상품권이 나오고, 20만 원짜리 명절 선물 대신에 3만 원짜리 햄 참치 연어 세트가 나오거든요. 저는 불만 없어요. 챙겨주는 것만 해도 고맙다고 생각해요. 엄밀히 말하면 저는 여기의 진짜 직원도 아니잖아요. 명절 선물이야 여차하면 제 월급으로 사면 그만이죠. 그렇다고 해도 다른 사람까지, 특히 같은 사무실에서 일하는 동료까지 그 사실을 알 필요는 없잖아요.

시간이 빠르게 지나 명절 휴가 전날의 일이었어요. 사무

302

실은 들뜬 분위기가 되었고, 섬심시간이 지니자 팀장님은
저에게 바쁜 일 없으면 일찍 가라고 허락해주셨어요. 부모
님과 같이 사는 제가 빨리 갈 이유는 없었지만, 기분 좋게
짐을 챙겼죠. 그런데 누가 제 책상 위에 물건을 틱 하니 올
려놓는 것 아니겠어요? 박규명님이었어요.

"이게 뭐예요?"

"이거 가져 갈래요?"

제주 생선 세트였어요. 제가 왜 안 가져가냐고 물었더니
질색인 표정을 짓는 거예요.

"나 혼자밖에 없는데 무슨 생선을 구워 먹습니까. 윤서님
은 부지런한 사람이니까 해 먹을 것 같아서. 아, 무거워서
들고 가기 좀 그런가요?"

그렇다면 다른 사람을 주겠다며 옆에 있던 민철님을 눈
짓으로 가리키길래 저는 얼른 받겠다고 대답했어요. 견물
생심이라고, 눈앞에 보니까 갖고 싶더라고요. 그분은 웃는
건지 찡그리는 건지 알 수 없는 표정으로 고개를 끄덕이더
니 팀장님에게 가서 업무 얘기를 시작했어요. 제가 짐을 다
챙긴 후 두 분께 '명절 잘 보내세요!' 하고 인사하자 팀장
님은 웃으며 손을 흔들어줬지만, 그분은 들은 척도 안 하더
라고요. 팀장님에게 출시 일정이 무리라면서 한창 화를 내
고 있었거든요.

햄 참치 연어 세트에 제주 생선 세트까지 더해서 가져

가려니 팔이 뻐근했어요. 끙차, 짐을 가슴에 안고 엘리베이터를 탔습니다. 그러고 보니 지난 명절에 파견 지원용 명절 선물을 갖고 엘리베이터를 탔을 때는 다른 정규직 직원들이 보지 못하도록 뒤로 선물을 숨겼던 기억이 스쳤어요. 참 이상하죠. 그깟 명절 선물이라고, 내 돈 내고 사면 그만이지, 라고 생각했는데.

집에 돌아가서 부모님께 선물 보따리를 드렸더니 엄마가 무척이나 좋아하셨어요.

"어머, 갈치 봐봐. 이렇게 두툼한 건 처음 본다 얘. 제주 옥돔은 진짜 귀한 건데. 회사에서 준 거야?"

"응. 명절이라고 준 거지 뭐."

"우리 윤서가 잘하니까 이런 것도 받아오는구나."

"무슨. 다들 그냥 나눠주는 거야."

저는 시큰둥하게 말했지만, 왠지 좀 마음이 몽글몽글해졌어요. 제 생각보다 더 좋아하는 부모님의 모습을 보자 다음에도 회사에서 받았다고 거짓말하고 선물을 사 오겠다고 결심했죠. 제 돈으로 샀다고 하면 쓸데없는 걸 비싸게 샀다고 늘 뭐라고 하시거든요.

그런데 웬걸. 다음부터는 아예 그럴 필요가 없어졌어요. 정직원과 파견직의 명절 선물이 똑같아졌거든요. 나중에 듣기로는 박규명님이 대표님과의 미팅에서 굉장히 단호하게 말했다고 하더라고요. 사람을 중요하게 생각하는 우리 회사 문화에서 말이나 되는 일이냐면서요.

갈치도 잘 먹었겠다, 고맙다는 의미로 커피를 사서 드렸더니 위궤양이 심해져서 안 드신다고 거절하시더라고요. 제가 민망하게 웃고 있었더니 같이 가져간 머핀을 찜찜한 표정으로 집어 들고는 잘 먹겠다 하셨어요. 그러고는 잠시 이마를 찌푸리며 뭔가를 생각하는 기색이더니, 갑자기 저 보고 자기와 같이 한번 일해보지 않겠냐는 거예요.

"저는 프로그래밍 같은 거 아무것도 모르는데요."

"몇 번 보면 대충 알게 돼요."

그거야 자기 얘기겠죠! 어쨌든 그다음부터는 자기가 진행하는 프로젝트에 저를 조금씩 참여시켰어요. 처음에는 코딩이나 프로세스에 대해 아무것도 모르다 보니 하나도 못 알아듣겠더라고요. 그랬더니 모르면 어디 나가서 배워 오래요. '어디서요?'라고 물었더니, 귀찮고 영혼 없는 말투로 '학원?'이라고 말하는 거 있죠! 진짜 얄미웠어요. 그래서 두고 보자는 심정으로 내일배움카드로 학원을 끊어서 주말마다 공부했어요. 몸살과 생리가 겹쳐서 너무 힘든 날은 울면서 듣기도 했죠.

그런데 있잖아요. 이상하게 싫지 않았어요. 6개월 정도의 시간이 지나자 코딩 업무는 언감생심이지만, 진행 상황은 충분히 알아들을 정도가 되었답니다. 그러자 박규명님은 다른 부서와 고객 커뮤니케이션을 저에게 맡기기 시작했어요. 거의 단순 전달만 하는 기초적인 일만 주긴 했지만요. 명함도 나왔죠. 외부 미팅에서 명함을 건네는 기분은 근사하더라고요. 일을 잘해줘서 고맙다며 클라이언트에게 기프티콘을 받은 적도 있어요.

다음 달이면 이 회사에 들어온 지 벌써 이 년이 다 되어가네요. 파견직은 이 년이 되면 그만둬야 한답니다. 늘 마음을 졸이면서 이 년마다 새로운 회사를 찾는 주기가 이제 다시 돌아왔네요.

그런데 있잖아요. 지금은 그렇게 무섭지 않아요.

네 번째 이야기 김재식

내가 쉰이 되던 해 큰 사고가 났어요. 회사 제품들을 싣고 거래처로 가던 도중 고속도로에서 차가 뒤집혔죠. 앞에 가던 차량이 미끄러지는 걸 보면서 핸들을 크게 꺾었던 것까지 기억나는데, 정신을 차리고 보니 어느새 병원 침대이대요. 옆에서는 집사람은 울고 있고요. 실눈을 뜬 상태로 내 몸을 훑어보니 다행히 사지는 다 멀쩡하게 붙어 있습니다. 속으로 안도의 한숨을 쉰 후 아아, 하면서 한숨 같은 앓는 소리를 내며 눈을 떴어요. 집사람은 퉁퉁 부은 눈으로 울면서 나에게 물었죠.

"석이 아빠. 정신이 들어? 나 보여? 어때? 몸은 어때?"

그때 나는 아련한 표정으로 집사람을 쳐다봤습니다. 그러면서 최대한 가냘프게 목소리를 냈어요.

"그런데…… 실례지만 누구시죠?"

하하, 그때 집사람의 눈이 왕방울만하게 커지는 모습을 보셨어야 하는데. 내가 이래봬도 고등학교 때 교회에서 성극부였단 말입니다. 장난치지 말라며 떨리는 목소리로 말하는데 내가 '여긴 어디지요? 왜 여기에 있죠?'라며 계속하자 입술을 파르르 떨 뿐 말을 잇지 못해요. 하지만 더 했다가는 후환이 두렵길래 실실 웃었더니 그제야 분통을 터트리더군요.

"아유, 철이 없어도 이렇게 없어! 지금 장난칠 때야?"

붕대를 감고 있던 덕분인지 다행히 맞지는 않았습니다. 그래도 집사람의 눈물은 쏙 들어갔으니 된 거죠, 뭐. 사실 나는 집사람이 우는 게 세상에서 제일 무섭습니다. 저희 부모님에게 온갖 막말을 듣고 욕실 구석에서 울고 있는 모습을 본 다음부터는 다시는 나 때문에 울게 하지 않겠다고 결심한 사람입니다, 내가.

사고당한 내 몸 상태는 그야말로 한심했죠. 다리가 완전히 뭉개졌어요. 그나마 산재 처리가 된다는 얘기를 듣고 속으로 안도했어요. 고등학교 1학년 아들내미, 중학교 2학년 딸내미가 있으니까요. 적어도 병원비 걱정을 안하는 건 다행이었지만, 회사에 나가 일할 수는 없으니 퇴사하기로 했어요. 집사람도 직장을 그만두었지요. 강도 높은 재활을 해야 하는 나를 돌봐야 했으니까요.

집사람은 역시나 강한 사람이었습니다. 아니, 독하다고 해야 할까요. 하루에 한 번씩 재활병원에 저를 데려다주면서도 틈틈이 요리사 자격증을 준비하더라고요. 남는 게 시간인 나도 같이 했어요. 결국 집사람은 한식과 양식, 나는 일식 조리사 자격증을 땄습니다. 나는 결혼하고 라면 외에는 요리를 해본 적이 없지만, 그래도 취사병 출신의 칼질 솜씨는 녹슬지 않았습디다, 하하.

일 년 정도 지나자 드디어 보조기구 없이 걷는 날이 왔어요. 하지만 절룩거리는 건 어쩔 수 없었죠, 뭐. 하지만 우리 부부는 차가 엉망으로 반파됐는데 이 정도로 그친 것도 다행이라고 생각했죠. 제 나이까지 살아보면 알 거예요. 일일이 억울해하면서 살면 견뎌내질 못해요.

어쨌든 내 몸이 회복되어서 둘 다 숨통이 좀 트이게 되자 집사람은 식당을 해보겠다고 나섰죠. 배달 전문으로. 저도 괜찮은 생각 같습디다. 손님을 받는 식당을 하려면 위치가 좋아야 하고 직원도 고용해야 하지만, 배달 전문이라면 해볼 만하겠다 싶었어요. 재료 다듬기나 포장은 내가 하면 되는 거 아니겠어요?

둘이 밤새도록 메뉴를 연구하고 주변 지인들을 괴롭혀서

시식회도 수십 차례 했어요. 결국은 제육볶음, 짜글이 김치찌개, 낙지볶음, 우렁 된장찌개, 계란말이로 소박하게 시작하기로 했죠. 마침내 사업자등록증을 개설하고 우리 가게가 배달 플랫폼에 올라갔을 때는 둘 다 두근거려서 잠이 안 옵디다. 처음에는 반응이 없어서 속이 까맣게 탔는데, 딸내미의 조언에 따라 사진도 먹음직스럽게 찍고 이벤트도 하니까 점차 주문이 늘더라고요.

매출이 쏠쏠하게 올라가는 사실에 기뻐하기도 잠시, 리뷰라는 게 진짜 사람을 환장하게 만듭디다. 다 맛있다고 하더라도 몇 명이 1점을 주면 평점이 주저앉아요.

'저번에는 서비스로 탄산음료 주셨는데 이젠 안 주시네요. 서비스를 없애려면 미리 알려주셔야 하는 거 아닌가요? 아이가 탄산음료 먹고 싶다고 했는데 여기서 당연히 주실 줄 알고 안 샀다가 황당했네요. 이 밤에 편의점 나갔다 왔어요. (별점 1점)'

'김치찌개와 계란말이 시키려고 했는데 터치 실수로 김치찌개와 된장찌개 시켰어요. 제 실수이긴 하지만 그래도 찌개만 두 개 시킨 걸 보면 보통 이상하다는 생각이 들지 않나요? 가게에서 확인 전화 한 통 없는 건 성의 없네요. 아니면 센스가 부족하던지. (별점 2점)'

'쓰레기. 두 입 먹고 버림. 인증샷 첨부. (별점 1점)'

이런 리뷰들 보면 가슴이 철렁 내려앉죠, 뭐. 황당하고 억울할 때가 많지만 손님과 싸울 수도 없으니 소주 한잔으로 간신히 마음을 삭여야지 어쩌겠어요. 원래 장사할 때는 간과 쓸개를 내놓고 해야 한다잖아요. 그래도 다른 가게에 올라온 정성스러운 리뷰들을 보면 부럽습니다. 물론 우리 노력이 부족한 탓이지 누굴 탓하겠어요.

그러던 어느 날입니다. 도매점에서 구매한 포장 물품을 주방 앞 창고에 갖다 놓으려는데, 집사람이 주방에서 얼굴을 감싸고 쪼그리고 있는 겁니다. 겁이 덜컥 났어요.

"석이 엄마, 왜 그래! 무슨 일이야? 다쳤어?"

어깨를 흔들며 재촉하자 집사람이 고개를 들었는데 얼굴이 온통 눈물범벅이었어요. 아니, 어느 년놈들이 감히! 순간 피가 거꾸로 솟았어요. 그런데 이상하게 집사람이 헤실헤실 웃고 있잖아요. 찜통인 주방에서 더위를 먹었나?

"리뷰 때문에 눈물이 났지 뭐야. 나도 진짜 주책맞아."

집사람은 휴대전화를 내밀었습니다.

'한 숟갈 먹고 감동에 젖어 리뷰를 쓰지 않을 수가 없네요. 사진을 보시면 아시겠지만, 김치찌개의 고기 양이 대박입니다. 다 먹을 수나 있을지 모르겠어요. 그리고 국물을 먹었는데 진짜 장난 아니네요. 우리 집이 종갓집이어서 조미료 같은 것 안 먹고 큰 사람인데 이 집은 찐입니다. 국물이 그냥 후루룩 끓여서 나온 수준이 아니에요. 뭐죠, 이 깊

은 맛은? 이 감칠맛은? 제 리뷰 보시면 무조건 시키세요. 열 번 시키세요.'

'아까 리뷰 올린 후 식사 마치고 다시 이어서 씁니다. 계란말이도 장난 아니네요. 포슬포슬하고 부드러운데 안에 내용물이 꽉 차 있습니다. 사진 보이시죠? 김치찌개는 양이 많아서 결국 남겼습니다. 진짜 여기 먹다가 다른 데 시키면 현타 올 듯. 저랑 아무 관계도 없는 사장님, 계속 시켜 먹게 오래오래 장사하십쇼!'

뭐랄까. 마음속 어딘가에서 몽글몽글 아지랑이가 올라오는 기분입니다. 진짜 기분 이상하대요. 집사람을 보니 어느새 눈물을 닦고 코를 풀고 있더라고요.

"석이 아빠. 나는 다른 가게가 이런 리뷰 받는 거 보면서 부러워만 했는데 나한테도 이런 날이 오네. 이 손님한테 고맙다고 선물 가지고 찾아가면 부담스러워 하겠지?"

"어허! 큰일 날 소리하네. 요즘 개인정보에 얼마나 민감한데. 부담스러워 하거나 불쾌해 하면 어떻게 해?"

"그렇지? 하긴, 그건 좀 그렇겠다."

집사람은 한참 동안 리뷰의 답을 썼다, 지웠다, 코를 풀었다, 다시 쓰기를 반복하면서 난리더군요. 하여간 매사에 유난입니다. '달리는 배추 잎사귀'라는 닉네임의 고객님은 모르시겠죠. 별생각 없이 쓴 짧은 글이 이렇게 애 둘 낳은

311

아줌마를 아이처럼 울게 했다는 걸요. 하루아침에 남편이 장애인이 되는 바람에 일 년 동안 재활 뒷바라지를 하는 동안에도, 첫 장사를 덜덜 떨면서 준비하는 동안에도, 그리고 맵디 매운 악플을 보면서도 단 한 번 울지 않았던 독한 여자인데.

요즘 돈쭐을 내준다는 말이 유행이던데 우리는 슬프게도 돈이 별로 없네요. 그래도 고객님이 주문할 때마다 제일 좋은 재료들을 잔뜩 넣어드릴 수는 있습니다.

달리는 배추 잎사귀님, 고맙습니다.

들숨 날숨에 좋은 일이 가득하시길!

다섯 번째 이야기 이정규

어렸을 때 부모님은 무척 바쁘셨어요. 아침 일찍 나가서 저녁 늦게 귀가하는 날이 일상이었습니다. 저는 매일같이 친구들하고 축구 같은 걸 하며 신나게 놀았기 때문에 부모님의 빈자리가 그다지 크지 않았습니다. 지금처럼 초등학생이 학원을 여러 곳 다니던 때가 아니었거든요. 놀이터에는 늘 친구들이 있었어요. 저녁밥 시간이 되어 각자의 집으로 뿔뿔이 흩어진 다음 혼자 불 꺼진 집에 들어갈 때만 살짝 쓸쓸하긴 했습니다.

부모님은 야근하는 날이면 식탁 위에 5천 원을 올려두셨습니다. 그러면 저는 김밥 천국에 가서 돈가스를 먹거나 곰탕집에 가서 한 그릇을 포장해왔어요. 곰탕집에는 아저씨들이 많다 보니 제가 혼자 먹고 있노라면 자꾸 말을 걸어서 부끄러웠거든요. 밥을 먹고 텔레비전을 보고 있노라면 금방 부모님이 오셨습니다.

제 기억에는 딱히 불평한 적이 없었습니다. 어린 마음에도 온종일 일한 부모님이 꽤 지쳐 보였거든요. 피곤이 역력한 모습에도 부모님은 저에게 오늘 하루 어땠냐고 다정하게 물어보고, 숙제도 꼼꼼하게 챙기고, 준비물이 있으면 밤늦게 나가서라도 사 오시곤 했어요. 부모님 역시 나름대로 최선을 다해주신 덕분에 어린 시절의 상처가 없는 건 지금도 감사하게 생각합니다.

하지만 유일하게 원망이 터진 날이 있었습니다. 지금부터 그 얘기를 하려고 합니다. 그날은 초등학교 졸업식을 앞둔 주말이었죠. 저는 졸업식에 맞춰 엄마가 사준 새 재킷과 바지를 거울에 비춰보고 있습니다. 그런데 아까부터 옆에서 서성거리던 엄마가 갑자기 폭탄선언을 하는 겁니다.

"정규야. 있잖아."

"왜?"

"너무너무 미안한데, 내일 졸업식에 엄마가 아무래도 못 갈 것 같은데 어떻게 하지?"

"뭐? 왜 못 오는데? 회사에 얘기한다고 했잖아!"

"그게 다 얘기가 됐는데, 교대하기로 한 사람이 갑자기 교통사고가 났대. 그래서 엄마가 휴가를 쓸 수가 없게 됐어. 진짜 미안하다, 정규야."

"아빠는? 아빠는 올 수 있잖아."

"응, 아빠도 중요한 공사가 마무리되는 날이라 현장에 있어야 한대. 너무 미안해서 어떻게 하지?"

눈물이 터져 나왔습니다. 남들은 가족들이 와서 꽃다발 받고 축하받을 텐데 저는 누구와 서서 사진을 찍으란 말인가요. 초라하게 혼자 있을 생각을 하니까 속이 뒤집혔습니다. 그렇다면 나도 졸업식 안 갈 거야! 라고 소리치자, 엄마는 대신 저녁에 제가 제일 좋아하는 패밀리 레스토랑에서 외식하자며 달랬어요. 하지만, 이미 제 마음과 얼굴은 눈물 범벅이었습니다.

저는 밖으로 뛰쳐나왔어요. 정규야, 부르는 소리가 뒤에서 들렸지만, 그냥 뛰어나갔습니다. 그깟 졸업식 안 가면 그만이지 뭐 대단한가요. 친구들과 선생님 앞에서 쪽팔리게 있을 거면 그냥 안 가는 게 낫죠. 안 그래요? 그때 저의 눈물은 졸업식을 못 간다는 아쉬움보다는 서운함이었던 것 같아요. 부모님의 우선순위에 제 졸업식이 회사 일보다 뒤라는 사실에 말이죠.

눈물을 손등으로 문질러 닦으며 한참을 걷다 보니 어느

새 배가 고파졌습니다. 제일 먼저 생각나는 건 학교 앞 순
자네 분식점이었습니다. 순자네 분식점에는 전교생 모두가
떡볶이 할머니라고 부르는 주인 할머니가 계셨습니다. 떡
볶이 할머니는 그때 육십 대 초반쯤 됐을 텐데 고생을 많
이 해서인지 훨씬 나이 들어 보였습니다. 하지만 언제나 곱
창 끈으로 단단하게 머리를 묶고, 왼쪽 머리에는 고운 머리
핀을 달고 있었어요. 머리핀은 매번 바뀌었는데, 어느 날은
화려한 금색의 나비 모양 머리핀을 하고 왔습니다. 저는 궁
금해졌어요. 어린 제 눈에도 그 머리핀이 예뻐 보였거든요.

"할머니, 그 머리핀 어디서 산 거예요?"

"예전에 영감이 줬다아이가. 맨날 시장통에서 사오드만
아들 낳았다고 비싼 거 사주대."

"영감이 누군데요?"

"할머니 남편."

"할머니 남편은 회사 갔어요?"

"무슨, 죽어삣다. 오늘은 기일이라서 하고 왔지."

"기일이 뭐예요?"

"아가들은 몰라도 된다. 떡볶이 국물 더 주랴?"

기일이 뭔지는 몰라도 할머니가 말하기 싫은 눈치라 저
도 더 묻지 않았습니다. 그래서 아무 말 없이 피카추 돈가
스를 오물거리다가 '예뻐요, 할머니.'라고 말했어요. 그러자
할머니가 놀란 눈으로 저를 빤히 쳐다보시더군요. 그러고

315

는 눈가와 볼이 온통 주름지도록 입을 벌려 웃었습니다.

　아, 참. 지금 집을 뛰쳐나온 얘기를 하는 중이었죠. 어쨌든 배고파진 저는 터덜터덜 걸어서 그 가게에 들어갔습니다. 손님은 아무도 없었죠. 떡볶이 할머니만 떡볶이 소스를 휘휘 젓고 있었습니다. 떡볶이 일 인분이랑 어묵꼬치 한 개를 시키고 자리에 시무룩하게 앉아 있는데, 할머니가 말을 걸었어요.

　"아가, 왜 그케 속이 상해 있어?"

　"아무것도 아니에요."

　"할머니가 도와줄 테니깐 걱정하지 말고 말해봐봐."

　할머니의 다정한 목소리를 들으니까 갑자기 서러움이 복받쳤습니다. 그래서 울먹울먹 하면서 졸업식 얘기를 했어요. 진짜 몇 달 뒤면 중학생인데 뭐 이런 게 서러운지 쪽팔린다는 생각은 했지만 그래도 눈물은 계속 나더라고요. 콧물까지 흐르게 되자 할머니는 분식집 천장에 걸려 있는 휴지를 돌돌 말아 건네줬어요.

　그러면서 제 쪽으로 몸을 기울이더니 웃음 섞인 얼굴로 이렇게 말하는 겁니다.

　"내가 니 졸업식 가줄꾸마."

　응? 하는 눈으로 의아하게 쳐다봤죠. 그러니까 할머니가 다시 또박또박 말해줬어요. 걱정하지 말어. 할머니가 졸업식에 가줄게. 야야, 태어나서 한 번도 졸업식 가본 적 없는데 니 덕분에 가보겠다, 야. 그러면서 아까부터 뱅뱅 돌아가고 있던 포도 슬러시도 공짜라면서 건네줬습니다. 저는 눈물을 닦던 휴지로 코를 흥, 풀고는 조그맣게 웅얼거렸어요.

"졸업식에 꽃도 있어야 하는데."

"암, 꽃도 가져갈끼다. 큼지막한 놈으로."

할머니는 제 졸업식 시간과 학급을 꼼꼼하게 적었습니다. 진짜 올 거예요? 진짜요? 할머니의 거듭된 약속을 들으며 저는 떡볶이와 어묵, 그리고 공짜 슬러시를 먹었어요. 그리고 집에 돌아와서 현관문 비밀번호를 누르니 엄마가 집 안에서 후다닥 달려 나오는 소리가 들리더라고요. 문을 열었더니 엄마 눈이 엄청 빨갰습니다.

"어디 갔었어?"

"그냥 좀 배고파서 뭐 좀 먹었어."

"……응? 아냐, 그래. 잘했어. 아까 저녁도 먹는 둥 마는 둥 해서 엄마가 걱정했어. 저기, 있잖아, 정규야. 아빠가 회사에 얘기해서 잠깐 나오기로 했어. 졸업식은 못 볼 것 같은데, 끝나고 사진 찍을 때는 꼭 맞춰서 가겠대."

저는 고개를 끄덕이고 방으로 들어갔습니다. 다음 날 아침에 엄마는 이따 아빠 전화 잘 받으라며 신신당부를 했습니다. 학교에 도착하자 친구들은 모두 들뜬 채로 와자지껄 떠들고 있었습니다. 부모님들은 교실 뒤편에서, 복도에서 꽃다발을 들고 서 계셨죠. 조금 시무룩해지려는 찰나에 갑자기 한 친구가 운동장을 바라보면서 소리치는 거예요.

"어, 떡볶이 할머니다!"

"어디 어디? 우와! 진짜 떡볶이 할머니네! 할머니! 할머니! 여기 보세요!"

우리반 친구들과 옆 반 학생들까지 우르르 창가로 달려가서 손을 마구 흔들고 난리였어요. 순자네 분식은 우리 학교 학생들이라면 적어도 이틀에 한 번은 들르는 곳이었고, 기가 막힌 컵 떡볶이와 슬러시를 파는 할머니는 전교생의 셀럽이었거든요. 할머니는 약속대로 커다란 꽃다발을 들고 걸어오고 있었어요. 햇빛에 반짝, 할머니의 머리가 빛났습니다. 곱게 빗은 머리 왼편에는 금색의 나비 모양 머리핀이 달려 있었죠. 할머니가 우리 교실로 들어오자 아이들은 모두 우르르 몰려갔어요.

"할머니! 왜 왔어요?"

"누구 보러 온 거예요?"

"아이고 이뻐라. 할머니는 오늘 정규 보러 왔지."

할머니 말이 끝나자마자 친구들은 뒤돌아 저를 보며 부러운 기색을 감추지 못했어요. 뭐랄까, 담임 선생님의 사랑을 독차지하는 것보다 좀 더 높은 레벨이라고 할까요. 졸업식에 부모님 대신 떡볶이 할머니가 찾아오는 게 요즘 초등학생 정서라면 어쩌면 놀림감이 됐겠지만, 그때는 달랐습니다. 졸업식 내내 친구들은 할머니랑 무슨 사이야? 왜 친해? 라며 계속 궁금해했어요. 제 책상 위에는 할머니가 사온 분홍빛 꽃다발이 자랑스레 놓여 있었죠. 그리고 할머니는 졸업식이 진행되는 동안 뒤에 서 계셨습니다. 그리고 제가 뒤를 돌아볼 때마다 손을 흔들어주었어요.

졸업식이 끝날 때쯤 되자 약속대로 아빠가 오셨고, 할머니와 서, 아빠 이렇게 세 명이 함께 사진을 찍었습니다. 할머니는 저 말고도 다른 친구들과도 사진을 찍어주시느라 바빴죠. 얼마 전에 그때 사진을 다시 봤는데 웃음이 나더군요. 진짜 헤벌쭉한 미소를 짓고 있었거든요. 어깨에는 잔뜩 힘이 들어간 채로 말이죠. 졸업식이 끝나자마자 아빠는 바쁘다며 먼저 돌아가셨지만, 저녁에는 약속대로 온 가족이 제가 좋아하는 아웃백으로 갔습니다.

할머니는 그 후에도 가게를 십 년 정도 더 하시다가 건강이 나빠져서 다른 사람에게 물려주셨습니다. 고등학교 때 이사 간 저는 그 소식을 동창의 페이스북 게시물 덕분에 알았죠. 저는 할머니의 마지막 출근 전에 동기들과 함께 찾아갔어요. 좀 쑥스럽긴 했지만요. 그리고 아르바이트비로 산 백화점 머리핀을 선물로 드렸습니다. 지금도 예쁘시지만, 더 예뻐지시라고. 아, 그리고 꽃다발도 드렸습니다. 아주 큼지막한 녀석으로.

"또 트로트야? 진짜 틀 때마다 트로트라 짜증 나."

"진짜 저걸 누가 보는 거야? 내 주변에는 본다는 사람 아무도 없는데."

"노인네들 보는 거지, 뭐."

공강 시간 학교 앞 백반집에 들러서 제육덮밥을 먹고 있는데 맞은편 커플의 불평 소리가 들리더군요. 식당 한편에 설치해놓은 텔레비전에서 트로트 방송이 나오고 있었거든요. 손님들의 짜증 섞인 불평이 주방까지 들렸는지, 사장님은 쑥스러운 미소로 밖으로 나와 채널을 돌렸습니다.

저는 첼로를 전공하는 사람입니다. 대부분 클래식을 듣는 편이고 재즈도 좋아해서 가끔 들어요. 그리고 친구들과 노래방에 가면 적당히 부를 댄스곡과 힙합곡을 몇 곡 아는 정도입니다. 그러니 트로트는 제 플레이리스트 어디에도 없습니다. 당연히 트로트로 온 나라가 들썩할 때도 누가 누군지도 몰랐지요.

하지만 저와 우리 가족 모두는 트로트 방송 열풍을 격하게 환영하고 있습니다. 구순이 훨씬 넘은 귀여운 외할머니 때문이죠. 저는 치매라는 게 기억을 잊어버리는 정도라고 생각했는데, 겪어보니 그게 아니었어요. 다시 아기가 되는 거더라고요. 엄마 말씀에 따르면 예전의 할머니는 생선 대

가리가 제일 맛있다고 하시던 분이래요. 자식들에게 더 좋은 거 먹이려고요. 그런데 지금은 상 위에 있는 굴비에 누구라도 손을 댔다간 큰일 납니다. 저번에 눈치 없이 한 점 먹었다가 얼마나 혼이 났는지. 숟가락을 던지고 화를 내다가 서럽게 우셨거든요.

최근의 기억부터 지워지고 계시다 보니 저는 잘 몰라보세요. 엄마 아빠는 알아보시는데, 두 분이 갑자기 나이가 들어 있는 게 좀 이상해 보이시나 봐요. 얼굴을 빤히 보시며 '요즘 피곤하니? 얼굴이 안 좋아 보인다.'라고 걱정하시거든요. 그러면 아빠는 '어머님, 제가 늙어서 그럽니다.'라고 호쾌하게 웃으시고, 할머니는 '에잇! 한창 나이인데 뭐가 늙었다고 그래.'라며 면박 주시고는 같이 웃으세요. 저희끼리 짐작해본 건데, 할머니의 시간은 이십 년 전, 그러니까 엄마 아빠가 젊고 제가 아기였을 때로 자주 돌아가는 것 같아요. 그래서 저를 알아보실 때도 있지만, 컨디션이 안 좋으실 때는 외삼촌 친구나 사위 손님이라고 생각하시죠.

평소에는 귀여우시고 다정하신 할머니지만 기분이 끝도 없이 가라앉고 우울해지는 날이 있어요. 그러면 온갖 것에 짜증을 내고, 모든 사람에게 화를 냅니다. 그러면 우리는 얼른 트로트 방송을 틉니다. 요즘은 VOD로 언제든 볼 수 있는 세상이니까요. VOD 영상이 없어도 괜찮습니다. 요즘은 틀면 트로트 방송이잖아요. 방송이 시작되면 할머니 표정은 눈에 띄게 밝아지세요. 그리고 짜증 내던 걸 잊어버리고 소파에 앉아서 뚫어지게 쳐다보다가 한 곡이 끝날 때면 아이처럼 손뼉을 치십니다. 저더러 잘 안 들리니 볼륨 소리를 키우라고 재촉하시고요.

"할머니. 저 사람이 임영웅인가?"

"아냐. 쟤는 영탁이지. 아유, 그저께보다 더 잘하네."

"임영웅이 영탁보다 형인가?"

"에잇, 무슨! 영웅이는 91년생, 영탁은 83년생. 나이 차이가 한참 나는구면. 영탁이가 귀염상이라 동안이다."

"찬원이는 누구예요?"

"저저, 왼쪽에 파란 마이 입고 있는 사람이잖아."

"……모르는 게 없으시네. 그런데 할머니. 저 좀 보세요. 제 이름은 알아요?"

그러자 할머니는 제 얼굴을 빤히 쳐다보십니다. 그러다 '몰라. 내가 어떻게 알아.'라며 짜증을 내세요. 분명히 아는 것도, 그리운 것도 같은 얼굴인데, 누군지 모르겠으니 속상하신가 봐요. 그러면 저는 씩 웃으며 소리를 좀 더 키운 후 할머니와 같이 둠칫둠칫합니다.

SNS에서 트로트 방송이 어른들, 특히 치매 노인들에게는 아이들의 뽀로로 방송 같은 거라는 글을 봤습니다. 저는 그 게시물에 열렬하게 '좋아요'를 눌렀죠. 엄마는 제가 10분에 한 번씩 사고 치던 어린 시절에 뽀로로마저 없었다면 우울증으로 차에 뛰어들었을 거라고 농담처럼 말씀하신 적이 있거든요.

코로나 때문에 일 년 넘게 노인정도, 복지관도, 교회도 모두 문을 닫았어요. 트로트 방송마저 없었다면 아마 우리 할머니는 이겨내지 못했을 거예요. 엄마도 갈수록 어려지고 까다로워지는 할머니를 버텨내지 못했을 테니, 결국 할머니는 요양병원에 가야 했겠죠.

언성 히어로라고 하셨죠? 우리 가족에게 히어로는 트로트 방송을 만든 제작진과 출연자들이에요.

일곱 번째 이야기 이서연

우리 진우는 정말 특별한 아들이랍니다. 부모에게 어느 자식이 안 그렇겠냐마는 말이에요. 진우가 태어나고 난 후 우리 부부는 하루에도 몇 번씩 배를 잡고 웃는 날이 많았어요. 늦은 나이에 어렵게 낳은 아이라 남편과 저 모두 체력적으로는 힘들긴 했지만, 보석 같은 아이 덕분에 매일매일이 행복했습니다.

그런데 우리 귀한 진우가 일곱 살이 되었을 때 큰 어려움이 닥쳤어요. 유치원에서 돌아오는 길에 아파트 앞 건널목을 걷다가 달려오던 차량과 부딪히는 큰 사고가 난 거죠.

나중에 경찰에서 블랙박스를 조사하니 운전자가 휴대전화 메시지를 확인하느라 앞을 제대로 안 보고 있었더군요. 경찰의 연락을 받고 병원까지 어떻게 갔는지도 모르겠어요. 분명히 지갑을 들고 뛰쳐나간 건 기억이 나는데 그다음은 병실 앞이었거든요.

의사 선생님은 혼수상태에 빠진 진우의 머리에 피가 고여 있는데 이걸 해결하는 게 우선 과제라고 하셨어요. 수술하는 동안 저와 남편은 복도의 의자에 앉아서 간절히 기도하기 시작했습니다. 아이를 살려주시기만 한다면, 살아서 그 환한 미소를 다시 볼 수 있다면 아무것도 욕심내지 않겠다고요.

우리의 간절한 기도 덕분이었을까요? 아이의 수술은 다행히 잘 끝나서 다음 날 의식을 찾았습니다. 뇌가 다쳤기 때문에 언어 장애가 올 수도 있다고 해서 걱정했는데, 아프다고 칭얼대는 모습을 보니 정말 감사하더군요.

"엄마, 아빠. 나 너무 아파. 나 많이 다쳤어?"

"아휴, 그럼. 그렇게 큰 차에 부딪혔는데. 그런데 의사 선생님이 잘 고쳐주신다고 했으니까 걱정하지 마."

아이는 시무룩했지만, 붕대로 온몸이 감겨 있는 걸 보며 납득하는 눈치더군요. 그런데 사실 저와 남편은 아이에게 해줘야 할 말이 남아 있어서 속이 탔습니다. 머리 수술 후 얼굴을 고정한 상태라 제대로 못 본 모양이지만, 진우의 왼쪽 팔은 없는 상태였거든요. 팔꿈치 바로 위까지만 남아 있었습니다. 병원에서도 최선을 다했지만 이미 손을 쓸 수가 없었다고 하더라고요.

누구보다 건강하던 우리 아이가 장애인으로 살아갈 생각을 하니 앞이 캄캄했어요. 그런데 우리 부부가 가장 두려워했던 건 그 빛나던 아이가 상처 때문에 세상에서 움츠러들면 어떡하지, 라는 두려움이었어요. 아이는 어느 정도 회복이 됐을 무렵에도 왼쪽 팔에 관해서는 전혀 말하지 않았어요. 흡사 전혀 눈치를 못 챈 것처럼요. 아마 어린 마음에도 무서웠나봐요. 나쁜 소식을 일부러 듣지 않으려는 듯 더 명랑하게 굴었습니다. 그런 아이의 모습을 보며 우리 부부의 마음은 더 무너져 내렸습니다.

그러던 어느 날이었어요. 아이와 병실에서 간식을 먹고 있는데 블랙 정장을 입고 짙은 선글라스를 쓴 남자 둘과 여자 한 명이 찾아왔습니다.

"방진우 군 맞습니까?"

"예? 아, 예. 제가 진우 엄마인데요."

"저희는 방진우 군을 만나러 왔습니다."

굉장히 엄격한 태도였어요. 그러자 아이는 겁을 먹은 기색으로 '전데요.'라고 조그맣게 말했어요. 그러자 그중에 가장 나이가 많아 보이는 가운데 남자가 선글라스를 벗었습니다. 나이는 오십 대 초반으로 보였는데 눈썹 위에 길쭉한 상처가 있더군요. 그 사람은 주변을 경계하듯이 살펴보더니, 아이 쪽을 향해서 쉿, 하며 손가락을 입에 대더군요. 그러면서 굉장한 비밀 지령을 전하는 것처럼 목소리를 낮춰서 말했습니다.

"우리는 히어로즈팀에서 왔습니다. 방진우 군을 히어로로 만들기 위해 훈련을 시작하라는 명령을 받았습니다."

"제가요? 제가……. 히어로가 된다고요?"

"그렇습니다. 지금 왼쪽 팔이 짧아지신 것 보이시죠? 히어로 훈련을 통해 로봇 팔을 이식할 예정이라 그렇습니다."

그제야 아이는 처음으로 자기의 왼쪽 팔을 유심히 쳐다보더라고요.

"훈련 과정은 쉽지 않을 겁니다. 히어로를 위한 혹독한 트레이닝 과정이니까요. 방진우 군은 우리 연구실로 오셔서 로봇 팔을 자유자재로 다루는 연습을 할 겁니다. 할 각오가 되어 있습니까?"

아이의 눈은 반짝, 빛났습니다. 열의가 가득한 얼굴로 '할래요! 할 수 있어요!'라고 소리쳤습니다. 그러자 남자가 씩 웃더니 옆에 서 있는 젊은 남자에게 턱짓했습니다. 젊은 남자는 까만 슈트케이스를 열고 봉투를 꺼내더니 가운데 남자에게 건넸습니다. 젊은 남자가 슈트케이스를 열 때 입으로 푸쉬, 하는 효과음을 내자 맞은편 여자가 눈을 부라리면서 입 모양으로 욕을 하더군요. 다행히 아이는 못 봤습니다. 가운데 남자는 이런 소란 속에서도 조연한 태도로 아이에게 봉투를 내밀었어요.

"좋습니다. 방진우 군의 말을 믿겠습니다. 자, 여기 히어로 훈련 초대장이 있습니다. 퇴원하고 나면 바로 훈련에 돌입할 테니 준비하고 있길 바랍니다. 그럼, 이만."

"저, 저기요. 아지씨!"

"……아저씨?"

문을 향해 걷다가 돌아선 남자는 있을 수도 없는 생소한 단어를 들었다는 듯이 미간을 찌푸렸습니다.

"무례하군요. K 요원이라고 부르세요."

"K 요원님."

"뭐죠? 방진우 군."

"왜, 왜……? 제가? 저는 할 줄 아는 초능력이 없는데요."

"뭔가 큰 착각을 하고 있군요. 히어로를 판단하는 건 초능력이 아닙니다. 특별한 잠재력을 가지고 있으면 되는 거예요. 그러니 히어로가 될 자격이 충분합니다. 우리 본부의 결정에 토를 달지 말았으면 좋겠군요. 그럼, 이만."

그러고는 다들 바람처럼 사라졌습니다. 아이 무릎 위에 남겨진 봉투만이 현실감이 있었죠. 아이는 보물 다루듯 봉투를 조심조심 열고 초대장을 오랫동안 쳐다보았습니다. 그리고 그날 밤, 아이는 새벽까지 저에게 소곤거리면서 좀처럼 잠자리에 들지 못했죠.

퇴원 후 약속대로 블랙 요원들은 몇 월 몇 일 몇 시까지 오라는 지령을 비밀스럽게 내렸고, 우리 부부와 아이는 커다란 빌딩의 약속 장소로 갔습니다. 비싸 보이는 장비들이 가득한 방에서 연구원이 의수들을 꺼내자 아이는 한숨처럼 감탄사를 흘렸습니다. 제가 봐도 멋지긴 하더군요.

로봇 의수는 정말 히어로물에 나오는 디자인 그대로였습니다. 빨간색 바탕에 아이언맨 마스크가 로봇 팔 중간에 그려져 있었죠. 로봇 팔을 팔 위쪽에 끼우면 팔목과 손가락이 정교하게 움직였습니다. 힘줄과 근육처럼 수십 조각으로 나뉘진 부품과 센서 때문에 가능하다고 했어요. 또 다른 디자인은 캡틴 아메리카 버전이었습니다. 파란색 바탕에 캡틴의 방패가 그려져 있었어요. 둘 다 무게는 꽤 무거웠습니다. 어깨에 무리가 가겠다고 걱정이 될 정도로요. 하지만 아이는 전혀 개의치 않았습니다. 그리고 발을 동동거릴 정도로 고민하다가 아이언맨을 골랐죠. 아이는 팔과 머리에 각종 센서를 붙이고 오랫동안 검사를 했고, 잘 작동할 때까지 연습해야 한다는 말을 들었습니다.

재활 과정은 어른이 보기에도 벅차고 힘들어 보였지만 아이는 너무나 잘 이겨냈습니다. 힘들지 않아? 라고 물을 때마다 '훈련 과정이니 어쩔 수 없는 거야, 엄마.'라면서 의젓하게 대답해주었습니다. 팔의 연결 부위에 살이 짓물러서 통증에 끙끙대면서도 말이죠. 저는 그걸 보고 울었다가 한심하다는 듯한 눈빛의 아들에게 면박을 당했습니다.

어느 정도 재활이 끝나고 오랜만에 유치원에 갔을 때였어요. 유치원 선생님들은 오랜 재활을 끝내고 등원하는 진우를 위해서 '진우야, 어서 와! 보고 싶었어.'라는 플랜카드를 붙였습니다. 진우는 이날 등원하기 전에 자기는 히어로 예비 요원(최근 예비 요원으로 승격한 신분 카드를 받았거든요)이니 검은 정장을 입어야 한다고 엄숙히 선언했습니다. 하지만 정장 안에는 로봇 팔이 도저히 들어가지 않아서 블랙 점퍼로 간신히 타협했어요.

진우는 선글라스를 낀 채로 점퍼를 천천히 벗었습니다. 아이언맨 로봇 팔이 나타나자 아이들 사이에서 헉, 대박. 이라는 숨죽인 감탄 소리가 들렸습니다. 그리고 진우가 로봇 팔을 능숙하게 움직여서 음료수를 마시는 동작을 보여주자 아이들은 환호성을 질렀습니다. 그리고 진우의 팔을 만지며 진심으로 부러워했습니다. 아이는 히어로 예비 요원답게 의젓하게 있고요. 그날 이후 진우는 유치원 전체의 최고 인기 스타가 되었답니다.

H 그룹의 사내 벤처 연구원님들. 고맙습니다. 덕분에 제 아이는 구김살이라고는 찾아볼 수 없게 자라서 이제 중학생이 되었어요. 그리고 그때 블랙 요원 리더 역할을 맡으셨던 분은 MIT 공학 박사 출신이고 로보틱스 분야에 전설적인 분이라고 들었는데, 근사한 연기 보여주셔서 감사합니

다. 그리고 회사에 블랙 정장을 갖춰 뒀다가 아이가 올 때마다 서둘러 갈아입으시던 팀원분들께도 진심으로 감사를 전합니다. 한번은 젊은 연구원님이 상체에만 정장을 입고 아래에는 반바지를 입고 계시는 바람에 끝끝내 일어나지 못하셨지요. 그때도 선배처럼 보이던 여자 연구원님이 눈으로 살벌하게 욕하시던데, 제가 눈치가 없어서 큰 소리로 웃고 말았네요.

다들 감사해요, 정말.

※ 스타트업 기업인 '오픈 바이오닉스'는 〈스타워즈〉, 〈아이언맨〉, 〈겨울왕국〉 등 주인공의 캐릭터를 주제로 의수를 디자인하고 있다. '히어로 암' 의수를 착용한 사람들은 마치 자신이 영화 속 주인공이 된 것 같은 느낌을 받아, 어려운 의수 사용법을 배울 때에도 슈퍼 히어로가 되기 위한 훈련을 받는 듯한 기분을 느낀다고 말한다. 캐릭터 사용에 엄격한 태도를 보여온 디즈니지만 이 기업에는 단 한 푼의 상표 사용료도 받지 않고 캐릭터 디자인을 제공하고 있다. (KBS 뉴스, 2021.2.21.) 오늘도 많은 스타트업이나 대기업 사내 벤처들은 사회적 문제를 해결하는 방법을 찾아 다양한 도전을 하는 중이다.

작가의 말

그래도 당신 덕분에 나는 불시착하지 않았다.

건강검진을 하러 갔다가 화장실에서 아이처럼 엉엉 우는 직원을 본 적이 있다. 바깥에 소리가 크게 들릴 정도로 꽤 오랫동안. 퉁퉁 부은 눈으로 나온 그녀는 선배의 위로 섞인 타이름에 고개를 세차게 끄덕이더니 일터의 한가운데 어른 스러운 표정으로 다시 섰다. 발개진 눈가 아래 부드러운 미소를 지으면서. 학창 시절에 한 번도 해보지 않았을 단정한 머리와 유니폼을 입은 그녀는 이십 대 초반의 화장기 없는 앳된 얼굴이었다.

십이 년의 직장 생활 이후 일하는 사람을 대상으로 글을 쓰고 강의하는 삶을 살고 있는데, 가끔 마음이 싱숭생숭해 질 때면 그녀를 떠올리곤 한다. 그리고 수업에서 만난 열의 가 가득하던 디렉터, 지친 동그란 어깨의 중간 관리자, 쓸 쓸한 마음으로 메일을 보내던 은퇴 예정자, 엉엉 울어버린 워킹맘까지 하나씩, 떠올린다.

건강검진 센터의 그녀가, 그리고 내가 만난 많은 그들이, 삶에 잡아먹히지 않고, 씩씩하게 살아가기를 진심으로 바란다. 자신과 사랑하는 존재를 먹여 살리는 사람들은 특유의 에너지가 있다. 그 사랑스러운 사람들을 생각하면서 나는 글을 써나갔다. 부디 퇴근길 지하철에서, 주말에 뒹굴뒹굴하다가, 아이의 숙제를 봐주며 진이 빠졌다가, 이 책을 읽고 피식 웃어줬으면 좋겠다. 그리고 언젠가 또다시 읽을 마음으로 집안 어딘가에 간직해줬으면 좋겠다.

글을 쓰는 도중 모티브가 되었던 부분은 따로 언급하고 싶다. 「막내가 사라졌다」의 '코팅된 사직서' 아이디어는 직장인 블라인드 글에서 시작됐다. 어느 직장인이 상사가 사직서를 찢어버린다는 고민을 올려놨는데, 누군가 댓글로 '사직서를 코팅해서 줘라.'는 답변을 했고 모두 빵, 터졌다. 참신한 아이디어를 보여준 익명의 그분께 감사드린다. 그리고 「언성 히어로즈」의 여섯 번째 윤건우 사연은 '치매 할머니가 〈미스터 트롯〉 때문에 기분 좋아지시고 가수들이 누가 누구인지까지도 알아보신다.'라는 겨울고래님의 트위터 글에서 시작되었다. 허락을 받아 해당 글을 세상에 내보낼 수 있어서 감사하다.

여덟 개의 단편을 완성할 수 있도록 가장 커다란 도움을 준 차지혜 편집자님께 감사드린다. 아주 아주 크게. 이 단편집은 사실 그녀와의 공동 결과물이다. 세심하면서도 정확한 조언 덕분에 초고와 비교할 수 없을 정도로 이야기는 탄탄해졌고, 인물들은 생생해졌다. 덕분에 지인들에게 용기 내어 선물할 수준으로 올라와서 정말 감사하다.

생각해보면 이 자리에 올 때까지 수많은 사람에게 사랑의 빚을 졌다. 내가 막막할 때 손을 잡아주고, 걷도록 도와준 사람들에게 진심으로 감사를 전한다. 특히 지금의 '쓰고 가르치는 삶'으로 살게 해준 김세원 실장님은 커리어의 은인이라고 생각한다. 추가로 고마운 분들의 이름을 하나하나 언급하고 싶지만, 수백 명이 훌쩍 넘어 쓸 공간이 턱없이 부족하다는 점을 용서해달라. 혹시 속으로 '내가 쟤를 사람 구실 하게 만드는데, 좀 이바지했지.'라고 생각하는 분이 있다면, 맞다. 바로 당신에게 진심으로 감사를 전한다.

이번 생에서 훌륭한 사람이 되기는 그른 것 같지만,
그래도 당신 덕분에 나는 불시착하지 않았다.

재능의
불시착

1판 1쇄 발행 2021년 10월 15일
1판 7쇄 발행 2024년 1월 10일

지은이 박소연

발행인 양원석 **편집장** 차선화 **책임편집** 차지혜
디자인 정세화, 김미선 **영업마케팅** 윤우성, 박소정, 이현주, 정다은, 백승원

펴낸 곳 ㈜알에이치코리아
주소 서울시 금천구 가산디지털2로 53, 20층(가산동, 한라시그마밸리)
편집문의 02-6443-8862   **도서문의** 02-6443-8800
홈페이지 http://rhk.co.kr
등록 2004년 1월 15일 제2-3726호

ISBN 978-89-255-7928-3 (03810)